죽고 싶지만 떡볶이는 먹고 싶어

이 책은 정신과 전문의와 협의하에 출간되었으며 해당 병원의 정보는
당사자의 요청으로 밝힐 수 없습니다. 양해 부탁드립니다.

죽고 싶지만 떡볶이는 먹고 싶어
백세희 에세이
흔

"어두운 면을 드러내는 건
내가 자유로워지는 하나의 방법이다.
이것 또한 나라는 걸
내 소중한 사람들이 꼭 알아주면 좋겠다."

차례

1부

2부

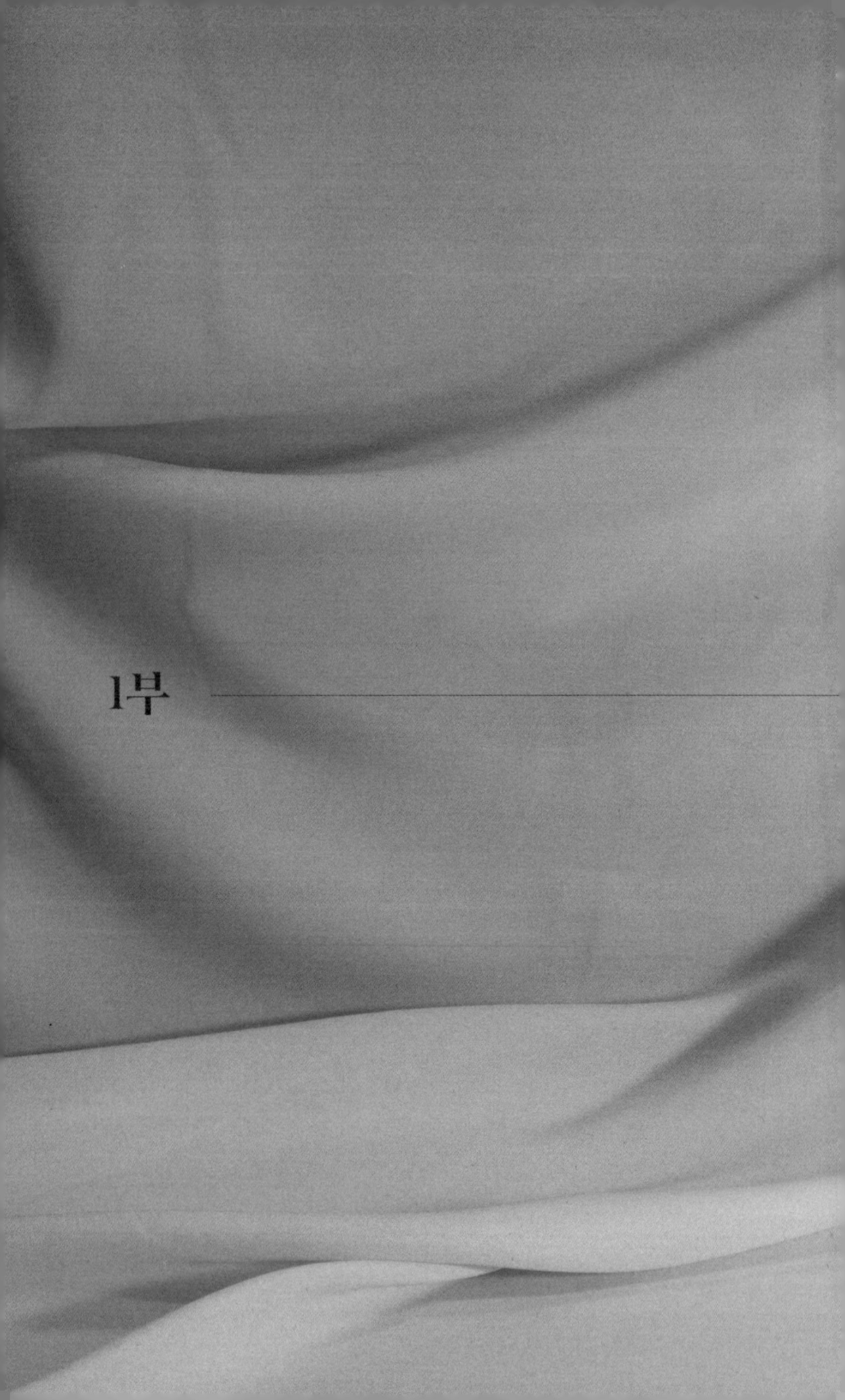

1부

#1~12주

1부 시작하며

별일 없이 사는데 왜 마음은 허전할까

"행복해지고 싶다면 다음과 같은 사실을 두려워하지 말고 정면으로 받아들여야 한다. 우리는 항상 불행하고, 우리의 슬픔과 괴로움, 그리고 두려움에는 늘 그만한 이유가 있다는 그 사실을 말이다. 이런 감정들을 따로 떼어 놓고 볼 수는 없는 법이다."

_ 마르탱 파주 『완벽한 하루』 중에서

위에 인용한 문구는 내가 가장 좋아하고 공감하는 글귀 중 하나다. 참을 수 없이 울적한 순간에도 친구들의 농담에 웃고, 그러면서도 마음 한구석에서는 허전함을 느끼고, 그러다가도 배가 고파서 떡볶이를 먹으러 가는 나 자신이 우스웠다. 지독히 우울하지도 행복하지도 않은 애매한 기분에 시달렸다. 이러한 감정들이 한 번에 일어날 수 있다는 사실을 알지 못해서 더 괴로웠다.

왜 사람들은 자신의 상태를 솔직히 드러내지 않을까? 너무 힘들어서 알릴 만한 힘도 남아 있지 않은 걸까? 난 늘 알 수 없는 갈증을 느꼈고 나와 비슷한 사람들과의 공감이 필요했다. 그래서 그런 사람들을 찾아 헤매는 대신 내가 직접 그런 사람이 되어보기로 했다. 나 여기 있다고 힘차게 손 흔들어 보기로 했다. 누군가는 자신과 비슷한 내 손짓을 알아보고, 다가와서 함께 안심할 수 있었으면 좋겠다.

이 책은 기분부전장애(심한 우울 증상을 보이는 주요우울장애와는 달리, 가벼운 우울 증상이 지속되는 상태)를 앓는 나의 치료 기록을 담은 책이다. 사적이고 구질구질한 이야기가 가득하지만 어두운 감정만 풀어내기보단 구체적인 상황을 통해 근본적인 원인을 찾고, 건강한 방향으로 나아가는 것에 중점을 두고 있다.

나처럼 겉으로 보기에는 멀쩡하지만 속은 곪아 있는, 애매한 사람들이 궁금하다. 세상은 아주 밝거나 지나치게 어두운 부분에만 초점을 맞추고 있는 것 같다. 나의 우울을 이해하지 못했던 주변의 반응이 떠오른다. 도대체 어떤 모습과 상황이어야 이해받을 수 있을까. 아니 이해의 영역이긴 할까? 아무쪼록 '나만 그런 게 아니었네' 혹은 '세상에 이런 사람도 있네'라는 감상이 남는 책이 되었으면 하는 바람이다.

나는 예술이 사람의 마음을 움직이는 일이라고 생각한다. 예술은 내게 믿음을 줬다. 오늘 하루가 완벽한 하루까진 아닐지라도 괜찮은 하루일 수 있다는 믿음, 하루 종일 우울하다가도 아주 사소한 일로 한 번 웃을 수 있는 게 삶이라는 믿음. 또 내 밝음을 드러내듯이 어두움을 드러내는 것도 아주 자연스러운 일이라는 것을 알게 됐다. 나는 나만의 방식으로 예술을 한다. 그 어떤 사심도 없이 누군가의 마음에 공들여 다가가고 싶다.

정신과 전문의의 말

불완전함이
불완전함에게

저자가 처음 녹음 기능을 켤 때가 기억납니다. 치료 시간에 나눈 대화를 집에 돌아가 되새겨 보고 싶은데 잘 되질 않는다며 녹음에 대한 동의를 구했었지요. 큰 고민 없이 수락했지만 치료자의 말이 녹음된다는 사실에 저 역시 한마디 한마디 조심스러워지더군요. 그러던 중 치료 내용을 책으로 만든다는 계획과 함께 원고를 받았습니다. 발가벗겨진 듯한 느낌이 들었고 다른 사람들이 어떻게 볼 것인가에 대한 걱정 때문에 쉽게 펼쳐볼 엄두가 나지 않았습니다. 책이 나온 후에야 읽어봤고, 염려한 것 이상의 부끄러움과 면담 과정에서의 아쉬움, 조금 더 큰 도움이 되지 못한 것에 대한 미안함 등이 섞인 자기반성이 찾아왔습니다.

그런데 책 속에서 만난 저자의 글은 차트 속에 기록된 건조한 내용과는 또 다른 생명력이 느껴지더군요. 현대 사회에서 웬만한 정보를 찾는 것은 그리 어려운 일은 아닐 것입니다. 책 속에 등장하는 약물, 우울증, 불안장애, 기분부전장애 등과 같은 전문적인 용어를 포함해서도 말이죠. 하지만 사회의 여러 선입견에도 불구하고 환자의 입장에서 그것을 이겨내려 병원까지 오게 된 힘든 경험에 대한 생생한 공유는 검색으로는 알기 힘든 부분이 아닐까 싶습니다.

여느 사람과 마찬가지로 불완전한 한 사람이 또 다른 불완전한 사람 중 하나인 치료자를 만나 나눈 대화의 기록입니다. 치료자로서는 실수와 아쉬움이 남지만 삶은 항상 그래왔기에 저자와 저, 그리고 여러분들의 삶은 지금보다 나아질 가능성이 있는 게 아닐까 하는 위안을 가져봅니다. 어쩌면 많은 좌절을 겪고 낙담하신, 불안 속에 하루하루를 버티고 계시는, 이 책을 읽게 되신 여러분들, 이제까지 간과하고 있었지만 본인으로부터 나오고 있을지 모를 또 다른 소리에 귀 기울여 보셨으면 합니다. 죽고 싶을 때도 떡볶이는 먹고 싶은 게 우리의 마음이니까요.

"오늘 하루가 완벽한 하루까진 아닐지라도
괜찮은 하루일 수 있다는 믿음,
하루 종일 우울하다가도 아주 사소한 일로
한 번 웃을 수 있는 게 삶이라는 믿음."

1주 그냥 좀 우울해서요

환청이 들리고, 환상을 보고, 자해를 하는 것만이 병은 아니다. 가벼운 감기가 몸을 아프게 하듯이, 가벼운 우울도 우리의 정신을 아프게 한다.

나는 어렸을 때부터 내성적이고 소심한 사람이었다. 기억은 희미하지만 일기를 살펴보면 긍정적인 편은 아니었고, 우울한 감정을 종종 느꼈던 것 같다. 고등학생 때부터 본격적으로 우울감이 심해졌는데, 그땐 공부도 안 했고, 대학도 못 갔고, 앞길이 막막했으니 당연히 우울한 거로 생각했다. 하지만 변하고 싶었던 부분(다이어트, 대학, 연애, 친구)이 모두 해결된 후에도 똑같이 우울했다. 항상 그랬던 건 아니고 오락가락했다. 어떤 날엔 울적하고, 어떤 날엔 행복하게 잠들었다. 스트레스 받으면 체했고, 우울할 땐 울었다. 나는 원래 이렇게 우울한 사람이라고만 생각하며 점점 어두워져 갔다.

사람에 대한 두려움과 불안감이 컸고, 특히 낯선 상황에서 심한 불안을 느꼈지만 안 그런 척 연기도 잘했다. 그래서 괜찮을 줄 알고 자신을 더 채찍질했다. 그러다 더는 견디기가 힘들어져서 상담을 받기로 마음먹었다. 정말 긴장되고 두려웠지만 기대를 비우고 진료실에 들어갔다.

선생님 어떻게 오셨나요?

나 그냥 뭐랄까, 좀 우울해서요. 자세히 말씀드려야 할까요?

선생님 그러면 저야 좋죠.

나 (휴대폰 메모장을 켜고 적어두었던 걸 말했다) 심각한 타인과의 비교, 거기서 오는 자기 학대, 그리고 자존감이 낮은 거 같아요.

선생님 요인이 무엇인지 생각해본 적 있나요?

나 자존감이 낮은 건 가정환경에서 시작된 것 같아요. 어릴 때부터 엄마는 늘 '우리 집은 가난해, 가난해, 돈이 없어'를 입에 달고 살았거든요. 다섯 식구가 살기에는 집 평수가 작았는데(18평), 저희 아파트 이름이랑 똑같은 이름의 다른 아파트가 동네에 있었어요. 그 아파트는 평수가 굉장히 넓었는데, 어느 날 넓은 아파트와 좁은 아파트 중에 어디에 사냐는 친구 어머니의 질문에 당황한 이후로 집을 알려주는 게 부끄럽고 꺼려졌어요.

선생님 그 외에 기억에 남는 일은 없나요?

나 무수히 많죠. 말로 하면 진부하지만 아빠가 엄마를 때렸어요. 말로만 부부 싸움이지 그냥 폭력이었죠. 어릴 때를 생각하면 엄마와 우리를 때리고 집안 살림을 박살 낸 뒤 새벽에 집을 나가버리던 아빠, 울다 잠들면 아침이 오고 엉망진창인 집을 뒤로한 채 학교에 가던 우리 모습이 떠올라요.

선생님 무슨 기분이 들었나요.

나 뭔가 비참함? 슬픔? 우리 가족만 알아야 하는 비밀이 쌓여가는 기분이었던 거 같아요. 감춰야 하는 일이라고 생각했어요. 언니는 제게, 저는 동생에게 입단속을 시키기도 했고요. 그리고 자존감이 낮아진 건 가정사도 있지만 언니와의 관계가 컸다고 생각해요.

선생님 언니와의 관계요?

나 네. 언니의 사랑은 늘 조건부였어요. 제가 공부를 안 하거나 살이 찌거나, 뭔가를 열심히 하고 성실하게 살지 않으면 저를 깎아내리고 괴롭히고 모멸감을 주고는 했어요. 터울이 커서 언니 말은 무조건적으로 따라야 했고요. 경제적인 부분도 언니에게 많이 묶여 있었어요. 언니가 옷이나 신발, 가방 등을 주로 사줬었거든요. 그런데 그걸 약점으로 삼기도 했어요. 언니한테 대들거나 말을 안 들으면 사줬던 걸 모두 회수해갔죠.

선생님 벗어나고 싶지는 않았나요?

나 벗어나고 싶었어요. 잘못된 관계 같았거든요. 언니는 되게 모순적이었어요. 나는 되고 너는 안 돼, 이런 식? 자기는 외박해도 되고 너는 안 돼. 난 네 옷 입어도 되고 너는 안 돼. 이런 거. 그런데 완전 애증이었던 게, 언니가 너무 싫다가도 언니가 저한테 화를 내면서 관심을 끊으면 너무너무 두려웠어요.

선생님 그런 관계에서 벗어나려는 노력은 해봤나요?

나 음, 제가 성인이 되고 아르바이트를 시작하면서, 일단 경제적인 부분부터 독립하겠다고 다짐했어요. 아르바이트를 주중 주말 늘 하면서 조금씩 경제적으로 독립했죠.

선생님 정신적으로는요?

나 그건 정말 어려웠어요. 언니는 저 아니면 남자친구

랑 노는 것만 좋아했어요. 자기 말 잘 듣고 자기 성격 잘 알아서 맞춰주니 당연히 편했겠죠. 어느 날 언니가 저랑 놀다가 "다른 사람이랑 노는 건 재미없어, 너랑 노는 게 제일 재밌고 편해"라고 했을 때 어이가 없어서 용기를 내어 처음으로 말했어요. 나는 언니가 불편하다고, 편하지 않다고.

선생님 언니의 반응은 어땠나요?

나 정말 당황하고 충격받더라고요. 나중에 들어보니 며칠 동안 밤마다 울었대요. 지금도 그 이야기가 나오면 눈시울을 붉히기도 하고요.

선생님 언니의 그런 모습을 보니까 어땠어요?

나 뭔가 짠하기도 했는데, 후련했어요. 자유로워진 기분이었어요. 조금은.

선생님 언니와의 애착관계에서 벗어난 후에도 자신감이 회복되지는 않았나요?

나 가끔 자신감이 생길 때도 있었지만, 이런 성향과 우울감은 그대로였던 것 같아요. 언니한테 의존하던 게 애인에게로 옮겨간 느낌?

선생님 연애는 어떤 식으로 하는 편인가요? 마음에 드는 상대에게 먼저 다가간다거나 하는 적극성이 있나요?

나 아니 전혀요. 제가 누군가를 좋아하면 그 상대가 저를 만만하게 볼 거라는 생각에 좋아하는 걸 잘 티 내지도 못해요. 고백하거나 꼬시는 건 생각해본 적도 없고요. 그래서 늘 수동적인 연애를 하는 편이에요. 누군가가 나를 좋아한다고 하면 만나보면서 그 상대에 대해 알아가다가 호감이 생기면 연인으로 이어지는 패턴?

선생님 연애를 안 할 때도 있나요?

나 거의 없어요. 누군가를 만나면 오래 만나는 편이고, 애인한테 굉장히 의지를 많이 하는 편이에요. 애인도 저를 되게 챙겨주고요. 그런데 애인이 절 사랑해주고 다 받아주는데도, 뭔가 답답함이 생겨요. 저는 사실 의존하고 싶지 않거든요. 좀 독립적이고 자립심 있고 혼자서도 잘 살아가고 싶은데 그걸 못한다는 생각이 들어요.

선생님 친구들과의 관계는 어때요?

나 어렸을 때는 친구관계를 굉장히 중요하게 여겼어요. 그 나이 또래와 다르지 않았죠. 그런데 초등학교 때 한 번, 중학교 때 한 번 왕따를 당하면서 고등학교 때까지 무리에서 낙오되는 것, 친구관계에 대한 공포감이 많이 생겼던 거 같아요. 그런데 그게 자연스럽게 연애로 옮겨갔고, 친구나 우정 같은 거에는 큰 기대나 관심을 두지 않기 시작했어요.

선생님 그렇군요. 하시는 일은 만족하시나요?

나 네. 출판사에서 홍보마케팅 일을 하는데, 지금은 회사 SNS채널을 운영하고 있거든요. 콘텐츠를 만들고 업로드하고 노출시키고 등등. 재밌고 적성에 잘 맞는 거 같아요.

선생님 좋은 결과물이 나올 때도 있었나요?

나 네. 있었어요. 그래서 더 열심히 할 때도 있었고 뭔가 결과물을 내야 한다는 생각에 압박감을 느낄 때도 있고요.

선생님 그렇군요. 자세히 말해줘서 고마워요. 여러 가지 검사를 해봐야 정확히 알겠지만, 의존성향이 강해 보이네요. 감정의 양 끝은 이어져 있기에 의존성향이 강할수록 의존하고 싶지 않아 하죠. 예를 들어 애인에게 의존할 땐 안정감을 느끼지만 불만이 쌓이고, 애인에게서 벗어나면 자율성을 획득하지만 불안감과 공허감이 쌓여요. 어떻게 보면 일에 의존하고 있는지도 몰라요. 성과를 낼 때 나의 가치를 인정받고 안도할 수 있으니 의존하지만, 그 만족감 또한 오래가지 않으니 문제가 있죠. 이건 쳇바퀴 안을 달리는 것과 같아요. 우울함에서 벗어나고자 노력하지만 실패하고, 또 노력하고 실패하는 일련의 과정을 통해 주된 정서 자체가 우울함이 된 거죠.

나 그렇군요(이 말에 위로받았고 명확해지는 기분이 들었다).

선생님 일탈이 필요해요. 우울과 좌절의 쳇바퀴에서 벗어나려면 자신이 생각지도 못했던 일에 도전해보는 게 좋아요.

나 어떤 것부터 해야 할지 모르겠어요.

선생님 지금부터 찾아봐야죠. 작은 것부터요.

나 그리고 SNS에 가식적인 삶을 올리게 돼요. 행복한 척하는 건 아닌데, 책이나 풍경, 글 같은 취향을 드러내면서 특별해 보이고 싶어 하는 거죠. '나 알고 보면 이렇게 깊이 있고 괜찮은 사람이다'라는 걸 보여주고 싶은 것처럼요. 그리고 제 기준대로 사람을 판단하고 평가해요. 제가 뭐라고 감히 사람을 평가할까요. 너무 이상해요.

선생님 말씀하시는 걸 들으면 마치 로봇이 되고 싶은 사람 같아요. 어떤 절대적인 기준의 사람이 되고 싶은 것처럼요.

나 맞아요. 불가능한데.

선생님 이번 주에는 오늘 드릴 검사지(500가지 문항의 인성검사 및 증상, 행동평가 척도검사)를 작성하고, 어떤 일탈을 해야 할지 생각해보면 어떨까요.

나 그럴게요.

(1주일 후)

선생님 어떻게 지내셨어요?

나 현충일 전날까지는 우울했고요, 그 후에는 좋았어요. 저번에 말씀 안 드린 게 있는데, 로봇이 되고 싶은 거 같다고 하셨잖아요. 남에게 피해 주면 안 된다는, 그런 저만의 기준이 심해진 이후로 강박감이라고 해야 하나, 일상에 불편함이 생겼어요. 예를 들어 버스에서 큰 소리로 이야기하거나 전화하는 사람을 보면 화가 치밀어 올라요. 목을 조르고 싶을 만큼요. 실제로 그러지는 못하지만요.

선생님 죄책감이 들었겠군요.

나 네. 한두 번 정도는 조용히 해달라고 말을 하지만 열에 여덟 번은 하지 못해요. 그런 자신에 대한 죄책감이 심하고요. 회사에서 들리는 키보드 소리에도 예민해져서 업무에 집중하지 못했고, 소리가 많이 나는 동료에게 직접 이야기하기까지 했어요. 말하고 나서는 후련했고요.

선생님 시끄럽게 하는 사람한테 조용히 하라는 말을 못 했다고 누가 그렇게 괴로워할까요? 마치 '어떻게 해야 나를 괴롭힐 수 있을까?'의 고민 속에 있는 사람 같아요. 대부분 사람은 비겁해요. 하지만 자신이 비겁하지 않아야 한다는 압박감 때문에 열 번 중에 한 번이나 이야기하고 있는데도 자신을 비하하죠.

나 저는 열 번 중에 열 번을 다 이야기하고 싶어요.

선생님 그렇게 한다고 행복해질까요? 열 번이면 열 번 다 한다고 '다 나왔어, 편해졌어'라고 생각하지 않을 거예요. 사람들 반응이 다 같을 수는 없으니까요. 다른 사람을 비난할 수 있는데도 굳이 내 책임으로 돌리고 있는 거죠. 말을 해봤자 듣지 않을 거 같은 사람들은 피하는 것도 나를 위한 선택이 될 수 있어요. 근본적인 부분을 찾아서 하나하나 정리하는 건 말이 안 돼요. 내 몸은 하나인데, 너무도 큰 역할을 부여하는 거죠.

나 저는 왜 이러는 걸까요?

선생님 착해서?(이 말에는 동의하지 않는다)

나 억지로 길에 쓰레기를 버리고 버스에서 큰 소리로 통화해봤는데, 기분은 별로였어요. 그래도 해방감은 있었어요.

선생님 별로였다면 일부러 하지는 마세요.

나 사람이 입체적이란 건 알고 있었지만, 받아들이지 못했던 것 같아요.

선생님 사람을 평면적으로 바라봤다면, 그 시선은 남을 바라볼 때만이 아니라 자신을 바라볼 때도 적용되죠. 한 번쯤은 무서운 사람이 돼도 괜찮아요. 예를 들어 내가 이상적으로 생각하는 사람을 떠올리면서 '그 사람이라도 화내지 않았을까? 그 사람이라도 다 받아주지는 않았겠지?' 이렇게 비교한 후에 화내도 돼요. 다른 사람들이 나를 날카롭다고 여길지라도요. 가지고 있는 경험과 생각 중에서 가장 이상적인 것만 얻으려고 하는 것 같아요. "난 이런 사람이 되어야 해!" 이렇게요. 남의 생각, 남의 경험을 훔쳐 와서 말이죠.

하지만 아까 말했듯이 사람은 다 입체적이에요. 겉으로는 멋져 보여도 뒤에서는 더러운 행동을 할 수도 있고, 내가 부풀려서 기대해놓고 실망하는 경우도 있어요. 그럴 땐 오히려 '저 사람도 숨 쉬고 사는구나, 별수 없는 사람이구나'라고 생각하면 나한테도 관대해질 수 있어요.

나 저는 스스로를 약하다고 생각하고, 다른 사람들이

그 약한 모습을 다 알고 있을 거 같아요. 뭔가 무섭게 말해도 내 안의 약한 모습을 알 거 같은 거예요. 구려 보일까 봐 두려운 거죠.

선생님 불안감이 숨어 있기 때문이에요. 내가 무언가를 이야기했을 때, 자동으로 '이 사람이 나를 어떻게 볼까? 떠나지 않을까?'를 생각하니까 불안한 거죠. 이야기하는 게 좋은 경험일 수는 있어요. 하지만 결과가 한 방향일 수는 없다는 걸 알아야 해요. C라는 행동, D라는 행동이 나올 수 있죠. 반응은 이렇게나 다양하다는 걸 깨닫고 받아들이는 게 필요해요.

나 그렇구나. 저번에 일탈을 이야기하셔서, 히피 파마를 했어요. 저도 마음에 들고 회사 사람들의 반응도 좋아서 기뻤어요. 그리고 저번에 물으셨던 거 있잖아요, 친구들이 생각하는 제 장점은 공감을 잘해준다는 거?

선생님 실제로 공감을 잘하나요?

나 네. 엄청요. 그래서 공감을 숨길 때도 있어요. 유난스러워 보일까 봐.

선생님 하지만 타인이 나를 표현하는 말에 너무 타이틀을 붙이지 않았으면 좋겠어요. 공감을 더 잘해줘야 한다고 의도하는 순간부터는 숙제가 되거든요. 그러면 공감 능력이 오히려 떨어질 수도 있어요. 관심 없는 거에는 관심 안 보이는 것도 좋아요.

저번에 했던 검사 결과를 보면, 실제보다 더 나쁘게 보이려는 '페이킹 배드faking bad' 결과가 나왔어요. 대부분 회사 복직을 앞둔 사람, 학교 다니기 싫어하는 사람들한테서 나오는 패턴인데요, 자신의 현재 상태보다 더 나쁘게 보이려고 하는 거죠. 실제 상태보다 자신에 대해 더 부정적으로 인식하고 있어요. '페이킹 굿faking good'은 주로 교도소에 수용된 사람들에게서 나오는 결과예요. 자신이 이제 괜찮다는 걸 보여주려는 거죠. 우울함보다는 불안감, 강박적인 양상이 나타나고, 사회적 관계에서의 불안감이 높아요.

그리고 여성을 바라보는 시각이 수동적이에요. '내 사회적인 역할은 여성이니까 이 정도밖에 안 돼'라는 생각이 강하죠. 성격을 말하는 게 아니라 현재의 상태를 말하는 거예요. 그 외에 큰 의미 있는 것들은 없고요. '굉장히 불안하고 사회생활 하는 걸 힘들어하는구나. 그리고 실제보다 본인 상태를 더 불편하게 느끼는구나' 정도예요. 자신의 상태를 본인의 주관적인 느낌으로 굉장히 예민하고 우울하게 느끼고 있어요. 미치지 않았는데 스스로 미쳤다고 생각하는 거죠.

나 맞아요. 하지만 제가 정상이라고 생각하면 더 괴로워져요. '나는 왜 이렇게 유난일까?' 이렇게요.

선생님 기분부전장애는 찾아봤죠? 어떤 생각이 들었나요?

나 한 번도 제 증상과 딱 맞는 설명이 없었는데, '이건 나다!'라는 생각이 들었어요. 그리고 설명을 다 읽고 나서는 슬퍼졌어요. '옛날에 이걸 앓고 있던 사람들은 얼마나 괴로웠을까?' 하는 생각이 들었거든요.

선생님 꼭 그 걱정까지 해야 할까요?

나 잘못된 건가요?

선생님 옳고 그름의 평가는 없어요. 독특하다는 거죠. 걱정하기 시작하면 끝이 없어요. 과거가 아닌 지금 나의 현재 시점을 바라본다면, 나의 개인적인 경험도 더 긍정적으로 볼 수 있어요. 과거엔 나를 표현할 수 있는 병명을 몰랐는데, 현재는 알았다는 것도 긍정적으로 볼 수 있죠.

나 아……, 양가적인 감정의 원인은 뭔가요?

선생님 죄책감과 비슷해요. '목을 조르고 싶다'라는 생각을 하고는 자동으로 죄책감이 드는 거죠. 화가 났다가도 바로 죄지은 사람이 되어버려요. 일종의 자기 처벌적인 욕구죠. 나 자신에게 너무도 강력한 초자아가 서 있기 때문이에요(실제 내가 쌓아온 것 말고도 여기저기서 더 좋은 걸 차용해서 이상화된 내 모습을 쌓아 놓았다는 것). 하지만 그건 말 그대로 이상일 뿐, 현실이 아니에요. 그래서 매번 이상화된 기준에 도달하는 걸 실패하면서 자신에게 벌을 주고 있는 거죠. 그렇게 엄격한 초자아가 있으면, 나중에는 벌을 받는 게 만족스러워지는 지경까지 갈 수도 있어요. 예를 들어 사랑받는 것을 의심하고 일부러 상대에게 욕을 먹을 때까지 행동하면서, 상대가 나를 포기하면 오히려 안심하는 상태까지 가게 되는 거죠. 실제 내 모습보다 밖에서 제어하는 것들이 너무 많아요.

나 그렇군요. 혼자가 좋은데 혼자가 싫은 감정은요?

선생님 당연한 거 아닐까요?

나 당연해요?

선생님 네. 정도의 차이가 있을 뿐 많은 이들이 그렇지 않을까요? 사람들과 관계를 맺고 살아가야 하지만 나만의 공간도 필요하니까요. 이것 또한 공존할 수밖에 없죠.

나 제 자존감이 낮은 건가요?

선생님 극과 극은 오히려 통한다고 하죠. 굉장히 자존심이 세 보이는 사람이 오히려 자존감이 낮아요. 자신이 없으니까 다른 사람이 나를 우러러보게끔 하려고 하죠. 거꾸로 자신에 대한 만족감이 높으면, 누가 나에게 뭐라고 하든 크게 영향받지 않을 거예요(결국 난 자존감이 낮은 거라는 말).

나 제가 했던 일들이 지나고 나면 다 보잘것없이 느껴져요.

선생님 내가 하는 일의 상당수는 실제 내가 원했던 일이라기보다는 내가 만들어놓은 기준이나 의무감 때문에 해왔던 걸 수도 있어요.

나 외모 강박도 심해요. 화장하지 않으면 밖에 못 나가던 시절도 있었고요. 살찌면 아무도 저를 봐주지 않을 거 같아요.

선생님 외모 때문에 강박감이 나오는 건 아니에요. 이상화된 내 모습이 있기 때문에 외모에 집착하는 거죠. 그 기준의 폭을 좁고 높게 만들어놓은 거예요. '50킬로그램 이상이면 실패야!' 이렇게요. 결국 이것저것 조금씩 시도해보면서 내가 원하는 게 뭔지, 어느 정도로 해야 편한지 알아보는 게 중요해요. 내 취향을 알고, 불안감을 낮추는 방법도 알게 된다면 만족감이 생겨요. 누가 어떤 지적을 해도 받아들이거나 거부할 수 있게 되지요.

나 폭식도 연관이 있나요?

선생님 그렇죠. 일상의 만족도가 떨어지면 가장 원시적인 퇴행으로 돌아가요. 먹고 자는 본능적인 거로요. 만족감의 중추를 가장 편한 곳에서 찾는 거죠. 하지만 먹는 건 만족감이 오래가지 않아요. 운동이나 프로젝트 같은 게 도움이 될 수 있어요. 장기적인 목표를 통해 극복하는 게 좋지요.

나 알겠어요. 운동을 다시 시작해야겠네요.

고슴도치 딜레마

"극과 극은 오히려 통한다고 하죠.
굉장히 자존심이 세 보이는 사람이 오히려 자존감이 낮아요.
자신이 없으니 다른 사람이 나를 우러러보게끔 하려고 하죠."

서로의 친밀함을 원하면서도 동시에 적당한 거리를 두고 싶어 하는 욕구가 공존하는 모순적인 심리 상태를 '고슴도치 딜레마'라고 한다. 나는 늘 혼자이고 싶으면서 혼자이기 싫었다. 의존 성향이 강하기 때문이라고 한다. 누군가에게 의존할 땐 안정감을 느끼지만 불만이 쌓이고, 벗어나면 자율성을 획득하지만 불안감과 공허감이 쌓이는 상태. 매번 상대에게 지독하게 의지하면서도 상대를 함부로 대했다. 내게 많은 것을 주는 이들일수록 지겨워하고 지루해했다. 그리고 이런 나를 또 싫어했다. 하지만 내가 맞는다고 해주는 사람하고만 있으면 어리광쟁이가 된다. 그 안전한 울타리 안에서 점점 더 겁쟁이가 된다는 걸 안다. 그래서 회사를 그만두지 못하는지도 모른다. 내가 지금까지 살아온 방식이기도 하다. 그렇게 사는 게 좋고 나쁘고의 문제가 아니라 어떤 게 내 삶을 건강하게 해주느냐의 문제다. 머리로는 정답을 알고 있는데 행동은 늘 어렵다. 난 스스로에게 필요 이상으로 가혹하고, 그래서 위로가 필요하고, 내 편이 필요하다.

2주 저 혹시 허언증인가요?

나는 종종 거짓말을 했다. 일일이 기억하기는 힘들지만 생각나는 대로 써보자면, 회사에서 인턴 업무를 할 때였다. 과장님과 점심을 먹으러 가던 중에 자연스럽게 해외여행 이야기가 나왔고, 과장님은 내게 어느 나라를 가보았냐고 물었다. 나는 그 당시 해외여행을 가본 적이 없었고, 그 사실이 부끄러웠다. 그래서 일본에 갔었다고 거짓말을 했다. 밥을 먹는 내내 과장님이 일본여행에 대해서 물을까 봐 겁났던 기억이 있다.

나는 감정이입을 잘하고, 공감도 잘하고, 또 공감을 잘해줘야 한다는 강박까지 있어서 상대가 나에게 어떤 이야기를 털어놓으면 나도 그런 적이 있다고 거짓말을 하고는 했다. 웃기고 싶고 관심받고 싶을 때면 또 거짓말을 하고, 동시에 스스로를 자책하고.

커다란 거짓말이 아니라 일상 속의 자잘한 거짓말이기에 들킬 염려도 없었고 그래서 크기는 작을지라도 횟수는 늘어만 갔다. 죄책감 때문에 아주 사소한 일도 거짓말하지 말아야겠다고 다짐했는데, 이번에 술에 취해 친구에게 거짓말을 했다. 그 거짓말은 너무 수치스러워서 차마 입에 올릴 수도 없다. 이번 일로 모든 노력이 수포가 되었다.

선생님　잘 지내셨어요?

나　아니요. 좋지 않았어요. 목요일까지 쭉 안 좋았다가 금요일과 토요일엔 좀 괜찮았어요. 이 이야기를 전부 하는 게 치료에 도움이 될까요?

선생님　불편하지 않다면요. 나중에 해도 되고요.

나　이상화된 기준을 낮추는 게 가능할까요?

선생님　자신감이 생긴다면 낮출 수 있겠죠. 완벽함에 대한 탐구, 이상을 좇는 마음 자체가 안 생길 수도 있어요.

나　자신감이 생길 수 있어요?

선생님　아마도요.

나　저 관심종자 같아요. 인정욕구도 강하고, 그래서 허언증이 있나 봐요. 일단 이야기를 할 때 웃기고 싶은 마음에 조금 과장하거나 확대해서 말하고, 상대방 이야기에 공감하고 싶을 때 "나도 그런 일 겪은 적 있어" 하면서 거짓말할 때가 있어요. 그 후에 너무 괴롭고요. 그래서 이제 작은 거로도 거짓말하지 않으려고 해요. 그게 저도 편했고요. 그런데 토요일에 진료받고 나서 친구랑 술을 마시고 취했는데, 기억은 다 나거든요? 그런데 거짓말을 했어요.

선생님 그 내용도 공감을 위해서였나요?

나 아니요. 그냥 관심받고 싶은 마음이었던 것 같아요. 공감을 얻을 이야기는 아니었어요.

선생님 취하지 않았다면 안 했을 이야긴가요?

나 절대 안 했을 이야기예요.

선생님 그럼 취해서 한 거잖아요. 그렇게 넘기세요.

나 (당황) 그렇게 넘겨도 돼요? 정신병자 아니에요?

선생님 아니에요. 거짓말은 인지기능이 떨어질 때 많이 할 수 있어요. 술 취했을 때도 마찬가지인데, 기억력이나 판단력이 떨어지잖아요? 그 공백을 메꾸기 위해 무의식적으로 거짓말을 할 수도 있죠. 하물며 취한 사람도 자기는 안 취했다고 하잖아요? 이야기의 연결성 없이 나오는 대로 말할 수 있어요.

나 저 괜찮아요?

선생님 괜찮아요. 취했을 땐 자신을 억제하는 이성의 끈을 놓게 되죠. 전문용어로는 '탈억제'라고 해요. 술이나 마약류를 접했을 때 탈억제가 일어나죠. 그래서 충동적인 행동이 많이 나타나고, 자신이 터부시했던 행동들을 하게 돼요. 그러니 그냥 하루 정도만 자책하면 돼요. '아 다음부터는 이렇게 안 마셔야지' 정도만 해도 충분해요.

나 괴로워하는 시간이 좀 짧아지긴 했어요.

선생님 내 탓하지 말고 술 탓 좀 해요. 말씀하셨잖아요. 술 마시지 않았다면 하지 않았을 거고, 술 취해서 한 거라고.

나 이거 허언증 아니에요?

선생님 아니에요. 그냥 술 취한 거예요.

나 선생님 저는 만취했는데도 헛소리 하나 안 하는 애들이 너무 부러워요.

선생님 그런 사람이 있을까요? 자는 사람은 있겠죠. 실수가 나와야 하는데 수면중추가 먼저 취해서 잠이 든 거지, 대부분은 하죠. 안 그러는 사람들은 술이 센 거예요.

나 아…… 저번 주에 제가 정의로워지고 싶어 하는 이유는 착해서라고 얘기하셨잖아요. 그게 아니라, 제가 정의롭지 않은 사람이라 정의로워지고 싶어 하는 거 같아요.

선생님 자신이 정의롭지 않은 사람이라고 이미 규정해버린 거죠. 그게 무엇이든 기준선이 높으면 지금 나의 상태를 굉장히 부정적으로 보고 있다는 증거가 될 수 있어요. 자신을 개선해나가야 하는 사람처럼 보는 거죠. 지금도 마찬가지예요. 술은 취하려고 마시는 건데, 안 취하는 사람을 부러워한단 말이에요.

나 이렇게 얘기하니 너무 간단해 보이네요. 그리고 이번 주에 회사를 그만두고 싶었어요. 많은 것들이 스트레스였고요. 수요일엔 동료들과 술을 마셨는데, 다른 사람들이 보기엔 지금 제가 편한 위치에 있고 팀장님도 좋거든요? 그 친구들은 힘든 상황이고요. 그래서 친구들의 이야기를 들어주는 상황이 된 거예요. 그런데 저도 힘들거든요. 저도 힘든데 다른 사람 이야기만 들어주고 있는 거죠. 회사 밖 친구들도, 회사 동료들도 다른 사람이 더 힘들다고 생각하는 것 같고요. 갑자기 억울한 기분이 들었어요.

선생님 화난 걸 참았네요. 어떻게 터뜨려야 될까요?

나 팀장님께 상담해볼까 고민했는데, 그날 팀장님이 시키신 일을 못 하고 끙끙 앓다가 오후에야 어떻게 해야 할지 여쭈어봤거든요. 그런데 너무 명쾌하게 해결해주셨어요. 그게 너무 감사하고, 그래서 더 말씀을 못 드리겠는 거예요. 팀장님도 힘드시니까.

선생님 왜 그렇게 남이 힘든 걸 잘 알아요?

나 (뜨끔) 그러게요, 사실 모르지 않을까요?

선생님 힘들다고 좀 하세요.

나 뭐라고 해야 할지 모르겠어요.

선생님 다른 사람들 보면서 배우세요. 다른 사람들도 힘들다고 하니까 알잖아요. 세희 씨는 안 힘든 사람한테도 "너 힘들지?"라고 물어볼 거 같아요.

나 (이때 눈물 터짐) 저 너무 착한 척하죠?

선생님 착해요, 착한 걸 어쩌겠어요.

나 착한 게 아니라 그냥 찐따 같아요.

선생님 '다른 사람들보다는 내가 낫잖아'라고 생각하면서 자신이 힘들다는 말을 하지 못하게 만드는 거죠. 예를 들어 어딜 가도 거기 있는 사람들은 '여기도 힘들어'라고 이야기할 수 있어요. 하지만 지금은 '아 저 친구도 힘든데 내가 몰랐구나' 하며 자책하고 있는 거죠. 다른 사람의 감정 생각하는 거 좋아요, 관심 쏟는 거 좋죠. 하지만 제일 먼저 나를 점검했으면 좋겠어요. 내 기분을 먼저요. 친구들한테 말하는 것도 좋지만, 같이 일하는 내부 사람들에게도 '나는 괜찮아'

가 아니라 '나는 너와 비교하면 육체적으로는 편할 지 모르지만, 여기도 힘들어'라는 걸 말하는 게 자신도 편하고 상대방도 편할 수 있어요.

나 회사 사람들한테는 이야기해본 적이 없네요. 사실 그렇게 포커페이스도 아니에요. 감정을 잘 못 숨기거든요. 목요일에 회사 그만두고 싶었을 땐 누가 봐도 화난 표정으로 있었어요. 그러면 사람들이 말을 잘 못 걸죠.

선생님 그냥 기분이 나쁜 줄 알았겠죠. 자신에 대해 알아야 해결할 수 있어요. 자신을 알고자 하지 않으면서 '내가 왜 이러지'라고만 생각하면 안 돼요.

나 저는 저를 잘 모르나요?

선생님 자신에 대한 관심이 떨어지지 않았을까 해요.

나 저는 매일 감정을 기록하는데요?

선생님 마치 제3자의 관점에서 쓴 거 같은 기록이에요. 힘들 땐 무조건 내가 제일 힘든 거예요. 그건 이기적인 게 아니에요. 예를 들어 어떤 조건이 좋다는 건, 가기 전까지만 좋은 거예요. 직업이든 학교든 마찬가지죠. 합격하는 순간까지만 좋고, 가고 나면 불만이 시작돼요. 처음부터 끝까지 '난 여기가 너무 좋아!' 하는 게 가능할까요? 다른 사람들은 나를 부러워할지 몰라도 정작 나는 아닐 수 있어요. 그러니까 '나는 왜 즐겁지 못한 거야' 하며 나를 괴롭힐 필요는 없어요.

나 알겠어요. 수요일에 동료들과 놀아서 즐거웠는데, 반쪽짜리 행복이었어요. 예를 들어 상대가 "어제 우리 진짜 재밌었다!"라는 말이 안 나오면 반만 즐거운 거죠. 그 말이 나와야만 완전히 즐거워져요. 실제로 '지금 내 말 재미없니?', '나 지금 너무 좋은데, 너도 그래?'라는 말을 많이 해요.

선생님 타인을 배려하는 게 부정적인 건 아니죠. 그게 지나쳐서 눈치를 살피면 문제가 되는데, 지금은 눈치를 살피는 행동이에요.

나 네. 잠들기까지 시간이 오래 걸렸는데, 처방해주신 약을 먹고 나서는 자연스럽게 졸렸어요.

선생님 요새도 자주 깼어요?

나 새벽 네 시에 한 번, 다섯 시에 한 번씩 깨요.

선생님 잘 때는 핸드폰을 멀리 두세요. 밤에 보나 아침에 보나 똑같잖아요. 일상에서 미룰 수 있는 건 미뤄버리세요. 우선순위를 내가 정했으면 좋겠어요.

나 금요일 아침 약 먹기 전에는 불안하고 일이 손에 잡히지 않았어요. 약 먹으니까 나아졌고요. 오늘 아침에도 초조함이 느껴졌는데, 여덟 시쯤 약 먹으니까 괜찮아졌어요.

선생님 부작용일 수도 있어요. 밤에 먹는 반 알짜리요. 아침 약 잘 드시면 돼요.

나 약 중독되는 거 아니에요?

선생님 약으로 중독을 만들지 않아요. 중독된 사람들도 여기 오는걸요.

나 아침에 약 먹으면 편안해요.

선생님 편안함을 누리세요. 편안한데도 '이 약이 내 몸에 안 좋지 않을까?' 하는 걱정 때문에 더 부담될 수 있어요. 예를 들어 누군가 나한테 선물을 주면 '나도 언젠가는 갚아야 해'라고 생각하지 말고, 기뻐하고 현재를 즐기세요. 지금은 고마워하면서도 동시에 부담을 가지고 있는 것처럼 보여요.

나 ……(그게 말처럼 쉬우면 여기 있겠느냐고요).

선생님 지금도 괜찮아요. 술 마시면 그럴 수 있고, 약 먹다 보면 부작용 생길 수도 있고, 부작용 생기면 병원 욕하면 돼요.

나 (지금도 괜찮단 말에 눈물 나려고 함. 주책)

선생님 주말에 뭐 하시나요?

나 영화 모임 가요.

선생님 재밌나요?

나 재밌으면서도 부담돼요. 원래 독서 동아리 같은 거 안 하거든요? 문창과 나왔고, 출판사 다닌다고 하면 사람들이 기대하니까요. 영화 모임에서도 출판사 다닌다고 하니까 사람들이 '오~' 이런 반응이어서 부담스러웠어요.

선생님 영화 동아리 왜 했어요?

나 저는 집순이라서 만나는 사람도 한정적이고, 친구들 모임 말고는 애인이랑만 노니까, 이렇게 이십 대를 다 흘려보낼 거 같아서요.

선생님 아 활동을 좀 늘려보려고?

나 네.

선생님 그건 좋네요. 그럼 거기서 기대(출판사를 다니니까 글을 잘 쓸 것이다 같은)를 다 충족시켜주나요?

나 아니요.

선생님 그렇다고 버림받지는 않잖아요. 대단하다고 하는 경우도, 실망하는 경우도 있을 거예요. 처음에 말씀하신 '내가 이걸 왜 했을까?'에 더 초점을 맞췄으면 좋겠어요.

나 이번 영화는 제 취향이 아니에요. 할 말이 없거든요. 아무 말 안 해도 돼요?

선생님 그럼요. 그냥 '재미없던데요? 제 취향이 아니에요'라고 얘기하면 되죠.

나 창피해요.

선생님 그냥 각자의 평가잖아요. 정답이 있는 문제도 아니고요. 물론 다른 사람들의 기대감도 있겠지만, 나도 모르게 '나는 문창과를 나왔고 출판사에 다니니까 남들과는 다른 대단한 것을 보여줘야 해'라는 무언의 압박감이 있을 수도 있어요. 그런데 '그냥 이게 난데 뭐'라고 받아들이는 순간, 훨씬 더 자유로워질 수도 있어요.

나 지금 좀 자유로워졌어요.

선생님 영화를 보면 꼭 의미를 찾아내야 할까요? 내가 좋았던 부분을 아무도 좋아하지 않을 수 있고, 나는 재미없었는데 타인은 좋았을 수도 있잖아요. 모든 것을 너무 지적으로 생각하지 않았으면 좋겠어요. 감정에 중점을 두는 거죠. '아무렴 뭐 어때'라는 생각이 중요해요.

나 그렇게 해봐야겠어요.

선생님 오히려 모임이 끝난 후에 '뭐 하고 놀까? 뒤풀이하면 뭐 먹을까? 누구랑 얘기할까?' 이런 생각을 하는 게 더 낫지 않을까요?

나 그러네요.

오늘도 나아지는 과정

"힘들 땐 무조건 내가 제일 힘든 거예요.
그건 이기적인 게 아니에요."

확실히 전문가한테 듣는 이야기는 위안이 된다. 몸에 상처가 났을 때 옆에서 누군가가 '괜찮아' 하는 것보다 의사가 직접 '괜찮아요' 해주는 게 더 안심되듯이. 그런데 날 너무 착한 사람, 혹은 답답한 사람처럼 보는 듯해서 마음이 후련하면서도 불편해졌다.

영화 모임에서는 선생님 말처럼 내 스타일이 아니었고 별로였다는 평을 했다. 녹음한 걸 들어보니 구구절절 잘도 말했네. 어쨌든 겨우 세 번째 상담이고 많은 게 달라지지는 않았지만, 나아지는 과정이라고 생각하기로 했다. 아직 집에 혼자 있을 땐 한없이 남과 나를 비교하며 내 보잘것없음을 자책하고 힘들어 하지만, 그 강도가 조금은 얕아진 느낌이다.

누군가가 좋은 날에도 글을 쓸 수 있어야 한다고 했는데, 그것도 연습이 필요할까. 늘 날씨가, 몸이, 마음이, 정신이 어두울 때만 글을 쓴다. 좋은 생각을 하면서 좋은 글을 쓰고 싶다. 묵직하고 어둡고 과잉 범벅인 게 싫다. 어쨌든 좋은 생각을 해보기로!

3주

내가 나를 감시해요

내 자기검열은 언제부터 시작되었을까? 지난 메일을 뒤져보다가 10년 전쯤에 썼던 글을 발견했다. 사람이 너무 상처를 받으면 그 상처를 억압해버린다고 하던데, 내가 그랬었나 보다. 전혀 기억하지 못한 일이었기 때문이다.

나는 태어났을 때부터 유전성 아토피 피부였다. 당시에는 아토피가 지금처럼 보편적이지 않았기에 의사는 가볍게 치부했고, 시간이 조금 흐르고 나서야 아토피였다는 사실을 알았다.

어린아이들의 아토피가 다 그렇듯이 팔다리의 접히는 부분과 눈가는 늘 건조하고 빨개져 있었다. 친구들은 종종 "피부가 왜 이래? 징그러워"라고 말했고 심지어 내가 좋아했던 남자아이는 대놓고 할머니 같다고 말한 적도 있었다.

5학년 때였나, 남학생과 같이 호흡을 맞추며 춤을 춰야 하는 행사였다. 내 파트너가 나랑 하기 싫었는지 내 손을 잡지 않고 춤추는 시늉만 했던 기억이 난다. 그때부터 수치심이 생겨났다. 나 자신이 이상하고, 못나고, 할머니 같고, 감춰야 할 존재처럼 느껴졌다.

중학생 때는 이런 일도 있었다. 그 당시 친구들과 함께하던 온라인 커뮤니티에는 익명게시판이 있었는데, 누군가가 내 욕을 한 페이지 가까이 써놨던 기억이 있다. 일일이 다 열거하기도 힘들지만, '얼굴은 안 그래 보이는데 몸이 너무 뚱뚱하다', '좀 씻고 다녀라, 팔꿈치가 까매서 못 봐주겠다' 정도가 기억난다. 내 외모를 그렇게 평했다는 사실에 엄청난 수치심을 느꼈다.

그 사건은 내 기억 속에서 지워졌지만, 무의식 속에 남아 있었는지 나도 모르게 때 타월로 팔꿈치를 매일매일 박박 미는 모습, 혹시 이나 코에 이물질이 있을까 봐 거울을 수십 번도 넘게 들여다보는, 늘 남에게 내가 어떻게 보일지 고민하는 내 모습이 있었다. 그렇게 검열하다 보니 이제 내 목소리까지 녹음해서 듣는 지경에 이르렀다. 내 마음이 고통을 오롯이 실감하는데도 누군가가 나를 비웃을 거라는 생각 때문에 두렵다.

선생님 지난주 영화 모임은 잘 하셨나요?

나 네, 잘했어요.

선생님 할 말이 많았나요?

나 아니요. 별로였다고 하니까 진행자분이 어떤 게 별로였냐고 물어봐서, 지금 정리가 잘 안 된다고 하고 넘어갔어요. 그리고 다른 사람들이 말하는 걸 듣다 보니 왜 별로였는지 자연스럽게 떠올라서 이야기했고요. 나중에 녹음한 걸 들어보니까 말 많이 했더라고요.

선생님 왜 녹음했어요?

나 저 회사에서 중요한 회의할 때나 선생님이랑 이야기할 때, 다 녹음하고 집에서 들어봐요. 평소에 긴장을 많이 하니까 말했던 내용이 기억 안 나서요.

선생님 술 취한 게 아니잖아요? 굳이 녹음까지 할 필요가 있을까요?

나 지금은 내원기록 정리하려고 녹음하는 거고, 다른 경우에는 긴장해서 눈앞이 하얘지고 무슨 말을 했는지 모르겠어서 하기 시작했어요.

선생님 어떻게 보면 자기 자신을 CCTV 찍듯이 검열하고 있네요. 끝나고 나서 '내가 잘했나? 어떤 이야기를 했지?' 이렇게요. 망각을 통해 자유로움을 얻을 수도 있을 텐데, 피곤할 거 같아요.

나 안도감과 자책감이 동시에 드는 것 같아요. 말 잘했으면 안심하고, 못했을 때는 자책하고요.

선생님 이미 벌어진 일은 그냥 넘겼으면 좋겠어요.

나 알겠어요. 이것도 되게 로봇 같네요?

선생님 로봇 같다고요?

나 네.

선생님 로봇 같다는 말도 큰 의미를 두고 한 이야기는 아닌데, 자신이 더 큰 의미를 부여했을 수도 있죠(선생님이 저번에 로봇 같다고 한 걸 곱씹고 있었다).

나 맞아요. 나를 꼬집는 말은 엄청 곱씹고 계속 말하고. 왜 자기검열을 하게 됐을까요?

선생님 눈치를 많이 보니까 그렇죠. 자신에 대한 만족도가 떨어져서 그렇죠. 내 인생은 내 것이잖아요. 내 몸도 내 것이고, 그 책임은 내가 지는 거죠. 지금은 합리화나 중간 단계가 없고 극단적으로 가버려요. 자기검열이 무조건 부정적인 건 아니지만, 합리화를 하거나 다른 쪽으로 생각해본다든가 하는 여러 색의 스위치가 있으면 골라서 누를 수 있는데, 지금은 스위치가 하나밖에 없어서 그게 그냥 켜졌다가 꺼졌다만 하는 거죠. 어쩌면 원인이 있을 텐데 그냥 '나 지금 슬퍼, 눈물이 나, 화가 나'라며 원인보다 결과물에 너무 초점을 맞추다 보니까 지금의 감정이 더 심해지는 거 같아요.

나 (우는 중) 극단성과 검열이 타고난 기질 탓도 있어요?

선생님 성격은 기질도 있지만, 커가면서 만들어지는 부분도 크죠.

나 언니랑 동생이랑 이야기를 해보면 자매가 다 똑같아요. 그래서 셋이서 연애 얘기를 하면 안 되거든요? 똑같이 극단적이니까 객관적인 판단이 이루어지지 않는단 말이에요. 그냥 '태어날 때부터 이런 건가? 아니면 우리에게 도대체 무슨 일이 있었나?' 하는 생각이 들어요.

선생님 지금 현실을 바라보는 관점이 극단적이기 때문에 자매 이야기를 할 때도 '똑같거나 혹은 다르다' 이렇게만 평가하는 것일 수도 있어요.

나 아 제 관점이요?

선생님 네.

나 제가 그렇게 극단적이란 말이에요?

선생님 그렇게 극단적이라는 게 아니라, 그런 경향이 있다는 거죠. 일단 일과 휴식의 공간적인 분리가 필요해요. 회사에서 스트레스 받았으면 집에 가서는 쉬어야 하는데, 쉬면서 녹음한 걸 듣는단 말이에요. 그러면 둘이 섞여버려요. 수치스러움과 불안감을 동시에 느낄 수 있어요.

나 알겠어요. 이번 주에는 별일 없었는데도 잠을 못 잤어요. 새벽 네 시에 깨면 여섯 시 일곱 시까지 못 자서 영화 보고 그랬어요. 답답할 정도로 잠이 안 왔어요.

선생님 낮에 많이 피곤했겠네요?

나 생각보다는 괜찮았어요. 원래 사람들이 갑자기 말 걸면 얼굴이 엄청 빨개졌었거든요? 이번 주는 안 빨개졌어요.

선생님 몇 시간 정도 주무셨나요?

나 평균 네다섯 시간? 다섯 시간 자고 일어나서 10분, 20분 쪼개서 자는 식이에요. 그리고 회사에서 집까지 걸어가면 40분 정도 걸리거든요? 논밭이 가득한 시골길인데, 걸으면 머리가 맑아지고 기분이 좋아요. 혼자 집에 있으면 우울해지기 시작하고요. 왜 그럴까 생각해봤는데, 제가 부러운 사람들의 인스타그램 계정을 찾아서 본단 말이에요. 그걸 보면 더 우울해지는 것 같아요.

선생님 부러워하는 사람들은 어떤 사람들인가요?

나 원래 입사하고 싶었던 회사의 편집팀장님이에요. 그 회사로 이직을 준비하기도 했는데 면접에서 떨어졌거든요. 예쁘고, 옷도 잘 입고, 팀원들도 정말 좋아 보였어요. 많은 것들이 부럽고 '나는 뭐지?'라는 생각이 들었어요.

선생님 지금 일하는 회사와 업무 만족도는 어떤가요?

나 업무 만족도는 높은데, 조금 지겨워요.

선생님 부러움은 누구나 느낄 수 있겠죠? 이상향을 가지고 있는 거니까요. 하지만 부러워하는 것과 자신을 계속 비교하고 비하하는 건 다른 거죠. 지금은 동경하는 정도로 느껴지고, 심해 보이지는 않아요.

나 어느 정도여야 심한 거예요?

선생님 행동으로 나와야겠죠. 하지만 '나도 괜찮아' 정도로 생각할 수 있다면 괜찮아요. 부러워하는 마음을 너무 부정적으로만 보지 않았으면 좋겠어요. 나를 발전시킬 수 있는 하나의 원동력이 될 수도 있죠.

나 네. 그리고 회사 팀장님을 존경하거든요. 그 마음이 건강하게 작용할 땐 '아 닮고 싶다, 나도 저렇게 되어야지' 하는데, 어떤 날에는 '아 왜 나는 저런 생각을 못 하지?' 이런 생각이 들면서 너무 우울해요.

선생님 누구나 그런 시기를 지나치겠죠. 좌절하고 극복하며 노하우가 생겼을 수도 있어요. 그리고 요즘 기분이 좋지 않으니까, 같은 것이라도 보는 관점이 달라지는 거죠.

나 그럼 정서가 중요하겠네요?

선생님 굉장히 중요하죠. 내 감정과 상황에 따라 우연한 사건을 받아들이는 방식은 천차만별이에요.

나 감정 상태를 좋게 바꿀 수 있을지 모르겠어요.

선생님 좋게보다는 과도하지 않게? 극단적이지 않게 바꾸는 게 중요하죠.

나 그게 안 돼요. 그렇게 못 할 거 같아요.

선생님 이미 안 된다고 말하고 있잖아요. 할 수 있을 거예요. 이번 주는 그런대로 잘 지냈으니까요. 저번 주는 안 좋았다고 했어요.

나 맞아요. 그리고 사건이 하나 있었어요. 영화 모임 페이스북에 인터뷰가 올라와 있는 거예요. 그 인터뷰에 모임 사람들이 좋아요를 눌렀기에 들어가 봤는데, 다들 학력이 너무 좋은 거예요. 알고 보니 모임 대표가 좋은 대학교를 나왔는데, 사업 초기라 주변 지인들에게 도와달라고 부탁했나 봐요. 그래서 다들 학력이 좋았던 거죠. 그 사실을 알고 나니까 갑자기 위축되고 모임에 나가기가 싫어졌어요. 그래서 어딜 가면 제 학력도 이야기하지 않고 상대 학력도 듣지 않으려고 해요. 우월감과 열등감이 동시에 생기거든요. 예를 들어 대화 상대가 편하고 말도 잘 통해서 제가 편하게 이야기를 했단 말이죠. 그런데 나중에 그 사람이 서울대를 나왔다는 걸 알게 되면 '내가 했던 이야기들이 다 무식하게 들리지 않았을까?' 하는 생각부터 들어요.

선생님 대학 나오셨잖아요? 만약 사정이 있어서 대학을 가지 못한 사람과 이야기를 나눴는데, 내 말과 행동에 따라 그 사람이 '당신은 대학을 나왔잖아!'라고 이야기를 한다면 무슨 생각이 들 거 같아요?

나 '그게 무슨 상관이야'라는 생각이요.

선생님 그렇겠죠. 고등학교 때의 성적으로 대학교에 갔겠지만, 그 후 내가 어떤 관심사를 갖는지에 따라 깊이와 넓이는 정말 다양해지죠. 고등학교 때의 성적이 나머지 인생을 보장해주는 건 아니잖아요.

나 그렇죠.

선생님 나보다 상대가 우월하게 느껴진다면 같은 조건에서 다른 사람을 비교했으면 좋겠어요. 예를 들어 집안 사정이 어려워서 고등학교도 졸업하지 못했지만, 열심히 노력해서 무언가를 이뤄낸 사람이 텔레비전에 나왔어요. 지금의 관점으로 본다면 그 사람의 노력은 평가절하될 수밖에 없죠. 그런데 과연 그럴까요?

나 아니에요. 아닌데요.

선생님 그렇죠. 내가 유리할 때는 그런 기준을 전혀 적용하지 않고, 불리할 때만 가져오잖아요. 물론 사회 분위기상 높은 대학이 유리한 면은 있을 거예요. 하지만 내가 지금 이직을 한다면 학력보다 이력이 중요하잖아요.

나 그렇게 생각하려고 노력해야겠죠?

선생님 자동으로 드는 생각을 조금 꺾어보는 노력을 했으면 좋겠어요.

나 저 자신이 바뀌어야 할 거 같아요. 저는 학력이 콤플렉스여서 편입했거든요? 처음엔 진짜 좋았어요. 그런데 대학교는 외적인 요인이잖아요. 열망했던 것들을 채워도 우울함이 계속되었어요.

선생님 열망했던 것들을 채웠다는 게, 실제로 내가 열망한 게 맞는지가 문제죠.

나 그걸 잘 모르겠어요.

선생님 예를 들어 내가 가고자 하는 목적지가 아니라, 단지 KTX를 타는 게 목적이라고 잘못 생각했을 수도 있다고요. 어쩌면 그건 내 생각이 아니라 사회적인 선입견이나 인식에 사로잡힌 것일 수도 있죠.

나 하지만 저는 문창과를 간 게 정말 좋았어요.

선생님 그러니까요. 누군가의 말보다 자신이 좋고 기쁜 게 더 중요하죠. 사람들에게 보이는 모습보다는 내 욕구를 먼저 충족했으면 좋겠어요.

나 방금도 말했지만 저는 그걸 잘 모르겠어요. '이걸 내가 원하는 걸까, 남이 원하는 걸까' 하는 부분이요.

선생님 잘 안 된다고 하면서도 인식하는 부분이 조금씩 있잖아요. 문창과를 갔을 때 기뻤던 것과 지금 하는 일에 만족하는 게 가장 솔직한 감정이 아닐까 싶어요.

나 바로 확 느껴지는 감정이요?

선생님 네, 즐거움이요.

나 즐거움보다 다른 감정이 앞선다면 안 하는 게 좋을까요?

선생님 글쎄요. 가끔은 다른 이유로 싫어하는 것도 해야 할 때가 있잖아요.

나 영화 모임이 곧 끝나요. 그 후 새 모임이 시작되는데, 하고 싶은지 하기 싫은지를 잘 모르겠어요.

선생님 모임의 장단점을 쭉 써보고, 하나씩 읽어보면 답이 나올지도 몰라요. 어쨌든 취미 생활이잖아요. 취미 생활이 스트레스가 되면 안 돼요. 하지만 안 하는 이유가 두려움에 굴복해서는 아니었으면 좋겠어요.

나 제가 피해의식이 심하잖아요. 이 모임에서도 사람들이 저를 싫어하는 거 같다는 생각이 들어요.

선생님 어떤 상황에서요?

나 모임 끝나고 술을 마시러 갔어요. 취하고 싶지 않아서 처음에는 안 취했는데, 결국 취했거든요? 막판에 취해서 기억이 가물가물하긴 한데, 대표랑 진행자가 이제 나는 보내라는 식으로 눈빛 교환을 한 걸 봤어요. 희미한 그 기억이 창피했고, 나를 싫어하는 거 같다는 생각이 들었어요.

선생님 취한 걸 싫어한 건 아닐까요?

나 네?

선생님 친구가 취했을 때 걱정되는 마음에 "너 빨리 들어가" 하는 경우도 있잖아요.

나 아 그러네? 왜 그 생각을 못 했지? 취한 게 싫은 건데. 저도 그래요. 취한 게 싫은 거죠.

선생님 보통 꿈이 현실이 되기 전에는 '이뤄지기만 하면 더 바랄 게 없겠다'는 생각을 많이 하잖아요. 만약 꿈이 이뤄졌을 때도 그때의 마음이 생각난다면, 지금의 삶이 보너스처럼 느껴지지 않을까요? 내가 무언가가 부러울 때, 스무 살의 내가 지금의 나를 바라본다면 어떨까요? "대학교 나와서 출판사 다니네?" 하지 않을까요?

나 (갑자기 눈물 터짐) 정말 기뻐할 거 같아요.

선생님 '저 사람한테 가서 어떻게 들어갔는지 물어보고 싶다!'라고 생각할 수도 있죠. 그런데 지금의 나는 내 삶과 과거를 마치 실패한 것처럼 바라보잖아요. 하지만 어릴 때의 기준으로는 지금의 내가 굉장히 성공한 인생일 수도 있어요.

나 가끔 이런 생각을 해요. 서른다섯 살의 내가 스물여덟 살의 나를 보면 너무 안타까워할 것 같다는 생각이요. 지금도 만약 스무 살의 나로 돌아간다면 '너무 그럴 필요 없어' 이렇게 얘기해주고 싶거든요. 그런데 실제로는 이게 잘 안 되니까…….

선생님 다른 사람만 비교할 게 아니라, 나를 가지고 비교해 봤으면 좋겠어요.

나 그럼 피해의식은요?

선생님 천천히 계속 생각해가야죠. 성격인 부분도 있으니까요. 오랜 시간 동안 불안감을 느끼고 살았잖아요. 새로운 경험이 과거의 경험을 덮어주기 시작하면, 어쩌면 나를 바라볼 때나 사람을 대할 때 지금보다 훨씬 밝게 바라볼 수 있지 않을까요?

스무 살의 내가 지금의 나에게

"누군가의 말보다 자신이 좋고 기쁜 게
더 중요하죠. 사람들에게 보이는 모습보다는
내 욕구를 먼저 충족했으면 좋겠어요."

늘 미래에서 과거를 바라봤다. 이런 생각을 한 적이 있다. 서른다섯의 내가 스물여덟의 나를 보면 어떨까, 스물여덟의 내가 스물의 나를 보면 어떨까. 과거의 나를 만난다면 그렇게 애쓸 필요 없다고 꼭 말해주고 싶었는데.

아무것도 없던 때, 미래도 대학도 돈도 없어 독서실 총무를 했던 때, 편입시험을 앞두곤 새벽 여섯 시부터 헬스장 카운터 알바를 했던 때, 거울 속 내 모습이 흑백사진 같았던 때, 그때의 내가 지금의 나를 상상이나 했을까? 대학도 졸업하고, 가고 싶은 출판사에 가서 하고 싶은 일을 하고 있는 나를 보면 얼마나 반가워할까?

나는 충분히 열심히 살았다. 그리고 내가 하고 싶은 일을 하며 산다. 과연 이게 원하는 일일까라는 불안은 없다. 다만 더 잘

하고 싶을 뿐. 그것만으로도 충분한데, 왜 자꾸 더 높은 곳만 보며 나를 괴롭혀왔을까. 스무 살의 내가 지금의 나를 만나면 아마 울 거 같다. 그래 이 정도면 충분하다.

4주

특별해지고 싶은 마음이 너무 특별하지 않아서

선생님　어떻게 지내셨어요?

나　잘 지냈어요.

선생님　어떤 부분에서요?

나　많은 일이 있었어요. 친구가 생겼거든요? 서로 엄청 다른데, 엄청 비슷한 거예요. 성격은 다른데 뭔가 생각하는 게 비슷하다고 해야 하나? 그래서 완전 친해졌어요. 그런데 이 관계에 대한 불안감이 심해요. 제가 사실 친구가 별로 없어요. 누군가와 쉽게 친해지고 싶지도 않고요. 사실 대학교 마지막 학기 때 친했던 친구가 있었어요. 그 친구는 다른 과였는데 같이 소설 창작 수업을 들었거든요? 소설을 엄청 잘 쓰는 거예요. 그래서 제가 먼저 다가갔고, 급속도로 친해지면서 한 학기 내내 붙어 다녔어요. 하지만 결과적으로는 그 친구랑 연락하지 않게 됐어요. 엄청 비슷하다고 생각해도, 시간이 지나면 서로 다른 점이 보이잖아요. 그 친구는 제가 불안해하고 소심하다는 걸 몰랐나 봐요. 제 성격을 이해하지 못하더라고요. 만남을 이어가다 보니 점점 무슨 말을 해야 할지 모르겠고, 기가 죽고, 자존감이 더 낮아지기 시작했어요. 종강한 후 그 친구랑 소설 스터디를 같이 했어요. 그때 제 불만이 정점을 찍었고, 스터디를 일방적으로 안 나갔어요. 그렇게 다시는 연락을 안 하게 됐고요. 저는 그게 상처였다는 걸 잘 몰랐는데, 이번에 새로운 친구와 친해지니까 갑자기 그 생각이 나면서 불안해지는 거예요. '나중에 또 그 친구처럼 멀어지겠지?' 버림받을까 봐 두려웠어요. '나에 대해 알고 나면 별 볼 일 없다고 생각하겠지?'라는 생각이 들고 무섭더라고요.

선생님 하지만 지금 할 수 있는 게 별로 없잖아요? 그냥 현재에 충실하면 좋지 않을까요? 사실 버려질 거 같다는 불안감은 내가 무언가를 소유하는 순간부터 이뤄지는 거잖아요.

나 소유는 아닌데……, 제가 누군가를 좋아하면 상대가

저를 만만하게 볼 거 같아요.

선생님 그 말이 맞는다면 이미 호구가 됐겠네요? 보통 더 좋아하는 사람이 약자잖아요.

나 맞아요. 그 친구는 타인한테 별로 관심이 없고, 저는 그런 사람한테 끌려요. 그런데 그 친구가 회사에서 친한 사람이 없는데 저랑 친해졌다는 사실이 감격인 거예요. 감격스러우면서 동시에 비굴하다는 생각이 들었어요.

선생님 마치 자신이 선택을 받은 것처럼요?

나 네 맞아요. 웃기죠.

선생님 애정을 좀 분산시켜야겠네요. 점점 약자의 길로 가게 되니까요. 그리고 많이 희생하다 보면 대가를 기대할 수밖에 없어요. 내가 너무 잘해줬으니까, 그만큼의 보상을 못 받는다는 느낌 때문에 상대에게 더 빠지게 될 수도 있고요.

나 그런데 저는 생각만 열심히 해요. 행동으로는 옮기지 않으면서요. 아무것도 안 하면서 혼자 기대하고 혼자 실망하죠.

선생님 사람이 원래 그런 거죠. '나를 선택한 사람을 내가 배신할 수는 없지'라는 생각 때문에 더 얽매일 수도 있어요. 너무 가까워지는 것을 경계하는 마음, 혹은 가까워진 후엔 버림받으면 안 된다는 불안감 속에서 사는 것보다는 '내가 정말 이 사람이랑 잘 맞는 걸까, 어떤 면이 마음에 들고 어떤 면은 별로일까?' 같은 걸 따져볼 수도 있잖아요.

나 걔는 특별한데 저는 너무 평범하고 전형적인 사람이라는 생각이 들어요. 그게 괴로워요.

선생님 그러면 상대는 평범하고 전형적인 사람을 찾아낸 거네요? 회사에서 아무도 친하지 않은 사람이 특별하지 않은 사람을 선택한 거네요?

나 그런 건 아닌데……, 그리고 저는 의식적으로 솔직해지려고 해요. 솔직했을 때 많은 일이 잘 풀렸던 거 같고, 애정이 있을수록 솔직한 모습을 보여주고 싶어요.

선생님 솔직한 모습을 보여줬을 때의 두려움은 없나요?

나 있어요. 그러니까 미리 까는 거죠.

선생님 그건 좋네요.

나 다행이다. 그래서 그 친구한테도 이야기했어요. 사실 나는 되게 뻔하고 진부한 사람인데, 네가 이런 모습을 알면 실망할 거 같다고요. 그러니까 그 친구도 자기 자신을 평범하다고 생각한다는 거예요. 저는 문창과를 나왔고 출판사를 다니니까 예술가들을 많이 보잖아요. 그들이랑 온도가 잘 안 맞아요. 제가 너무 일반적으로 느껴지는 거죠. 그런데 예술과 상관없는 사람들이랑 만나도 저는 외딴섬에 있는 거 같아요. 이도 저도 아닌 부유물 같은 거죠. 그런데 그 친구도 그런다는 거예요. "예술작품도 좋아, 그런데 무한도전도 너무 재밌어" 예술가도 아니고 대중도 아닌 자기 자신이 반인반수 같다고 해서 신기했어요. 사실 너랑 멀어지는 게 두렵다고 했더니, 그 친구가 각자의 일이 있으니 늘 연락할 수는 없겠지만 서로에 대한 마음을 계속 상기하면 좋을 거 같다고 했어요.

선생님 지금 이대로가 좋네요. 너무 미래에 대해 생각하지 마세요. 내 불안감이 상대방에게는 부담일 수 있어요.

나 마지막 학기 그 친구도요?

선생님 마찬가지일 수 있겠죠. 애정이 생기고, 상대방을 우월하고 절대적인 선처럼 바라보면서 자기 자신을 비하할 수도 있잖아요. 상대방과 나 사이의 물리적 거리는 가까워져도 심리적 거리는 더 멀어지는 거죠. 그게 열등감으로 나타나고, '저 사람이랑 나랑 멀어지게 될 거야'라는 생각에 확인을 시작하죠. 직접 물어보거나, 간접적인 나만의 행동으로요. 상대가 불편함을 느꼈을 수도 있겠죠.

나 상대가 느꼈다고요?

선생님 그랬을 수도 있죠. 확인에 대한 욕구는 알겠는데, 그 욕구를 충족하는 방식이 애 같다고 해야 할까요?

나 왜 그럴까요?

선생님 즉시의 만족을 위해서죠. 하지만 순간뿐이거든요. 그런 방법보다는 좋아하는 상대를 만나는 거 자체를 소중히 여긴다면 만족을 얻을 수도 있어요. 함께하는 시간에 의미를 부여하기 시작한다면, 단순히 어떤 관계냐가 큰 의미가 있을까요?

나 그러게요. 나를 너무 평범하고 보잘것없이 느끼는 건 어떻게 하면 고칠 수 있을까요?

선생님 고쳐야 하는 문제일까요?

나 저를 사랑하고 싶어요.

선생님 고쳐야 할 문제는 아니라고 봐요. 나의 어떤 모습을 보느냐에 따라 다르죠. 예술가를 만날 때는 예술가는 가지고 있지만 나는 가지지 못한 부분을 바라보고, 다른 사람들을 만날 때도 마찬가지잖아요. 그 시선을 바꾸면 어떨까요? '이 사람들은 예술가라서 참 예민하고 불편하겠다'고 생각할 수도 있고, 다른 사람들을 만났을 땐 '아 말이 안 통해'라고 생각할 수도 있잖아요. 똑같은 상황을 어떻게 바라보느냐에 따라 결과가 달라지죠. 지금은 기준을 내 마음대로 갖다붙이면서 괴로워하고 있어요.

나 저를 되게 괴롭히는 거 같네요.

선생님 평범하다는 말은 오히려 자신을 보호하는 방식일 수도 있어요. 열등하다고 하지는 않잖아요.

나 그러네요. 그 친구를 만나고 그 생각이 더 강해진 것 같아요. 걔가 전형적인 걸 되게 싫어하거든요. 저도 뻔한 게 싫기는 해요.

선생님 그런데 내가 뻔하다고 생각하는 거와 상대방이 뻔하다고 생각하는 게 같을까요? 공통으로 고리타분하다고 느끼는 부분은 있겠지만, 각자 차이는 있겠죠. 자기 자신을 특별하다거나 그렇지 않다고 분리하는 이분법적 사고를 지양해야 해요. '좋다, 나쁘다'만 흑백논리가 아니에요.

나 그렇군요. 저는 혼자 노는 걸 좋아해요. 다만 전제가 있어요. 저를 사랑하는 사람이 있어야 해요. 제 안부를 묻는 사람이 있어야만 혼자 놀 수 있는 거죠. 제가 6개월 동안 혼자였을 때, 어느 날 아침 눈을 떴는데 아무도 날 찾는 사람이 없고 사랑해주는 사람이 없다는 걸 깨닫고는 너무 힘들었어요. 지금도 그 생각을 해요.

선생님 관심을 얻기 위해 자신을 불안하게 만들면, 다른 사람들이 관심을 가지겠죠. 그 후 내가 편해지고 나면 사람들도 안심하겠죠? 그런데 이렇게 되면 또 좌절을 느껴요. 의도한 건 아니지만 '내가 행복해지면 사람들의 관심에서 멀어지는구나' 하는 두려움이 생길 수 있어요. 결국, 난 행복하면 안 되는 사람이 되는 거죠. 지금은 일시적인 관심에 불안함이 나아질지 몰라도, 길게 보면 이를 다 썩게 만드는 불량식품일 수도 있어요.

나 새로 사귄 친구도 저한테 혼자 좀 있어 보라고 말하더라고요. 너무 남에게 의지하지 말고요. 자기는 혼자 있어 봤더니 누군가 나를 좋아하지 않아도 괜찮은 시기가 왔대요. 정말 혼자 있는 게 도움이 될까요?

선생님 어쩔 수 없다면요. 그런데 굳이 그렇게 할 필요가 있을까요? 이 역시도 굉장히 극단적인 선택이라는 거죠. 지금은 공허감과 공포감이 섞여버려서 스스로를 방어하기 위해 도움을 청할 거 같아요. 하지만 누군가에게 의지하고 도움을 청하면, 당장은 만족하더라도 나중에는 혼자 설 수 없을지도 몰라요. 그러면 새로운 관심사와 즐거움에도 관심 가질 수 없게 되죠.

나 아……, 저번에 스무 살의 내가 지금의 나를 보면 어떻게 느낄지 생각해보라고 하셨잖아요. 그게 되게 좋았거든요. 그래서 요즘 생각한 게 있는데, 예전에는 규칙과 규율에 너무 얽매였어요. 사실 저는 무리 지어 다니는 걸 좋아하지 않아요. 초등학교 2학년 때 은정이라는 아이가 반장이었고, 대표 느낌이었어요. 무리를 주도하고요. 그런데 걔가 윤지라는 아이를 자기 집 현관문 앞까지 데려다주게 하는 거예요. 그래서 제가 "왜 윤지를 너네 집 앞까지 데려다주게 해?" 하니깐 뻔뻔하게 "윤지가 좋아해" 이러는 거예요. 그래서 윤지한테 "너 좋아?" 하니까 "응" 이랬거든요? 바로 그다음 날부터 저는 왕따가 됐어요. 은정이한테 말을 거니까 제 말을 아예 무시하고 투명인간 취급을 하더니 옆에 친구한테 귓속말을 하는 거예요. 그 이후로 모든 여자애들이 저랑 말을 안 했어요. 그 이후로 '눈 밖에 나는 행동하지 말자, 그냥 무리 안에 속해 있자'라는 생각을 하고 부단히 노력했었어요. 그런데 그 마음이 고등학교 때 바뀌었어요. 그게 점점 심해져서 대학교 때는 거의 혼자 다녔어요. 회사에서도 그래요. 그런데 그게 행복한 거예요. 그게 뿌듯하고 칭찬해주고 싶었어요. 내가 스스로 인지하고 하고 싶은 대로 한 거?

선생님 하고 싶은 대로 한다는 게 좋네요. 물론 혼자 다닌 걸 막 칭찬하고 말고의 문제는 아닌 거 같고요. 선택의 문제이니까. 그런데 그렇게 해서 '행복했다'라는 기억이 남았다면, 그 부분이 편한 거죠. 나를 편하게 하는 나만의 방법을 계속 찾는 건 중요해요.

나 네. 알겠어요.

외딴섬

"저는 혼자 노는 걸 좋아해요.
다만 전제가 있어요. 저를 사랑하는 사람이 있어야 해요.
제 안부를 묻는 사람이 있어야만 혼자 놀 수 있는 거죠."

네가 이 자리가 너무 편하다고 했을 때 나는 글쎄, 나만 불편하게 느끼는 나 자신이 초라했어. 나도 이 자리를 편하게 느끼고, 편하게 말을 건네고, 편하게 웃고 싶은데 내 입 속에서 새어나가는 말들은 늘 바스러질 뿐이었어. 함께 있어도 난 그림자였어. 찐득한 어둠을 묻힌 상태로 네 옆에 꼭 붙어서 네 행동을 전부 따라 하는.

너무 좋고, 너무 편하고 이런 말들을 입에 달고 사는 네가 부러웠어. 편하게 웃고, 편하게 누군가를 좋아할 수 있는, 누군가가 좋아지면 쉽게 가까워질 수 있는 그 천진함이 부러웠어.

5주

그놈의 자존감

나는 절절맨다. 절절맨다는 표현이 딱 맞다. 마음은 이미 절절매고 있는데, 머리는 절절매기 싫어서 사나운 동물처럼 쏘아붙인다. 서로 다른 감정이 한 몸에서 나오자 존재가 어그러진다. 그렇게 온 얼굴과 귀 끝까지 붉어진 상태로 상대를 마주하고 난 후의 버릇은 거울을 보는 일이다. 혼자만의 전쟁을 치른 직후 바라보는 얼굴은 남루하다. 빨갛고 초점 없는 눈, 잔뜩 흐트러진 앞머리, 도무지 무슨 생각을 하고 사는지 모르겠는 짙고 흐린 표정. 불투명한 존재 같다. 바닥까지 추락하는 감정을 느끼고, 애써 부여잡아온 정신의 균형이 다시금 무너진다.

선생님 어떻게 지내셨어요?

나 잘 지내다가 목요일과 금요일에 조금 안 좋았다가, 다시 괜찮아졌어요.

선생님 조금 안 좋았다는 건, 무슨 일이 있었어요?

나 저번에 친구 이야기 했었잖아요. 제가 불안감을 보이는 게 상대에게는 부담이 될 수 있다고 하셨고요. 이걸 머리로는 알아도 실제로는 잘 되지 않아요. 술 마시면 본심이 나올 때가 있잖아요. 목요일에 그 친구랑 맥주를 마시면서 대학교 마지막 학기 때 친했던 친구 이야기를 했어요. 그러면서 제 불안감을 또 이야기한 거예요. 전에도 했던 얘기인데……, 그게 너무 후회됐어요.

선생님 친구의 반응은요?

나 그냥 '그렇구나' 이런 반응? 계속 똑같은 이야기를 하니까요. 그것 때문에 새벽에 엄청 우울하고 후회됐다가, 금요일에는 또 금방 괜찮아졌어요. 제가 누군가를 좋아하면, 그 상대가 저를 만만하게 볼 거 같다고 했잖아요. 그리고 저는 언니한테 의지하고 언니의 챙김을 받던 입장이었거든요. 늘 친구 관계나 연인 관계에서 내가 상대를 지켜주거나 도와주기보다는 받는 쪽이었어요. 그런데 이 친구한테는 처음으로 '뭐든 다 해주고 싶다'라는 생각이 들었어요.

선생님 본인 모습이 보이던가요?

나 그런 건 아니에요. 좀 달라요. 걔는 자기 감정을 드러내는 것에 익숙하지 않아요. 저는 자기 표현을 잘한다고 생각하거든요? 내 느낌, 내 감정을 언어로 잘 정리해서 전달하는 편인데, 걔는 잘 못해요. 자기도 잘 못한다고 그러더라고요. 감정을 억제하는 스타일이라서 걱정됐어요. 이건 제가 책에서 본 건데, '감정에도 통로가 있어서 부정적인 감정이라고 해서 자꾸 닫아두고 억제하면 긍정적인 감정까지 나오지 못하게 된다, 감정의 통로가 막힌다'라는 이야기가 있었어요. 저는 이 글이 정말 공감됐거든요? 그래서 친구한테도 말해줬어요. 그런데 그 후부터 친구가 별로 중요하지 않은 이야기인데도 카톡을 몇십 개씩 보내서 좀 귀찮았어요.

선생님 귀찮았어요?

나 네.

선생님 지난주까지만 해도 안 그랬잖아요.

나 네. '내가 잘해주니까 이제 만만한가?'라는 생각이 지배적이었어요. 그래서 목요일에 더 힘들었던 거 같아요. 금요일에 왜 괜찮아졌냐면, 제가 왜곡된 생각을 많이 하잖아요. 그래서 '다시 생각해보자!' 하고 되짚어보니 그 친구는 원래 그런 성격인 거예요. '원래 상냥한 스타일이 아니고 내가 편하고 친해서 그러는 거지 내가 만만해서 그런 건 아니다'라는 생각을 했어요. 두 번째에는 '얘가 나를 만만하게 보면 어떻고, 우습게 보면 또 어때? 그럴 수도 있지'라고 생각했어요.

선생님 대학교 때 친구 이야기를 해서 괴로웠던 건 아닐까요? 그런 생각은 안 했어요?

나 목요일에는 그 이야기를 한 걸 엄청 후회하고, 나는 왜 이렇게 사람을 질리게 만들까 자책했어요. 그런데 다음 날 그 친구가 아무렇지도 않아서 안심했어요. 만약 저를 소홀하게 대했다면 '그 이야기 때문이야'라고 믿었을 거 같아요.

선생님 중간이 없네요.

나 늘 극단이죠. 백극단.

선생님 질려할까 봐 걱정했었는데 스스로 질리고 있네요?

나 네. 이런 이중적인 감정이 이상해서 말씀드렸어요. 그리고 저번에 얘기했던 '간택 받았다'는 게 제 책임감을 유발할 수도 있다고 하셨잖아요. 그때는 인정 안 했는데 맞는 거 같아요. '얘가 나를 선택했으니까,

나한테 마음을 열어주었으니까, 나는 더 잘해줘야 해'라는 생각이 들었어요.

선생님 계급사회가 아닌 이상 누가 누군가를 뽑고 이럴 권리는 없어요. 그냥 상호작용이죠. 연애할 때도 내가 우위에 섰다가 불리해졌다가 이렇게 왔다 갔다 하잖아요?

나 네. 그게 싫으니까 최종적으로 나를 가장 많이 좋아해주는 사람을 만나고.

선생님 친구에게 빈틈이 보이니까 약간의 우월한 감정이 생기는 거죠. 거꾸로 친구의 태도가 별로였다고 해도 다른 이유가 있으려니 할 수도 있는 건데, 극단적으로 끝과 끝만 생각하네요. 얼마든지 다른 방향으로도 생각할 수 있어요. 어떻게 보면 둘 다 공존할 수도 있는데, 모든 것들을 극단적으로 순위를 매기는 것 같아요. 그러다 보면 이 사람의 태도에 따라서 내 태도도 달라지게 돼요. 내가 받은 만큼만 주는 걸로. 그게 스스로를 힘들게 할 거고요.

나 아, 맞아요. '나는 진심인데 얘는 그냥 외로우니까 나한테 기대는 거 아닐까? 나를 만만하게 보는 거 아닐까?'라는 생각이 들었어요. 그 생각이 드니까 '아 그럼 싫어!'라는 감정이 바로 떠올랐고요.

선생님 그 불안감이 상대를 더 불안하게 만들었을 수도 있어요. 상대방도 나와 똑같이 느낄 수도 있거든요. 무의식적으로요. 마치 자석 같을 수 있어요. 가까이 가면 더 멀어지고, 멀어지려고 하면 가까워지는. 그냥 그 관계 자체에 더 이상 무리를 안 했으면 좋겠어요. 역으로 생각하면 사실 귀찮다고 하면서도 관심을 즐겼을 수도 있어요.

나 맞아요. 귀찮으면서 즐겨요. 변태 아니야 진짜?

선생님 뭐가 또 변태예요. 누구나 다 그렇지. 자존감을 지키기 위한 최소한의 수단 정도로만 생각하면 될 거 같아요.

나 괜찮아요?

선생님 네.

나 저는 되게 작은 집에서 살았거든요? 요새는 아파트 베란다만 봐도 평수를 대충 알 수 있잖아요. 저는 그게 창피했어요. 그런데 창피해하는 내가 더 창피한 거예요. 그래서 성인이 되고 나서는 애인과 친구들한테 더 당당한 척 말하고 그랬거든요? 그런데 언니랑 동생은 거짓말을 하는 거예요. 그래서 제가 "왜 거짓말을 해?" 하면 "뭐 여기나 거기나 비슷하잖아? 굳이 알려줄 필요 없잖아"라고 별 대수롭지 않게 말을 하는 거예요. 저는 죄책감이 드는데요.

선생님 그럴 수 있죠. 자신이 편하다면요.

나 아…….

선생님 너무 강박적으로 이상화된 잣대를 계속 가져와서, 그 기준에 맞추려고 하는 거죠. 자신을 벌주는 방법은 여러 가지가 있어요.

나 저 나아지고 있나요? 전문가 입장에서요.

선생님 괜찮은데요?

나 저는 좋아지고 있다고 느껴요. 회사에서도 편해요.

선생님 다른 것보다 귀찮은 친구가 생겼잖아요. 친구의 반응이 귀찮다고 했잖아요.

나 저 자주 귀찮아해요. 그게 누구든. 그냥 '얘가 나를 싫어하면 어쩔 거야, 귀찮으면 어쩔 거야' 같은 마음으로 관계를 맺는 게 좋아요?

선생님 과연 어떤 행동 하나하나가 '나를 싫어해서', '나를 좋아해서'를 대표할까요? 친구의 행동도 친구가 싫다기보다 그 친구의 행동이 싫었던 거잖아요. 지금은 상대의 어떤 행동 하나하나를 '거절'로 해석해서 받아들이고 있어요.

나 늘 그래요. 반응 하나에도 '이제 내가 싫은가 봐'라고 생각하는 거요.

선생님 충분히 다른 이유를 생각할 수 있는데도 가장 극단적인 생각을 하죠. 그 생각의 기준이 상대에게도 적용되고요. 내 생각이 나를 괴롭게 만드는 거예요.

나 네. 자꾸 극단적인 생각에 휘말리니까 좀 건강한 관계를 맺고 싶다는 생각이 들었어요.

선생님 누굴 만나든 절대적인 선은 없거든요. 불만도 있을 수 있고요. 늘 부분과 전체를 구분했으면 좋겠어요. 하나가 마음에 든다고 이 사람 전체가 다 마음에 들고, 하나가 마음에 안 든다고 해서 전체가 싫어지는 건 아니잖아요. 좀 다르게 생각하는 시도를 하면 좋겠어요.

의존에 의존하지 않도록

"감정에도 통로가 있어서
부정적인 감정이라고 해서 자꾸 닫아두고 억제하면
긍정적인 감정까지 나오지 못하게 된다."

선생님에게 의존하기 시작한 것 같다. 지금의 나에게는 선생님이 절대적인 선으로 보이나 보다. 전문가고, 해결책을 제시해주니까.

내 속에 있는 진부한 감정을 털어내고 싶다. 특별한 척을 하고 싶은 게 아니라(스스로를 특별하게 여기는 건 중요한 일이지만) 행복해지고 싶어서다. 이를테면 타인의 감정과 행동이 주가 되어 나를 지배하는 것, 잘못된 생각의 행로가 극단적인 감정으로 치닫는 것, 이 모든 반복적 행위가 나란 사람을 규정하고 틀 안에 가둬두는 것을 부수고 싶어서다. 내 삶의 주인이고 싶다. 하고 싶은 대로 하고, 그래서 후회하지 않는 삶.

극단적인 감정으로 나를 내몰고 나면 내가 행복해질까? 칼같이 나를 객관화시켜서 내게 남는 건 무엇일까? 때론 나를 지키기 위해 합리화도 필요하다. 자신을 객관적으로 보고 싶다는 이유 하나로 너무 오랜 시간 가슴에 칼을 대왔다. 내가 지금부터 연습할 건 '이렇게 해야 한다'의 공식 안에 갇히지 않고 주관적인 개인을 인정할 것.

6주

저를 잘 알려면 어떻게 해야 하죠?

선생님 어떻게 지내셨어요?

나 잘 지냈어요.

선생님 낮에는 안 졸렸나요?

나 네. 밤에도 잘 잤어요. 중간에 두세 번 깨기는 했지만, 어제도 열 시간 잤고요. 그런데 술에 취했을 때는 괜찮은데, 잠에서 깨면 자꾸 전 애인이 보고 싶어요. 왜 그럴까요?

선생님 연락은 안 오나요?

나 안 와요.

선생님 생각이 안 나는 게 더 이상하죠. 함께한 시간이 있으니까요. 그걸 이상하게 생각하지는 마세요.

나 어떻게 보면 술 취했을 때가 더 진심 아닌가요?

선생님 술 취한 게 꼭 진심이라고 생각할 필요는 없어요. 취할 때 어느 정도 용기나 충동이 생기기는 하겠지만, 제3의 인격이 나오기도 해요.

나 (갑자기 빗소리가 들림) 지금 비 오나 봐요. 그리고 친해진 친구가 새로운 영향을 주거든요. 어떤 사람과 가까워지면 그 사람이 좋아하는 걸 같이 공유하고 싶잖아요? 그래서 걔가 좋아하는 책을 읽고 음악도 들어봤는데, 새로운 책과 음악을 알게 돼서 기뻐요. 또 다음 주부터 제가 좋아하게 된 작가의 소설 수업을 듣게 됐어요.

선생님 혼자 하는 건가요?

나 네. 예전에 떨어졌던 브런치(글쓰기 플랫폼 사이트) 작가도 이번에 선정됐어요. 그게 좋았고, 또 친구랑 일주일에 한 번씩 거기에 독후감 쓰기로 했어요(그러나 단 한 번으로 끝이 났다). 그리고 제가 2년 동안 소설을 안 썼는데, 오랜만에 단편소설 구성을 짰더니 기분이 좋아졌어요. '완전히 솔직해져 보자'라는 생각으로 짜봤어요.

선생님 상상의 나래를 펼치면 도움되는 게 많죠. 현실에서의 충동을 줄여줄 수도 있고, 대리만족도 되고요. 문신은 어떻게 됐어요?

나 오늘 하러 가요.

선생님 누구랑 갑니까?

나 혼자 가요. 오늘 새로운 사람을 만나요. 제가 블로그를 하는데, 혼자 낙서하듯이 글 쓰는 곳이거든요? 언제부턴가 글에 하트를 누르는 사람이 한두 명 생겼어요. 저도 자연스럽게 그 사람들이랑 이웃도 맺고, 글도 보고요. 친밀하게 지내는 건 아니었고 관심도 없었어요. 그런데 제가 내원기록을 쓰기 시작한 날 어떤 사람이 힘내라고 댓글을 달았어요. 그 후 제가 '완전히 우울하다'는 내용의 글을 썼는데 그 사람이 힘내라고, 나중에 맛있는 거 사주겠다는 내용의 쪽지를 보낸 거예요. 그때 왜 그랬는지 모르겠지만 "토요일에 갈게요" 하고 약속을 정했어요. 오늘 저녁에 그 사람을 만나요.

선생님 두렵지는 않나요?

나 이상하게 두렵지 않아요. 소통 아닌 소통을 해서 그런가? 원래 성격 같으면 인신매매면 어쩌지 하면서 되게 무서워하거든요? 그런데 이번에는 이상하게 안 무서워요.

선생님 글로 소통하다 보면 서로를 이해하게 될 수도 있지만, 조심하긴 해야죠. 하지만 그게 뭐든 본인이 선택한 거라면 좋네요.

나 예전 같았으면 '인터넷으로 만남? 뭐야 극혐이야!' 이랬을 텐데, 전혀 이상하다는 생각이 안 들어요. 그래도 한 시간 이상 연락 안 되면 친구한테 신고하라고 해야겠다.

선생님 그럴 거면 뭐 하러 만나요(웃음). 만날 때 연락처를 교환할 거 아니에요?

나 네, 그때 교환했어요.

선생님 연락처를 친구한테 알려주면 되겠네요. 헤어진 애인한테 연락 안 오는 건 섭섭하지 않나요?

나 섭섭하지는 않고요. 조금 더 시간이 지나면 제가 연락해볼 생각이에요. 그 애가 저랑 정말 끝내려고 생각했다면 이렇게는 아니었으면 해요. 마지막이 너무 형편없었어요.

선생님 왜 시간이 필요해요?

나 분노가 누그러질 시간? 같은 거요. 가슴 아픈 사실은, 저는 그 애를 절대 무시한 게 아니거든요. 하지만 그 애는 제가 자기를 완전히 무시했다고 생각할 거란 말이에요. 그게 그 애를 오랫동안 괴롭게 할까 봐 걱정돼요.

선생님 어쨌든 그 시간을 잘 마무리 짓고 싶다는 마음은 좋은 거죠. 하지만 예전에는 '나한테 어울리고 필요한 사람은 이런 사람이야'라고 생각했다면, 이제는 다양한 상대를 만나보며 균형이 잡힐 수도 있어요. 예를 들어 첫사랑과 헤어지고 나면 '다시는 이런 사랑 못 할 거야' 하는 사람도 있지만, 시간이 지나면 새로운 사람으로 잊히죠. 지금은 마치 사춘기를 겪는 것처럼, 지금까지와는 조금 다른 선택도 해보고, 실패할 것을 뻔히 알면서도 실패를 경험해볼 시간이 필요할 거 같아요.

나 맞아요. 그리고 친구들이 요즘의 저를 좋아해요. 밝아졌대요.

선생님 친구들의 이야기보다는 자신의 만족도가 더 중요해요(단호박).

나 그게 자꾸 왔다 갔다 하니까……, 이번 주는 좋았어요. 저 자신도 마음에 들었고요. 다시 글 쓰려고 하는 것도, 소설 수업 신청한 것도 좋고, 이번 주는 저에 대한 만족감이 높았어요.

선생님 문신도 잘돼야 할 텐데.

나 잘될 거예요. 그리고 저번에 선생님이 그러셨잖아요. 좋은 것들도 많이 널려 있는데 나쁜 증거만 찾아서 사용한다고요. 제가 왜 그랬을까 생각해봤어요. 예를 들어 제가 누구한테 차였어요. 그러면 '걔는 나를 좋아하지 않아'라고 생각하다가도, 책 내용 중에 '사랑의 모양과 색깔은 다 다르니 네 생각대로만 판단하지 마라' 이런 글귀를 보면 '맞아 걔도 다양한 생각을 할 수 있겠지, 다른 사정이 있을지도 몰라' 이렇게 생각을 바꾸다가도 제가 합리화하는 것 같아서 안 하려고 해요.

선생님 합리화를 왜 부정적으로 보세요?

나 뭔가 진실을 거부하고 받아들이지 않는 느낌?

선생님 성숙한 방어기제 중 하나예요. 자신의 상처나 결정에 대해 이유를 찾는 거니까.

나 나를 지키려는 방법으로 괜찮은 거예요?

선생님 네. 이성적인 판단을 하는 거죠. 과도해지면 또 다른 문제가 될 수 있겠지만, 얼마든지 좋게 바라볼 수도 있어요.

나 친구가 저한테 연애상담을 한 적 있어요. 그래서 제가 "야 그거 어장관리야! 어장관리도 모르냐?"라고 말을 했어요. 그런데 친구는 제 말에 전혀 영향받지 않았어요. "아니야. 네가 말로만 듣고 우리 사이를 잘 몰라서 그래" 이런 식으로요. 저도 그렇게 되고 싶어요. 여태까지는 타인의 말에 더 의존하고, 타인의 기준으로 판단했던 거 같아요.

선생님　그러려면 일단 나 자신을 제일 잘 알아야겠죠.

나　그렇죠. 저는 저를 잘 모르는 것 같아요.

선생님　그러니까요.

나　저를 잘 알려면 어떻게 해야 하죠?

선생님　많이들 자기 자신을 제일 잘 안다고 생각하지만, '정말 내가 잘 알까? 마치 장님이 코끼리 다리 만지듯이 내가 보고 싶은 모습만 본 건 아닐까?'라고 생각해보는 거죠.

나　그럼 뭐가 맞아요?

선생님　나중에는 입체적인 모습을 봐야 하겠죠.

나　아, 맞아요. 맞아요. 사람을 다면적으로 보게 되면 그 사람을 미워할 이유가 없는 거 같아요. 나도 좀 그러고 싶다는 생각을 했어요.

선생님　아기들이 읽는 동화책은 평면적이잖아요. 나쁜 사람과 좋은 사람이 딱 나누어져 있죠. 하지만 성인이 된 후에 읽는 책 속 인물들은 단순히 '좋다, 나쁘다'의 기준으로만 말할 수 없잖아요. 사람을 종합적으로 보고 나서 판단하셨으면 좋겠어요. 자신을 볼 때도 마찬가지고요.

나　적어보는 건요?

선생님 적어보는 것도 도움이 되죠. 또 현실에서 할 수 있는 건 그때그때 행동으로 해보는 거예요. 내가 오늘 문신을 한다면 문신하기 전 느낌과 문신하고 나서의 느낌을 적는 거죠. 그러다 보면 나중에 공통적인 부분을 찾을 수도 있을 거예요. '내가 어떤 면에 두려움을 느끼는구나, 어떤 면에 안도감을 느끼는구나' 같은 거요. 입체적으로 바라볼 수 있는 하나의 도구가 될 수 있어요.

'나' 라는 존재

"합리화를 왜 부정적으로 보세요?
성숙한 방어기제 중 하나예요.
자신의 상처나 결정에 대해 이유를 찾는 거니까."

나 자신을 깊이 들여다보는 건 언제나 힘들다. 부정적인 감정에 휩싸였을 땐 더더욱. 뭐라고 해야 할까. 쓰레기를 밟고 있는 걸 아는데도 굳이 손으로 집어 올려 쓰레기임을 확인하는 기분. 오늘이 딱 그랬다. 괜히 징징대고 싶었다. 기대고 싶었고 우울하고 싶었다. 지금 내게 우울함은 가장 쉬운 길이고, 익숙하고, 가까운 정서니까. 매일 같은 시간에 깨듯 굳어진 습관이니까.

시간이 지나면 괜찮아질 거야. 아니, 모든 건 유동적이니까 삶도 파도처럼 널뛰며 좋아졌다 나빠졌다 반복할 거야. 오늘 우울하면 내일 행복해지고, 내일 행복하다면 또다시 우울해져도 돼. 나를 사랑하기만 하자.

나는 나밖에 없는 존재, 그것만으로도 특별한 존재, 내가 평생 동안 돌봐야 할 존재, 그러므로 애정을 갖고 따스하게 한 걸음씩 찬찬히 느리게 조목조목 짚으며 도와줘야 할 존재, 잠시 숨을 내쉬며 휴식하거나 때론 채찍질하며 나아가야 할 존재, 나를 들여다볼수록 행복해질 거라고 믿는다.

7주

규정하고, 단정 짓고, 실망하고, 떠나고

선생님 잘 지내셨어요?

나 아니요. 저번에 친해졌다는 친구 있잖아요. 언젠가부터 그 친구의 눈치를 자주 보게 됐어요. 영향도 크게 받았고요. 그 친구에게 책을 빌려줬는데, 제 책 취향을 부정당할까 봐 두려웠어요.

선생님 반응이 별로였나요?

나 감상을 카톡으로 보내줬는데, 내용이 제가 느끼기에는 비난에 가까운 느낌이었어요. 사실 비난했더라도 그 책을 비난한 것뿐인데, 저와 그 책 모두를 공격하는 것처럼 느껴졌죠. 그래서 저도 모르게 "넌 오만하고 피곤해"라고 막말을 던졌어요. 그랬더니 더 심한 막말이 돌아왔고, 저는 상처받아서 그 카톡을 다 씹어버렸어요.

선생님 기분이 어땠나요?

나 그 친구를 잃었다는 사실보다는 또 나를 무시하는 사람을 만났다는 데에 초점이 맞춰졌어요. 엄청 우울해졌고 화가 났죠. 만만한 내가 싫었고, 그 친구도 미웠어요.

선생님 가장 큰 문제는 역시 흑백논리네요.

나 흑백논리요?

선생님 네. 자신을 코너로 몰아넣고 '흑과 백' 둘 중 하나만 선택하려고 하네요. 사람을 사귀거나 안 사귀거나, 아주 친하거나 다시는 보지 않거나, 터뜨리거나 참는 거요. 늘 예스 아니면 노의 선택지만 존재하고, 중간단계는 아예 없네요. 그리고 그 친구와는 '특별한 관계'라는 생각에 참고 버티며 관계를 이어가려고 했을 수도 있어요. 진짜 자신의 모습이 아니니까 지친 거고요.

나 맞아요. 처음에는 그 친구와 제가 비슷하다고 생각했지만 알고 보니 달랐고, 그래서 자주 부딪힌 거 같아요. 그 친구가 내 생각과는 다른 의견을 말하면 저를 공격한다고 느꼈고, 상처받았어요. 그래서 상처받지 않기 위해 그 친구의 생각에 나를 맞추거나, 아예 보지 않는 선택지밖에는 없었죠. 솔직하게 말을 해 볼 수도 있고, 조금은 서먹한 관계를 이어갈 수도 있었을 텐데…….

선생님 회색에도 무수히 많고 다른 색이 있는데, 회색은 하나라고 단정 짓는 것 같아요. 스펙트럼도 입체적일 수 있는데 일자로 보는 것 같고요.

나 부끄럽네요. 사람은 입체적이라고 늘 생각하면서, 전 매번 평면적이에요. 그래서 사람의 어떤 모습을 보고 '이 사람은 이런 사람'으로 규정하고 단정 짓고, 평가하고 떠나곤 해요.

선생님 예를 들어 세희 씨가 어떤 작가의 글을 좋아했어도, 그 사람을 실제로 보고 실망스럽다면 바로 돌아설 거 같아요.

나 헐 맞아요. 그건 그 사람의 일부분일 뿐인데.

선생님 이 문제는 상대를 평가하는데서 그치는 게 아니라 자신에게도 그 잣대가 그대로 되돌아온다는 게 큰 문제예요. 만취한 다음 날에 괴로워하는 것도 비슷한 이치죠.

나 제가 허물어지는 어떤 모습을 보이면, 그 부분 때문에 주위 사람들이 저를 싫어하고 떠날 거라고 생각해요. 하지만 저는 사랑하는 사람들의 다양한 모습을 알고 있어요. 못난 부분, 멋진 부분, 소심한 부분 등등……. 부정적인 부분이 있어도 그냥 그 사람이기에 좋아하죠. 그러면서도 저 자신은 아주 작고 부분적인 측면으로도 금세 버려질 수 있다고 생각하고 불안해해요.

선생님 결국 자존감 때문이겠죠. 자존감이 높고 내 취향에 대한 확신이 있다면 그 사람이 그걸 비판하든 비난하든 신경 쓰지 않을 거예요.

나 그러게요. 얼마나 제 취향에 자신이 없으면 그런 걸 걱정했을까요. 평가가 도대체 뭐라고. 확실히 저는 자존감이 낮고, 그 친구에게 많은 영향을 받고 있었어요. 제 중심이 곧게 서 있지 않으니까 상대의 이야기가 나를 향한 공격으로 느껴지고, 다양성이 있을 수 있는데도 그걸 '옳다 그르다'는 시선으로만 보게 된 것 같아요.

선생님 또 다른 일은 없었나요?

나 이번에 깨달은 게 있어요. 저는 애정과 영향력을 동일시했어요. 제 뿌리가 너무 약하고 깊지 않기 때문에 상대에게 많은 영향력을 행사해야만 안심할 수 있었죠. 그래서 상대가 제게 영향을 받으면 받을수록 저를 사랑하는 거라고 믿었고, 관계가 견고해진다고 생각했어요. 견고해지는 것과 엉망진창으로 섞여 들어가는 건 다른 건데, 머리로는 타인과 내가 주체성을 가지고 함께 가는 게 건강한 관계라고 여기면서도, 마음은 상대가 내 말에 큰 영향을 받지 않고(여기서 말하는 영향은 내 말에 크게 흔들리거나 감명받고, 내 가치관대로 행동하고, 변화하고, 따르는 것을 말한다. 정말 이상함) 온전한 자신으로 존재하면 저를 깊게 사랑하는 것 같지 않아서 불안했어요.

선생님 인정욕구를 더 강하게 만드는 행위예요. 내가 영향받고 싶을수록 상대에게 영향을 주려고 노력할 테고, 상대가 반응하지 않으면 더 노력하겠죠. 그러다가 지쳐버리는 거예요. 이것 또한 극단적이고, 자신의 한계를 규정하고 있는 거죠. '내가 영향을 주어야만 날 사랑하는 거야'라는 믿음도 극단적이죠.

나 그럼 어떻게 해야 하죠?

선생님 자신에게 더 집중해야 해요. 구체적으로 내가 좋아하는 게 무엇인지 직접 써보고, 내가 보는 나와 주변 사람들이 보는 나의 차이점도 써보세요. 그리고 눈치 보며 했던 행동들을 좀 더 주도적으로 해보는 게 좋아요.

나 전 제 마음대로 행동하는 편인데요?

선생님 정말 모든 사람한테 다 같은 행동을 하나요?

나 아니요. 그 친구한테는 좀 맞춘 거 같아요. 왜 그랬는지 모르겠어요. 내가 아닌 내 모습이 자꾸 나오니까 지치고, 안 그러려고 하면 싸가지 없게 대하게 돼요.

선생님 그렇게라도 진짜 나를 표출해야죠. 좀 더 주도적으로 사람들을 의식하지 말고 내가 하고 싶었던 것들을 하세요. 지금은 관계가 좁고 삼각형 같아서 마음을 많이 찌르겠지만, 팔각형보다 십육각형이 원에 더 가깝잖아요? 다양하고 깊은 관계가 많아질수록 원처럼 동그랗고 무뎌져서 마음을 덜 찌를 거예요. 괜찮아질 거예요.

나 (감동의 눈물) 네. 감사해요.

그날의 진실과 삶의 진실

"사실 아무도 저를 무시한 적 없고,
제가 가장 저를 무시하고 있었어요."

인간은 입체적이라는 말은 내가 가장 많이 쓰는 말. 하지만 가장 실천하지 못하는 말. 사람은 모두 여러 면을 가지고 있고, 행복과 불행은 공존하고, 모든 일은 다 상대적이다. 아무도 날 무시한 적 없고, 사실은 내가 가장 날 무시하고 있다. 그 애와의 카톡을 다시 보니 그냥 넘길 수도 있는 일이었다. 그 애가 나를 무시한다는 전제가 깔려 있었으니 그 내용이 고깝게 보일 수밖에 없었다. 그래서 그 애가 반응할 못된 말로 공격했던 거고. 관계의 끝을 위해서.

자꾸 무시당하는 기분이 들어서 관계를 파탄 내는 사람들이, 나처럼 극단적인 사람들이 이 글을 보면 좋겠다. 우리는 다 여러 부분을 가지고 있다. 그게 전부다. 그걸 가지고 이 사람과 관계를 이어가거나 그만두는 문제가 아니라는 뜻이다. 머리로는 잘 아는데 마음은 잘 섞이거나 녹아들지 않는다. 불행은 불행대로 기름처럼 우위를 차지하고 행복은 밑으로 꺼진다. 그래도 이것들이 모두 담긴 통이 삶이라는 건 큰 위안이고 기쁨이다. 슬프지만 어쨌든 난 살아가고 살아내고 있다. 그게 위안이자 기쁨이다.

8주

드디어, 약물 부작용

혼자 있는 시간을 좋아했다. 방에 누워서 책 읽고 사색하는 시간, 산책하는 시간, 버스나 지하철 안에서 음악 듣는 시간, 낮잠 시간, 내가 제일 사랑하는 시간이었다. 그런데 지난 2주간 지루함이라는 단어가 일상을 짙게 채웠다.

회사에서의 시간이 이렇게 고통스러운 적은 처음이었다. 어떤 것에도 집중할 수 없었고 가만히 앉아 있는 자체가 힘들었다. 결국, 금요일에 반차를 썼다. 하지만 반차를 쓰고 집에 있는데도 불안과 초조, 지루함을 참을 수 없었다. 그때야 약물 부작용이 아닐까 의심했고 병원을 찾고 나서야 부작용 증상이 맞음을 확인했다. 허탈했다. 약은 정좌불능이라는 부작용을 가져왔다.

정좌불능이란 착석 불능이라는 뜻으로, 가만히 앉은 채로 있을 수 없는 상태를 가리킨다. 서거나 앉거나 제자리걸음을 하며, 정신안정제 사용 중에 종종 볼 수 있는 부작용이라고 한다.

나 약에 내성이 생기나요?

선생님 내성이 생기는 약도 있어요.

나 지금 내성이 나타날 시기인가요? 원래 약을 먹으면 나른해지면서 안정되는 걸 느낄 수 있었는데, 지금은 초조함이 계속돼요. 저는 그걸 지루함이라고 생각했고요. 일단 회사 일에 집중하지 못한 지가 한 달 정도 됐고, 무언가를 계속하지 않으면 지루함을 견딜 수가 없어요. 버스 타고 이동하는 30분도요. 이거 부작용 증상인가요?

선생님 네. 부작용이네요. 지난번에 늘렸던 약 때문인 것 같아요. 가만히 앉아 있는 게 힘들다는 거죠?

나 너무 힘들어요. 너무 너무 너무.

선생님 전화를 하시지 그랬어요.

나 '지금 일하기 싫으니까 지루함을 쉽게 느끼는구나' 했는데, 불현듯 부작용 같다는 생각이 들더라고요.

선생님 지난번에 반 알로 드시다가 한 알로 늘린 약 때문인 거 같은데요.

나 너무 힘들어요.

선생님 누워서 잘 때는 괜찮았나요?

나 취침 약이나 술을 마시지 않으면 초조함과 지루함이 계속돼서 잠을 못 자요. 그리고 잠들면 쉽게 깨고, 미칠 거 같아요. 술 취하면 좀 자요.

선생님 술에 들어 있는 알코올 성분이 그 약의 부작용을 좀 낮춰주거든요.

나 저는 술이나 약에 의존한다는 생각이 들었어요.

선생님 힘드셨겠네요.

나 힘들었어요. 우울한 거와는 좀 달랐어요. 저는 인지하는 게 느린 거 같아요. 그리고 약을 먹기 시작한 후로 낮잠을 못 자요. 잔다고 해도 이게 잠인지 현실인지 구분 안 될 정도로 얕은 잠을 자요.

선생님 지금 약 하나 드릴게요. (약 먹음) 감정적으로는 어땠어요?

나 예민했어요.

선생님 예민할 수밖에 없죠. 운동은 좀 하셨어요?

나 아뇨, 안 했어요. 그냥 회사 끝나고 집에 걸어갔어요. 그땐 조금 후련했고요. 회사에 있을 때도 자꾸 밖으로 나갔어요. 이런 부작용이 있다고 왜 말씀 안 하신 거죠?

선생님 그게 원래 썼던 약이거든요. 그 약을 조금 올린 거라, 일반적으로는 부작용이 나타나기 힘들어요. 아침저녁으로 부작용을 막아주는 약을 처방하고 있었고요. 아침 약을 먹으면 그 순간에는 조금 낫지 않던가요?

나 네. 근데 졸렸어요. 진짜 엄청 힘들었어요. 일기에도 이런 이야기밖에 없어요. '초조하고 불안함을 참을 수 없다.'

선생님 무엇 때문이라고 생각했나요?

나 처음에는 활동적인 사람이 되는 거라고 생각했어요. 그런데 혼자 있는 시간을 간절히 원할 때도 막상 혼자 있으면 잠깐 편하고, 지루함이 계속됐어요. 쉽게 마음이 뾰족해지고 주변 사람들과의 관계도 좋지 않았어요.

선생님 몸이 안 좋으니까 예민해졌을 거예요. 2주 전에 오셨을 때, 틀에 박힌 생각에 몰입하는 걸 방지하고자 약을 늘린 건데, 몸이 못 받아들일 줄은 몰랐어요.

나 조정할 수 있는 거예요?

선생님 할 수 있죠.

나 약을 먹지 않으면 초조한 게 확 느껴지니까, '계속 이렇게 약을 먹어야 하나?' 하는 불안감에 시달렸어요.

선생님 지금 약을 드신 지 3개월이 조금 넘었어요. 보통 치료 기간은 증상에 따라 다르지만, 힘들었던 기간이 짧으면 짧을수록 치료 기간도 짧아져요. 조금은 길게 생각하시는 게 어떨까요.

나 네. 저는 매번 똑같은 문제를 이야기하고, 선생님도 늘 같은 답을 이야기하는 거 같아요. 제 성향이 바뀌지 않으니까 똑같은 문제가 계속되는 것 같아요.

선생님 지금 말씀하신 게 되게 중요해요. 지금까지는 나도 모르게 했던 행동인데, '내가 늘 비슷한 선택을 하는구나'를 인지했다는 것 자체가 치료죠.

나 중간이 없는 흑백논리는 계속해서 나온 문제잖아요. 그래서 중간의 선택을 하고 싶었어요. 싸운 친구와 파괴적으로 관계를 끝내기도 싫었고요. 그래서 친구한테 제 상황을 다 이야기했죠. 네가 나를 무시한다는 생각이 들었지만, 나는 너무 극단적이라서 너를 이해하거나 관계를 끊는 두 가지 선택지밖에 없었다고요. 그 이야기를 다 털어놓으니까 마음이 편했고, 친구와도 잘 풀어냈어요.

선생님 좋네요. 아마 지금까지는 맺지 못했던 관계일지도 몰라요. 이렇게 행동했을 때 자유로움이 늘어가고,

서로 책임도 나누어 가질 수 있고요. 용기를 내서 말하고 풀어냈다는 건 굉장히 좋게 생각해야 해요. 지금까지 벌어진 일들은 다 약 때문이라고 치부해도 좋을 거 같고요.

나　마음이 놓여요. 일도 하나도 안 했어요. 진짜 끔찍한 부작용인 것 같아요.

선생님　용어로 하면 정좌불능이라고 해요.

나　정좌불능 대박. 그 와중에 이렇게 있으면 안 되겠다는 생각에 무언가를 분주하게 했거든요? 제가 마케터인데, 편집자가 되고 싶어서 편집자 강의를 듣기 시작했어요.

선생님　가능했어요?

나　힘들었어요. 듣기 전에 늘 술을 마셔서 가능하지 않았나 싶어요. 그래도 재미를 느꼈던 건 책을 기획하는 일이에요. 기획서를 3장 썼는데 재미있었어요. 제가 쓸 책도 기획하고 있거든요. 이것들이 조금 위안이 됐어요.

선생님　혹시 문신한 것도 부작용의 영향인가요?

나　잘 모르겠어요. 계획대로 하긴 했는데, '그냥 해버리고 싶다'고 생각하긴 했어요.

선생님　한쪽 팔에만 했네요?

나 네.

선생님 사랑을 확인할 땐 주로 어떤 방식을 쓰나요?

나 불안하다고 말해요. "나 좋아?"라던가, "잘 모르겠어, 불안해" 이런 식으로 표출해요.

선생님 그래도 표현하긴 하네요. 약이 마음 상태와 몸 상태에 크게 영향을 끼쳤을 거예요.

작은 의미라도

"지금까지는 나도 모르게 했던 행동인데,
'내가 늘 비슷한 선택을 하는구나'를
인지했다는 것 자체가 치료죠."

늘 고통이나 불편을 유난으로 여겼다. 고통 앞에서도 자기검열이 이뤄졌다. 내가 고통을 오롯이 실감하면서도 남들의 눈부터 신경 썼다. 사실 참을 수 있을 정도인데 유난 떠는 것처럼 비치는 게 싫었다. 부끄러웠다. 그래서 부작용 증상조차도 뒤늦게 깨달았다.

나는 늘 스스로 불행하다고 여기고, 그게 자기 연민이라는 것도 잘 알지만 오늘은 나를 달래주고 싶다. 아파도 아프다고 말하지 못하고 느끼지 못하는, 그래서 몸과 정신이 다양한 방식으로 비명을 지르고서야 깨닫는, 아프다는 명백한 사실도 내 탓으로 만들어버리는 나 자신을. 나는 나에게 늘 과녁이다. 상대에게 달려든대도 찔리는 건 결국 내 몫. 그래서 남을 할퀼수록 나는 더 큰 상처를 입는다. 그렇지만, 어쨌든 내 세계의 중간지점을 만드는 시도도 하고 부작용 증세도 깨달았으니 의미 있는 한 주.

9주

지나친 외모 강박과 연극성 인격장애

선생님　한 주 잘 지내셨어요?

나　좀 괜찮아졌어요(부작용 증세가 사라졌다).

선생님　주변 사람들의 반응은 어땠나요?

나　저번 주에 회사 동료한테 그만둘 거라는 이야기를 많이 했거든요. 친구한테 부작용 이야기를 했더니, 일이 힘들어서 그런 줄 알았는데 약 때문이었냐고 했어요. 애인한테 "나 많이 예민했어?"라고 물으니까 심하지 않았다고 했고, 저도 엄청 편해졌어요.

선생님　거꾸로 말하면 저번 주엔 엄청 불편하셨겠네요.

나　네 엄청나게요. 그런데 여전히 일하기 싫어요.

선생님　별일 없었어요?

나　별일 없었어요. 오늘은 아무에게도 하지 못했던 이

야기를 하려고 왔거든요? 어떻게 보면 별거 아닌데 저한테는 엄청 콤플렉스인 부분이요. 저는 자존감이 낮잖아요, 그래서 남에게 보이는 모습이 되게 중요하거든요? 정말 창피한데, 외모에 대한 콤플렉스와 강박감이 너무 심해요. 제 얼굴이 싫고요. 예를 들면 제 얼굴을 평가할까 봐 애인의 지인들을 못 만나겠어요.

선생님 다른 사람 외모를 볼 때도 그러나요?

나 다른 사람 외모를 평가하냐고요?

선생님 네.

나 네. 평가하죠. 제가 얼굴 평가를 많이 당하거든요?

선생님 당하는 게 뭐죠?

나 당한다는 말이 좀 웃기긴 하는데, 저로서는 당하는 느낌이에요. 폭력적으로 느껴지는 거죠. 그냥 넘길 수도 있지만, 저를 엄청 찌르는 말들이에요. 그러니까 아무도 외모에 대한 이야기를 안 했으면 좋겠고요.

지금 용기 내서 말하는 거라 두서가 없는데, 그냥 검열하지 않고 말할게요. 여자들은 저를 예쁘다고 하는 사람이 많은데, 남자들은 별로 없거든요? 인기가 많지 않아요. 예를 들어 여자들은 다른 사람한테 '우리 회사에서 제일 예쁜 애' 이런 식으로 소개할 때가 있어요. 저는 그게 너무 싫어요. 얼굴 평가로 이어지니까요. 지난여름에 친구와 친구의 지인(남자)을 만나러 갔는데, 친구가 그 사람한테 저를 회사에서 제일 예쁜 애라고 말한 거예요. 그래서 재가 친구한테 "그런 얘기를 왜 해! 그렇지도 않은데" 하니까 친구는 "왜? 그냥 주관적인 평가지" 하고 넘어갔어요. 그런데 그 남자가 저를 무안하게 했어요. "회사에서 제일 예쁘다고 그러던데요?" 이러면서 조롱하듯이.

선생님 그걸 조롱이라고 느꼈나요?

나 전 조롱처럼 느껴졌어요. 그 사람이 "그런데 뭐, 제 스타일은 아니에요"라고 말했거든요. 황당하고 화가 났어요. 저는 이런 일이 꽤 많아요. 그러니까 자꾸 '나는 남자들이 봤을 때 안 예쁜 얼굴인가 보다'라는 생각을 하거든요? 그런데 그걸 받아들이기가 어렵고, 싫고, 제 자격지심이 되고, 콤플렉스가 되어버렸어요. 무슨 말인지 아시겠어요?

선생님 네.

나 그런데 왜 무슨 말인지 모르겠다는 표정이시죠?(왜 이렇게 까칠)

선생님 아니 그냥 좀, 복잡해서요.

나 애인은 제가 이상형이래요. 그러니까 제가 예쁘겠죠.

그래서 사람들한테 제 이야기를 많이 하고, 저는 점점 더 주변 사람들을 만나기 싫어지는 거죠. 어제는 강아지 산책을 시키려고 잠깐 애인 집에 갔거든요? 애인이 동기 두 명이랑 같이 살아요. 집에 아무도 없는 줄 알았는데 사람이 세 명이나 있는 거예요. 그때 저는 거의 민낯이었는데. 갑자기 막 심장이 뛰면서 그 사람들 눈도 못 쳐다보겠는 거예요. 그래서 인사만 하고 후다닥 나왔어요. 나와서 애인한테 "나 너무 낯가렸어, 사람이 너무 많았어" 그랬더니 애인은 "그치, 사람 좀 많았지? 나도 몰랐어"라고 말했는데, 그 만남이 죽고 싶을 정도로 수치스러웠어요.

선생님 외모에 대해 기대감을 다 충족해줘야 하나요?

나 그건 주관의 영역이니까 충족시킬 수 없죠. 머리로는 아는데, 실제로는 잘 안 돼요. 진짜 이 문제로 엄청 자책해요. 예를 들어 연예인도 모든 사람 마음에 들 수 없잖아요. 그런데 내가 뭐라고 다른 사람이 다 나를 예쁘다고 해야 해? 그게 말이 안 된다는 걸 알거든요? 너무 싫은데도 고쳐지지 않아요.

선생님 자신이 생각하는 본인의 외모는 어때요? 아까 말씀하시기를 여자들은 나를 예쁘다고 하고, 남자들한테는 인기가 별로 없다고 말씀하셨잖아요. 그럼 자신의 외모를 남성의 시각으로 바라보는 건가요?

나 네. 그래서 제 얼굴이 싫어요.

선생님 수술까지 고민한 적 있나요?

나 코 수술을 하고 싶었고, 광대도 깎고 싶었어요.

선생님 실제로 알아봤어요?

나 알아봤죠. 상담까지 다 받았어요.

선생님 그런데 안 한 이유는요?

나 '이렇게까지 해야 할까'라는 생각이 들어서요. '내 얼굴을 받아들이고 사랑하자'라는 의지가 막았어요.

선생님 '이 정도면 괜찮지'라는 생각은 안 했나요?

나 그렇게 생각할 때도 있지만, 대부분 안 해요. 그리고 제가 친구들이랑 글쓰기 모임을 해요. 그 친구들은 제가 잘 보여야 할 사람들이 아니잖아요. 그래서 낯도 안 가리고 편하게 지냈는데, 갑자기 제 피해의식이 발동했어요. 저번 주에 남자애들 두 명이 제 친구한테만 더 잘해주는 거 같은 거예요. 그 친구는 원래 인기가 많으니까 '쟤네 둘 다 친구를 좋아하는 것 같아'라는 생각이 들었어요. '그런데 나는 안 좋아하네? 내가 매력이 없고 못생겨서 그런가 봐' 이런 자괴감에 혼자 빠져서 괴로운 거예요(아 정말 쓰기 괴롭다. 너무 미친 애 같다). 이런 생각하는 제가 너무 싫었어요.

진짜 이상한 게, 새로운 모임을 갔는데 아무도 제게 관심이 없으면 미칠 거 같아요. 제 가치의 기준을 이성에게 두고 제가 그들을 평가하는 게 아니라 평가를 기다려요. 더 웃긴 건 제가 남자들한테 아무런 이성적 관심이 없는데도 나를 좋아했으면 좋겠다는 거죠. 아, 제 자신이 너무 싫고 별로예요.

선생님 반대로 낯선 여성들만 있는 자리인데 내 외모에 대한 이야기가 나오지 않으면요?

나 아무렇지도 않아요.

선생님 정말로 괜찮아요?

나 아니다!

선생님 다른 사람만 칭찬하고 나한테는 안 하면요?

나 어, 질투해요. 질투해요. 맞아, 여자한테도 그래요. 그래서 회사 동료 질투하고 그랬었어요.

선생님 그래서 더 꾸미지는 않나요?

나 그렇지는 않아요. 선생님 이런 사람 없죠?

선생님 많죠.

나 많아요? 이런 고민을 선생님께 이야기하는 사람이 있어요? 저는 지금 너무 창피해요.

선생님 그럴 거 같아요. 대놓고 하는 분들도 있고요, 돌려 말하다가 결론적으로 그 답에 도달하는 경우도 있고요.

나 아, 저는 직구로 이야기하는 거죠?

선생님 네. 외모에만 치중하는 경우도 있고, 사람들의 관심에 초점을 맞추는 경우도 있어요.

나 맞아요. 제 콤플렉스는 얼굴이랑 매력이에요. 저한테 매력이 없다고 생각해요.

선생님 매력이 있으니까 관심의 초점이 되어왔겠죠. 그런데 그 자리에서 조금씩 밀려난다는 느낌을 받을 때 불편한 거 아닐까요?

나 왜 이러는 거예요? 너무 벗어나고 싶어요.

선생님 혹시 '히스테리성 성격장애' 들어보셨나요?

나 아니요. 이게 히스테리성 성격장애인가요?

선생님 그런 성향이 있는 거죠. 어딜 가든 내가 주인공이어야 하는 거요.

나 맞아 맞아 맞아 맞아 이거예요.

선생님 이럴 때 보통 두 가지 유형으로 나뉘어요. 하나는 내 매력을 더욱 드러내기 위해 야한 옷을 입거나 근육을 키우는 식이죠. 다른 하나는 자신이 주인공이 되지 않으면 사람들이 자신을 싫어하는 거라고 여기면서 자책해요.

나 저는 후자네요.

선생님 네. 이미 인지했다는 거 자체가 본인한테 관심이 많다는 증거일 수도 있어요. 보통은 몰라요.

나 저는 아주 깊이 인식하고 있어요. 그런 일에 너무 골몰하니까 작은 말도 천둥처럼 들려요. 예를 들어 제가 글쓰기 모임 때 렌즈를 빼고 안경을 썼어요. 그런데 반응이 좋은 거예요. 한 명이 "야 안경 쓰니까 귀여운데? 너 아예 안경 쓰고 다녀라"라고 말했어요. 그럼 안경 벗으면 구리다는 거잖아요.

선생님 그래요? 이야기가 그렇게 가나요?

나 극단적이죠? 아무튼, 그게 기분 나빴어요. 그리고 사진을 다 같이 찍었는데 여자 친구는 저한테 사진발이 너무 안 받는다는 거예요. 그래서 남자애들한테 "진짜 얘 사진발 안 받지 않아?"이랬는데 걔네가 "아니 똑같은데" 이러는 거예요. 한 명은 오히려 사진발 잘 받는다고 하고요. 그래서 기분 나빴어요.

선생님 본인은 아니라고 생각했나요?

나 네. 저는 그 사진 이상하다고 생각했는데……, 그래서 '아, 나는 그냥 못생겼구나'라고 생각했어요.

선생님 그렇게 가면 또 못생긴 게 되나요?

나 저는 못생긴 게 돼요. 극단적이니까요. 죽고 싶다.

선생님 그런데 그 부분을 항상 가려놓나 봐요?

나 가려놓다니요?

선생님 자신이 알기 때문에 더 숨기려고 하나 봐요?

나 사람들이 저한테 진짜 솔직하다고 하거든요. 그런데 제가 곰곰이 생각을 해봤어요. '내가 정말 솔직한 게 맞을까?' 그런데 말하지 못하고 숨기는 부분이 이 부분이더라고요. 그래서 오늘 이 이야기를 하고 싶었어요. 늘 가리고 숨기고, 아닌 척해요.

선생님 인정하는 게 쉽지 않죠. 제가 숨긴 것 같다고 말한 이유는, 진료 초반에 적었던 500가지 문제 있잖아요? 성격적인 성향을 보는 테스트였거든요. 그런데 이런 성향은 없었기에 전혀 예상하지 못했어요.

나 뭘 예상을 못 해요?

선생님 외모에 대한 강박과 타인의 평가에 집착하는 성향이요. 검사 결과에도 나타나지 않았어요. 평소에 말씀하실 때도 느끼지 못했고요.

나 그럼 완벽하게 숨겼던 거네요?

선생님 네(하하하). 사람들이 나를 안 예쁘다고 할까 봐 불안할 때 있잖아요. 말씀하신 대로 표현하자면 '안 예쁘다는 곧 못생겼다'가 되는 거죠.

나 네. 저를 좋아하지 않으면 저는 그냥 매력 없는 사람이 되어버려요.

선생님 뭔가 계속 들어본 거 같지 않아요? 계속 느껴왔던 것 같지 않아요?

나 뭘요?

선생님 끊임없는 이분법적인 사고.

나 아, 극단적인 거.

선생님 누구나 주연이 되고 싶겠죠. 조연이 되고 싶어 하는 사람도 있지만요. 그런데 사고의 형태가 마치 주인공과 단역처럼 느껴져요. 내가 여기서 물러나는 순간…….

나 저는 그냥 행인1이 되어버리는?

선생님 네. 잊힐 거고, 아무도 나의 존재를 모를 것이다.

나 아 굉장히 극단적인 거구나. 제가 왜 이렇게 된 거죠?(맨날 도돌이표 같다. 매번 물어보고 듣고 까먹는다)

선생님 글쎄요. 한마디로 말하기엔 복잡하죠. 나를 바라보는 시각이 너무 좁고 자기비하적이니까, 넓고 다양하게 바라보지 못하고 둘 중 하나로 선택해야만 차라리 편한 거죠.

나 좀 이해하기 어렵지만, 이제 솔직해질 거예요. 오늘 내원기록에도 쓸 거고요. 사실 애인 친구들이 저를 별로 안 예쁘다고 하면, 애인의 콩깍지가 벗겨질 거 같은 두려움도 있어요.

선생님 뭐 애인한테 마법 걸었나요?

나 아뇨. 원래 초반에는 콩깍지가 씌어 있으니까요.

선생님 본인은요?

나 저도 씌어 있죠. 아, 그러네. 그 마음이 타인 때문에 달라지지는 않는데.

선생님 연극성 인격장애는 들어봤나요?(감정 표현이 과장되고 주변의 시선을 받으려는 일관된 성격이 특징인 인격장애)

나 저 그거예요?

선생님 아니요. 성향은 있어 보이는데, 딱 일치하지는 않아요. 다만 밀려나는 걸 두려워하는 거 같아요. 밀려나더라도 한 계단, 두 계단씩 내려올 수 있는 건데, 마치 누군가가 '야 너 내려와' 하고 잡아당기는 느낌으로 받아들이죠. 실제보다 더 큰 두려움이 불안감을 유발하는 거 같아요. 일종의 강박이죠.

나 저는 자기객관화를 잘하거든요? 제가 못생기지 않은 건 알아요. 그런데 예쁘지도 않죠. 그냥 흔한 걸 아니까 제 자신이 더 싫어요.

선생님 연예인들이 그런 말 많이 하잖아요.

나 누가요?

선생님 장동건 같은 사람이 '내 얼굴 평범하다'고 하는 망언

시리즈?

나 맞아요. 미쳤나 봐.

선생님 자기 자신은 그렇게 생각할 수도 있죠. 지금 말씀도 어쩌면 그런 망언과 비슷할 수도 있어요. 누군가 나를 되게 예쁘게 바라본다면, 지금 발언이 잘난 척하는 거로 보일 수도 있죠.

나 벗어나고 싶은데 어떻게 해야 할까요?

선생님 강제적으로 될까요?

나 외모를 평가하는 시선에서 벗어나고 싶어서 꾸미지 않고 다닌 적도 있어요. 화장도 안 하고, 옷도 큰 것만 입고. 그게 상처받지 않고 마음도 편하니까요.

선생님 그랬을 때 인정받은 적은 없었어요?

나 없는 거 같은데요.

선생님 다른 사람이 오늘 예쁘다고 했다던가.

나 아 그런 적 있긴 했다.

선생님 그러면 도대체 어디까지 밑으로 가야 할까요?

나 그러게요. 전에 남자보다 여자를 좋아했을 때가 있었어요. 그때 오히려 남성 중심적이었던 시선에서 벗어났었어요. 여자가 좋으니까 남자한테 잘 보일 필요가 없고, 남자가 날 좋아하지 않아도 상관없었거든요. 심적으로도 편안했던 거 같아요.

선생님 '못생기지는 않았지만 예쁘지도 않아'라는 생각을 하신 것처럼, '난 이쪽에도 있지 않고 저쪽에도 있지 않아, 분포도로 보면 가운데보단 조금 위에 있겠지?' 정도로 생각하면 되잖아요.

나 그럼 되다니요?

선생님 그 상태에서 '내가 이 정도고, 사람들의 기준은 다 다르니까 이렇게도 저렇게도 볼 수 있겠지'라고 생각할 수 있잖아요.

나 선생님, 저는 그런 연습을 많이 해요. 너무 잘 알고 있으니까요. 그런데 어제처럼 예기치 못한 순간 애인의 친구들을 마주치면, 그 생각이 안 들어요.

선생님 부담이 생기는 건 당연하죠. 거꾸로 내가 애인 자랑을 많이 했다면 애인도 부담을 갖겠죠. 그런데 자꾸 기대치를 충족시켜줘야 한다고 생각하시니까…….

나 (머리를 쥐어뜯고) 아 진짜 무슨 기대치야. 누가 나한테 기대를 한다고. 진짜 어이가 없어요.

선생님 벗어나야 할 문제가 아니라 즐길 문제 같아요. 그날 기분에 따라 예쁘게 하고 나갈 때도 있고, 굳이 그러고 싶지 않은 날엔 '그냥 알아서 평가해라' 이런 마음으로요.

나 주목받고 관심받으려고 하는 건요?

선생님 주목과 관심에 대해 두려움이 많은 거지, 실제 성향이 그런 거 같지는 않아요. 성향이 그렇다면 아까 말씀드렸듯이 행동으로 나와야 해요. 과감한 노출이라든가 화려한 문신이요.

나 저는 그런 건 없다는 거죠?

선생님 네. 단지 밀려나는 것에 대해 두려움이 있는 거죠. 그리고 '나의 이런 모습은 보여주면 안 돼, 비밀로 해야 해'까지 갈 필요는 없는데, 너무 부정적으로만 보고 있어요. 우리가 매일 예쁜 옷을 입고 다니지는 않잖아요. 집 앞에 거지 같이 나가기도 하고요. 어떤 날에는 더 예뻐 보이고, 아닐 때도 있고요. 얼마든지 변할 수 있는 상황인데 '사람들이 나를 어떻게 바라볼까, 왜 나는 이런 생각을 할까?' 이러지 않아도 된다는 거죠. 가끔은 실망할 때도 있을 거예요. '나한테 관심이 없나? 변했나?' 생각할 수도 있죠. 하지만 그게 '나를 싫어한다, 나는 못생겼어'라는 뜻은 아닐 수 있어요.

나 극단적인 생각을 너무 오래 하고 살아서 계속 까먹어요. 방향을 틀어서 중간 세계를 만들어보라고 하셨잖아요. 이런 경우도 그렇게 생각해보라는 거예요?

선생님 여러 가지 방법이 있겠죠. 각자 눈도 다를 거고.

나 저는 저랑 반대로 생긴 얼굴을 좋아하거든요? 그냥 취향인지, 남자의 시선으로 보는 건지 모르겠어요.

선생님 내가 가지고 있지 않은 면이라서 그렇죠.

나 저는 제 얼굴을 사랑하고 싶은데, 너무 다른 얼굴을 좋아하니까 저 자신이 예뻐 보일 수가 없잖아요. 어떨 때는 '나 예뻐 보이네?' 할 때도 있는데, 외모 칭찬을 들으면 대부분은 '아닌데?'라고 생각해요.

선생님 말씀하신 대로 그분들도 미인이고, 내가 좋아하지 않는 얼굴들도 미인일 거고요.

나 이것도 극단적이네요.

선생님 내 취향이라고 말하면 되겠죠. 그런데 이렇게 먼저 이야기를 꺼냈잖아요. 꺼냈다는 것 자체만으로도 굉장히 용기를 내신 거고, 조금 편해질 수도 있어요.

나 지금 되게 후련해요.

선생님 사실 공포감은 무언가에 대해 '나만 알고 있을 때' 더 커지거든요. 혼자 고통받을 때보다 지금처럼 꺼내는 게 훨씬 좋을 수도 있어요. 애인 친구들도 만나기 싫으면 안 만나도 돼요.

나 만났을 때 들을 평가가 두려워요. 안 예쁘다고 하는 게 너무 싫은 거예요.

선생님 한 번 실망하면 다음이 편할 수도 있지 않을까요?

나 그렇기도 하네요.

선생님 "와 예쁘다!" 했다면 계속 예뻐 보여야 하는데?

나 아……, 네. 이런 고통을 겪는 여자들이 성형을 많이 하나요?

선생님 네. 연극성 인격장애를 가진 사람 중에 신체왜곡장애라는 질환을 가진 사람들이 있어요. 나에게 계속 문제가 있다고 보는 거예요. 예를 들어 거울에 비친 내 모습이 찌그러져 보이는 거죠.

나 저도 좀 그러는 거 같아요!

선생님 하하 이걸 방금 들었기 때문에 그렇게 생각하시는 거 같아요. 일종의 망상이거든요.

나 아 그렇게 되고 싶지는 않아요.

모순된 나

"사실 공포감은 무언가에 대해
'나만 알고 있을 때' 더 커지거든요.
혼자 고통받을 때보다 지금처럼 꺼내는 게
훨씬 좋을 수도 있어요."

통통하든 못생기든 나 자신을 인정하고 사랑하고 싶다. 하지만 사회는 외모나 몸매로 우월과 열등을 가르고, 아빠도 언니도 내가 살을 빼면 그전과 비교하면서 칭찬하고는 한다. 그게 별로 건강해 보이지도 않고 기분도 나쁜데, 한편으로는 날씬한 내가 더 자신감 있다는 걸 느낀다.

날씬하면 건강해지니까 좋은 걸까, 생각해보았지만 아무리 생각해도 위축되니까 싫은 거다. 옷도 마음대로 못 입고, 못생겨진다고 생각하니까. 그러니까 자꾸 살에 집착하게 된다. 사회적 시선은 너무 크고 나는 거기서 벗어날 수 없는데도 벗어나고 싶다. 그렇다고 뚱뚱해지는 건 싫고.

왜 열등한 취급을 받으며 개인이 자신을 사회적 기준에 맞추어야 하는지 모르겠다. 무시하는 사람들이 잘못된 건데. 대다수가 그렇고 나 자신도 그렇기에 모순적이고 답답하다. 그 틀에서 벗어나지 못하는 나, 나보다 우월한 사람을 만나면 기죽고 나보다 열등한 사람을 만나면 당당하고 편안해지는 내가 너무 싫다.

10주

왜 나를 좋아해? 이래도? 이래도?

인터넷에 떠도는 자존감 테스트를 했는데 마이너스 22점이 나왔다. 자존감이 낮은 건 알고 있었고, 심지어 몇 년 전 검사 때보다는 높아진 것 같아 친구와 가족에게 장난을 치며 떠벌렸지만, 사실 마음이 좋진 않았다. 문제의 대부분이 내가 늘 고민하던 부분이었기 때문이다. 새로운 상황, 타인에게 보이는 내 모습, 타인에게 보이는 적대감 등등. 아주 오랫동안 내 안에 뿌리내린 결코 바뀔 수 없을 것 같은 문제였다. 그래서 당황했고 슬퍼졌다. 낯선 타인에게서 어떻게 따뜻함과 안정을 느낄 수 있는지 나로서는 상상하기 어렵다. 실수나 약점, 단점에 대해서 스스로를 탓하지 않는 방법도 모른다.

선생님 잘 지내셨어요? 애인 친구들은 좀 만났나요?

나 아니요. 안 만났어요. 애인이 외모 강박에 대한 글을 봤는데 놀라더라고요. 진짜 몰랐대요. 친구들 만나기 싫으면 만나지 말라고 했어요. 그런데 말하고 나니 후련하면서도 부끄러웠어요.

선생님 그럼요. 적어도 몇십 년은 숨겨왔던 감정을 드러냈으니 당연히 창피하죠. 과도기라고 생각하세요.

나 저는 솔직한 편이라고 생각했는데, 참는 것들이 많았다는 걸 깨달았어요. 예를 들어 애인이 제 앞에서 외모 강박에 대한 글을 소리 내서 읽는 거예요. 그게 너무 창피하고 싫었는데, 제 머릿속에서는 '아니야, 싫어하지 말고 받아들여야 해'라고 생각을 하는 거예요. 그런데 자동으로 들었던 마음은 '아 소리 내서 읽으니까 싫다'였잖아요. 그래서 처음에 생각했던 대로 "소리 내서 읽지 말아줘"라고 이야기를 했어요. 요새는 2차 검열이나 생각으로 들어가지 않고 바로 전달하려고 하는 편이에요.

선생님 그러다 보면 충동적으로 갈 수도 있겠네요.

나 아 그럴 수도 있겠네요. 그리고 극단적으로 생각하는 버릇을 고치고 있어요. 회사에 친한 친구가 있는데, 서로 힘든 이야기나 감정을 공유해요. 그런데 제가 엄청 바쁘고 마음의 여유가 없는 상태였는데, 그 친구가 자기 이야기를 막 쏟아내는 거예요. 그게 버겁고 힘들었어요. 만약 원래 제 사고회로라면 '아 얘가 나를 얼마나 만만하게 보면 자기 얘기를 이렇게 쏟아낼까. 내가 감정 쓰레기통이야?' 이렇게 생각하고 괴로워할 거란 말이죠? '난 원래 만만하고 멍청한 인간인가 봐' 이렇게요. 그런데 이번에는 '내가 편하고 이야기를 잘 들어주니까 나한테 하는 거지, 만만해서 그런 건 아닐 거야'라고 생각했어요.

선생님 조금만 더 틀면 좋겠네요.

나 어떻게 더 틀어요?

선생님 자존감을 더 올릴 수 있는 방향으로요. 똑같은 상황이라면 '역시 나 말고는 이런 이야기를 들어줄 수 있는 사람이 없겠구나' 정도까지 생각해도 괜찮아요. 자기 자신한테 하는 말이니까요.

나 그렇게 거만한 생각을 하라고요?

선생님 그 자유로움을 좀 즐겼으면 좋겠어요.

나 저 자신한테만요? 그리고 자존감 이야기하니까 생각난 건데, 저는 '그놈의 자존감'이라는 생각을 많이 하거든요? '자존감이 높으면 어떻고 낮으면 어떻다고 이렇게 난리들일까?' 하면서요. 그런데 책을 보면 '자기 자신을 사랑해야 타인에게도 사랑을 주고 자신도 사랑을 받을 수 있다, 자기 자신을 무시하면 타인도 나를 무시하게 된다'는 글이 많잖아요. 그게 말이 안 된다고 느껴졌어요. 저는 저를 오랜 시간 혐오해왔거든요. 그런데도 저를 사랑하는 사람은 늘 존재했거든요? 그리고 제 자신을 사랑하지 않는데도 저는 타인을 사랑해요. 자존감이랑은 상관없지 않나요?

선생님 사랑을 조금 왜곡해서 바라볼 수 있다는 거죠.

나 나 자신을 사랑하지 않으면요?

선생님 그렇죠. 일단 의심을 하게 되죠. 예를 들어 나는 내 외모를 예쁘지 않다고 생각하는데 다른 사람이 내 외모를 칭찬했을 때, '얘가 나한테 왜 그러지? 흑심이 있나?'라고 생각할 수도 있죠. 거꾸로 내 외모에 만족한다면 있는 그대로 받아들일 수 있겠죠. 자존감과 상관없이 '누군가 나를 사랑했다'는 사실로 끝날 건 아니고, 그걸 과연 어떻게 받아들이는가의 문제 같아요.

나 아…… 받아들이는 문제군요. 자존감이 높으면 좀 더 긍정적이고 건강한 방향으로 흐를 수 있다는 거예요?

선생님 예를 들어 누군가 나를 좋아해요. 그럼 '나도 나의 어떤 면이 좋은데, 마음을 한번 줘볼까?'라는 반응과, '쟤는 왜 나 같은 애를 좋아하지? 이상해' 이렇게 생각하는 것과는 차이가 있다는 거죠.

나 아…… 맞네요.

선생님 자존감에 따라 타인의 진심이 다르게 느껴질 수 있으니까요. 사실 자존감을 올리기 위한 특별한 방법은 별로 없을 거예요. 지금 말씀하셨던 것처럼 원래 같았으면 어떤 상황에서 이렇게 생각했을 텐데, 조금 다르게 생각했다는 걸 인지했다는 것부터가 시작이 될 수 있어요. 인지하는 것과 인지하지 못하는 건 다르니까요.

나 원래는 제가 극단적인 줄 몰랐어요. 남들이 극단적이라고 해도 '너희가 몰라서 그래'라고 생각했었어요.

선생님 그렇게 생각하는 사람은 결국 두 종류죠. 극과 극은 통한다는 말도 있잖아요. 자신을 너무 비하하는 사람과 나 자신을 너무 추켜세우는 사람. 만약 중간치를 맞춰야 한다면, 자기 애착이 너무 강한 사람보다는 비하했던 사람이 좋아질 가능성이 크지 않을까요?

나 자기 애착이 강한 사람들이 더 힘든가요?

선생님 치료의 필요성을 못 느끼죠. 본인의 즐거움과 자신감을 떨어뜨리니까 다른 사람 말을 듣기도 힘들고요.

본인이 괜찮다는 인정을 받으려고 여기 오는 경우도 있어요. 사람들이 자신을 질투한다고 느끼는 거죠.

나　그런 사람들은 좋아지기가 힘들 것 같아요. 모든 걸 질투로 받아들여 버리니까요.

선생님　낮은 자존감을 극복하기 위해 무의식적으로 새로운 나를 만들거나, 나의 보기 싫은 면을 가둬놓고 반대의 모습을 드러내는 경우가 있어요. 자존심이 센 척하지만 그만큼 상처를 쉽게 받죠.

나　그렇군요.

선생님　과대망상까지 갔을 때 자주 나타나는 증상은 조증이에요. 아주 극심한 우울 상태를 이겨내기 위해 생기죠. 어제는 멀쩡하다가 오늘 갑자기 '이 사람 미쳤다'는 느낌이 든다면 대부분 조증이에요. 정신분열이 천천히 진행된다면 조증은 갑자기 나타나요. 더 극단적으로 가면 '내가 예수다, 부처다' 하는 거죠. 누군가 자신을 해치려고 한다면서 숨기도 하고요.

나　아 진짜 미치는 거구나(그런데 왜 갑자기 조증으로 이야기가 흘러갔는지 모르겠다).

선생님　대신 길지는 않아요. 정신이 돌아왔을 때 더 힘들 수도 있죠.

나　현실이 너무 싫어서 도피해버리는 건가요?

선생님 그렇죠. 교회에 열심히 다니던 분들은 어느새 하나님이 되어버리는 거죠. 다른 이들을 구제할 수 있다고 생각해요.

나 아하…… 저 고민이 생겼어요(다른 이야기로 돌린 걸 보니 별로 관심이 없었나 보다).

선생님 어떤 고민이요?

나 술을 줄이고 싶어요. 제가 아토피가 있어서 많이 마시면 두드러기가 올라오거든요? 어제 과음해서 아침에 피부도 좋지 않고, 자괴감이 드는 상태예요.

선생님 술을 줄이겠다고 생각한 건 언제부터죠?

나 그 생각은 계속해요. 하지만 저녁이 되고 집에 오면 당연한 하루의 순서처럼 마셔요.

선생님 술의 어떤 부분이 도움이 되는 것 같아요?

나 몽롱한 상태를 즐겨요.

선생님 그러면 마음이 조금 편한가요?

나 네. 마음이 편하고, 글도 잘 써지고요.

선생님 글을 쓰기 위한 도구일 수도 있겠네요?

나 아주 일부는요(실제로 글 쓰고 싶어서 술을 마실 때도 있지만 이건 정말 일부고 그냥 마신다).

선생님 글 쓰기 위한 상태가 만취는 아니지 않나요?

나 맞아요. 취해버리면 글이고 뭐고 완전히 뻗라죠. 절제를 못 하고 아예 취할 때까지 마셔요.

선생님 혼자 마실 때도요?

나 그럴 때도 있지만, 술 좋아하는 친구랑 같이 마시면 더 절제가 안 돼요.

선생님 그 친구를 안 만나면 되겠네요.

나 그러게요. 술을 끊고 싶어서 오는 사람들도 있나요?

선생님 네.

나 어떤 걸 시도해요?

선생님 알코올에 대한 의존이 너무 심해서 하루만 끊어도 불편함을 느낀다면 입원을 권하죠. 그 정도가 아니라면 술 충동을 줄여주는 약을 쓰기도 해요.

나 저도 그 약을 먹고 싶어요.

선생님 술 마시는 이유가 안정을 주기 때문이라면, 깨고 나면 금단증상이 오잖아요? 금단증상이 안 생기게끔 취한 것과 비슷한 안정감을 주는 약을 쓰기도 해요.

나 저는 약 먹을 정도는 아닌가요? 술이 맛있어요.

선생님 네. 끊고 싶은 생각이 있는 것도 아니잖아요.

나 네. 술을 너무 좋아해요.

선생님 그냥 적당히 마시고 싶은 거죠?

나 네. 살도 찌고요. 평일에는 안 마시고 주말에만 마시고 싶은데, 사실 실천하고 싶은 마음이 안 들어요.

선생님 정말 필요해서 마시는 거와 버릇처럼 마시는 건 다르죠. 의지가 필요할 거 같아요. 잘 안 된다면 약의 도움을 받는 것도 괜찮죠. 함께 마시는 친구와 만나는 횟수나 날짜를 조정하는 것도 괜찮을 거 같아요.

나 네…….

삶

"사랑을 조금 왜곡해서 바라볼 수 있다는 거죠.
'누군가 나를 사랑했다'는 사실로 끝날 건 아니고,
그걸 과연 어떻게 받아들이는가의 문제 같아요."

이분법적인 내 세계를 정확하게 인지하고 방향을 틀어보는 시도를 하고 있다. 아직 내가 두려워하는 관계인 연인에게는 극단적인 생각이 주를 이루지만, 차차 좋아지리라 믿는다.

술을 여전히 마시고 있고, 할머니 팔순 잔치와 사촌오빠 결혼식 때문에 2주 내내 상담을 받지 못했다. 그 이유 때문인지는 모르겠지만 두통이 생겼고, 별 이유 없이 눈물이 나며, 상당히 불안정하고 힘든 상태다.

이영학 사건 등 여러 가지 사회문제를 오랜만에 접하고 읽어서 심신이 약해진 탓도 있다. 또 예민해졌다. 사람이 많은 길거리를 걸으며 아무렇지도 않게 담배를 피우는 아저씨에게 화내고 싶었다. 30분 동안 7명의 흡연자를 봤는데 모두 아저씨였다. 싫다. 싫다. 싫다.

11주

제가 예뻐 보이지 않아요

선생님 잘 지냈어요?

나 네 괜찮긴 한데, 일이 좀 생겼어요. 어쩌다 보니 제가 관리하던 회사 인스타그램을 다른 팀에서 관리하게 됐는데, 계정에 올라온 사진을 보고 갑자기 기분이 울적해졌어요. 그분이 저보다 일을 더 잘하는 거 같고, 내가 없어도 회사는 잘 돌아가고, 회사에서의 내 자리가 사라져간다고 생각하니까 위축됐어요. 제가 경쟁의 두려움이 큰 것 같아요.

선생님 그게 경쟁일까요?

나 경쟁이 아닌가요?

선생님 사회 구성원에서 탈락할 거 같은 기분?

나 네. 내 자리를 잃을 거 같은 불안감이요.

선생님 그건 내 시선일 뿐이잖아요. 남의 떡이 더 커 보이는 것처럼, 본인이 잘하는 건 너무 당연하게 생각하는 거 아닐까요? 인정을 안 해주는 거죠.

나 네. 인정하지 않고 매일 반성만 해요. 책을 읽을 때도 저의 부족하고 무지했던 부분을 깨닫고 자책하게 돼서 속상해해요.

선생님 인정하는 부분은 없었나요?

나 (조금 오래 생각했다)

선생님 아니면 자책하지 않고 넘어간 부분은요?

나 돈으로 우열을 가리는 거요. 그리고 레즈비언 딸을 둔 엄마의 시선으로 쓴 책을 읽었는데, 엄마는 딸이 동성애자인 게 세상이 무너질 정도로 엄청난 일이자 비정상적인 일인 거예요. 누군가는 엄마의 마음을 공감하겠지만, 저는 딸이 비정상적이라고 생각하지 않기 때문에 별다른 죄책감을 느끼지 않고 넘길 수 있었어요.

선생님 사회적 약자들을 따뜻한 시선으로 바라보고 있네요. 자신을 약자로 보기 때문은 아닐까요?

나 저는 따뜻한 시선이 아니고요…….

선생님 내 입장처럼 보는 거죠.

나 소수자로 볼 뿐이에요.

선생님 네. 하지만 자기 자신을 어떤 틀 속에 맞추고, 그 틀에서 벗어나면 마치 비정상이 되는 듯한 압박감이 큰 거 같아요.

나 네. 그리고 부작용이 계속 있는 것 같아요.

선생님 어떤 식으로요?

나 어제저녁에 약 먹고 잠들었다가 새벽에 깼거든요? 그런데 심장이 뛰고 초조하면서(눈물 터짐) 갑자기 이렇게 눈물이 나요. 그리고 제 검사 결과가 페이킹 배드(실제 상태보다 자신을 훨씬 안 좋게 느끼는 상태)였잖아요. 그래서 '너는 지금 오버하는 거야, 그 정도로 힘들지 않은데 유난 떠는 거야' 이렇게 자책하기 시작했어요. 그런데 그게 너무 억울해서 내 상태가 심각하다는 걸 증명하고 싶었어요. 그 후 상비약과 수면제를 먹었더니 바로 뻗었고요.

선생님 페이킹 배드는 말씀하신 것과는 조금 달라요. 일로 비교하자면, 사실 꼭 필요한 사람인데 본인은 '나 따위는 없어도 돼'라고 생각하는 패턴이죠. 힘들다는 마음에 심취해서 정신도 지배당하게 돼요.

나 얼마나 오래 걸릴지 모르겠어요. 너무 지난한 것 같아요. 다르게 생각하는 걸 성공했을 때는 기쁘지만, 자책했던 시간이 길었으니 잘 안 돼요.

선생님 내가 하지 않았던 것들을 해봤으면 좋겠어요. 우울감이나 공허감에서 벗어나는 나만의 방법이 그다지 효율적이지 않아 보여요. 조금 더 과격한 방식을 써봤으면 좋겠어요.

나 일탈하는 거요?

선생님 네. 일탈했을 때 맞이할 최악의 상황이 뭐예요?

나 일을 그만두는 거요.

선생님 그렇군요.

나 맞아요. 그게 끝인데. 그리고 여름에 비해 5킬로그램이나 쪘어요.

선생님 그래요? 그렇게 안 보이는데. 뭐 이유가 있었나요?

나 그냥 맛있는 거 많이 먹고 술도 많이 마셔서요.

선생님 그전에도 술 많이 마셨잖아요.

나 맞아요. 사람들이 저를 쳐다보면 살쪄서 그런 것 같고, 통통하다고 생각할 거 같았어요.

선생님 본인이 거울을 봐도 그러나요?

나 네. 너무 통통해요. 통통해도 행복하고 싶은데 그게 잘 안 돼요.

선생님 지금 상태에서 통통해도 행복해질까요?

나 사람들이 저를 비웃고 낮게 평가할 거 같아요.

선생님 돼지여도 행복하고 싶다고 하시는데, 실제로 뚱뚱한 사람들을 낮게 평가하는 건 아니잖아요.

나 아니요, 낮게 평가해요.

선생님 자기관리 못 하는 사람으로요?

나 그냥 예뻐 보이지가 않아요. 그래서 살찐 남자도 싫어해요.

선생님 약의 영향도 있지 않을까 싶어요. 살이 찌는 약은 아닌데, 입맛을 좋게 하거든요.

나 나중에는 약을 끊는 방향으로 가실 건가요?

선생님 경우에 따라 다르지만, 본인의 의사가 제일 중요해요.

나 약을 먹지 않으면 괴로워요. 우울감이 안 드는 건 좋아요. 그런데 약 먹기 전의 우울감과 약 먹은 후의 부작용을 맞바꾼 느낌이에요.

선생님 부작용은 다 조절해야 할 부분이에요.

나 그럼 어떻게 좀 해주세요!

선생님 조절해야죠. 불편하면 안 되니까요. 다만, 지금 삶이 힘들잖아요? 바닥까지 무너지는 그 느낌이요. 지금은 '그나마 이게 있으니까 도움이 되겠지' 정도의 마음을 가졌으면 좋겠어요.

나 네. 두통은 왜 갑자기 생긴 걸까요?

선생님 약 때문에 두통이 생길 수 있어요.

나 그리고 제가 『모멸감』이라는 책을 읽고 느낀 건데요.

저는 모멸감을 잘 느끼고, 다른 사람들에게도 잘 주는 거 같아요. 제가 예전에 게스트하우스에서 묵었거든요. 첫날에 방을 같이 쓴 친구는 너무 좋았는데, 두 번째 날 만난 사람은 미묘하게 저를 아랫사람으로 보는 듯한 느낌이 들었어요. 기분이 상했지요. 그 책을 통해 느낀 게, 제가 자존감이 낮으니까 상대의 태도를 부정적으로 판단하는 거예요. 그 사람은 피곤해서 그랬을 수도 있는데 저는 '나를 무시하는 거야'라고 판단하는 거죠. 그 사실을 인지한 게 의미 있었어요.

선생님 모든 원인을 나한테서 찾지 않았으면 좋겠어요. 그냥 재수없어 해도 되죠. 언니랑은 요즘 어때요?

나 아, 언니가 달라진 거 같아요. 예전에는 저를 아랫사람 대하듯이 했다면 이제는 동등한 인격체로 대우해주는 느낌이 들어요. 언니가 저한테 예쁜 원피스도 사다 달라고 하고, 상담을 하기도 하고요.

선생님 그런 언니한테 어떤 느낌이 들어요?

나 언니 생각을 안 해요. 옛날에는 대부분의 원인을 언니로 돌리면서 울분을 터뜨렸는데, 요즘은 안 그래요.

선생님 나를 낮추면서 상대를 올려주는 거 같기도 해요. 회사의 동료와 비교하는 것, 내가 가지지 못한 것만 보는 거죠. 그들을 칭찬하면서 나를 자책하고.

나 그런데 저 이중적이라서 사람들을 속으로 무시해요. 배제하고.

선생님 네. 그렇게 하세요. 이런 생각하면 안 돼, 이러지 말고요.

자유 죽음

"'너는 그 정도로 힘들지 않은데 유난 떠는 거야'
이렇게 자책하기 시작했어요. 그런데 그게 너무
억울해서 내 상태가 심각하다는 걸 증명하고 싶었어요."

홍승희 작가의 자살 일기 중 자유 죽음에 대한 글을 읽었다. 폐경이 아니라 완경으로 단어를 바꾸는 것처럼 자살을 자유 죽음으로 바꾸어서 이야기하는 모습이 인상적이었다. 단어가 담고 있는 의미, 어감, 인상이 매우 부정적인 단어가 많이 있지. 낙태, 폐경, 자살 등등.

자신의 죽음을 자신이 선택하는 건 삶을 포기하는 게 아니라 하나의 선택지가 될 수도 있다. 물론 남은 자들의 슬픔은 이루 말할 수 없겠지만, 삶이 죽음보다 고통스럽다면 기꺼이 그 삶을 끝낼 자유도 존중해주어야 하는 거 아닐까. 우리에게는 애도가 너무 부족하다. 죽은 자에 대한 존중도, 자유 죽음을 택한 이들을 죄인으로 몰아가는 사람들, 실패했거나 포기한 낙오자로 여기는 사람들. 정말 끝까지 살아내는 게 이기는 걸까? 애초에 삶에 이기고 지는 게 어디 있을까.

회사를 그만두기로 결정했다. 좋아졌다가 나빠졌다가 다시 좋아지는 게 삶이니까, 그러다가 나빠지는 게 또 삶이니까 잘 견뎌봐야지.

12주 마음의 바닥에서

무기력 지수가 높다. 일하기 싫었다. 점심 먹을 때 주목받으려고 노력하진 않았지만 코드가 잘 맞지 않아서 조금 우울했다. 사람들이 친구에게 엄청 예쁘다고 하는 것도 질투 났다. 그래서 괜히 미워졌다. 정말 난 구제불능.

난 따뜻한 사람이 맞을까? 내가 좋은 사람이라고는 생각하지 않는다. 다만 내 감수성과 호들갑이 타인에게 부끄러워지고 싶지 않을 뿐이다.

선생님　잘 지내셨어요?

나　아니요. 잘 못 지냈어요.

선생님 무슨 일이 있었나요?

나 다시 우울하고 무기력해요. 의욕이 없어서 회사 일도 제대로 못 했고요. 저번 주에는 그만둔다고 말했거든요. 팀장님이 이유를 물으셔서 정신적인 문제와 신체적인 문제를 말씀드렸어요. 병원을 다니고 있다는 말도 했는데, 제 상태를 이해해주셨어요. 이렇게 그만두는 건 불안감을 더 가중시킬 수도 있다고 하셨고요. 일단 다음 주에 휴가를 쓰고, 11월에는 조금 더 자유롭게 일해보자고 하셨어요. 그래도 상태가 나아지지 않으면 그때 다시 이야기하자고요.

선생님 괜찮았나요?

나 너무 감사해서 눈물이 났어요. 제가 회사를 4년 정도 쉬지 않고 다녔거든요. 회사가 주는 안정감이 있잖아요(규칙적인 생활과 업무, 돈 등). 그 안정감에서 벗어나는 게 두려웠는데, 퇴사를 보류하게 됐으니 안심됐어요. 그렇지만, 일시적일 거라는 생각이 들었어요. 회사에서의 상태가 똑같으니까요. 그 시간이 너무 지루하고, 하루하루가 버티는 식이에요. 왜 이렇게 되어버렸는지 모르겠어요. 이런 지가 두 달이 넘었고요. 아, 내일 혼자 경주로 여행 가요.

선생님 퇴근 후엔 어떠세요?

나 활력이 없어요. 집에 걸어가는 시간이 유일한 낙이고, 집에서는 무기력한 상태가 계속돼요. '뭔가를 할까?'라는 생각이 들면 바로 '아 하기 싫어'라는 생각이 들고요.

선생님 결국 뭘 하나요?

나 폭식해요. 혼자 과자랑 초콜릿을 잔뜩 먹고 술도 엄청 마시고 울어요. 그 와중에 살찌는 건 싫으니까 스트레스는 더 받고요. 모든 게 엉망진창이에요.

선생님 애인과의 관계는 어때요?

나 그 관계만 좋아요. 유일하게 안정적인 순간이고요. 웬만하면 다 받아주고 옆에 있어주려고 하니까 엄청 의존해요.

선생님 그게 익숙해지면 지루해지지 않을까요?

나 지금은 좋은데 나중은 모르겠어요.

선생님 그사이에 무슨 일이 있었나요?

나 제가 회사 SNS채널을 담당하잖아요. 원래 콘텐츠를 제가 다 기획했어요. 하지만 시간상 혼자 다 할 수 없으니까, 기획팀과 마케팅팀에서 같이 만들기 시작했거든요. 처음에는 좋았는데, 그 프로세스가 잡혀가면서 저는 그냥 콘텐츠를 올려주는 사람이 되어버렸어요. 제가 주도적으로 만들면 되는 건데 의욕도 없고요. 제 자리를 점점 잃어가는 것 같아요.

선생님 주도적으로 했을 땐 성과가 있었나요?

나 네. 재밌고 성과도 있었어요. 팀장님이 이제 책도 기획하고 재밌는 걸 해보자고 하셨는데, 그건 너무 감사하지만 그냥 '내가 여기서 뭘 하는 거지'란 생각이 들어서 힘들어요.

선생님 그만두면 뭐 할지 생각해보셨나요?

나 책을 준비하고 있거든요. 그걸 마무리할 거고, 사업 준비도 할 거예요. 일단 퇴직금이 있으니까 그걸로 연명하면서 다른 알바를 하고, 사업이 잘 안 되면 이직할 생각이에요.

선생님 책 준비에는 의욕이 있나요?

나 네. 많이 진행됐고, 늦어도 봄에는 마무리될 거예요.

선생님 팀장님 말씀대로 지친 거 아닐까 싶어요. 다른 부분에서도 무기력한 건 아닌 거 같고요. 여행을 통해 충전하는 것도 좋지 않을까요?

나 충전이 될지 모르겠어요. 추석 연휴 때도 푹 쉬었는걸요. 의욕이 사라지니까 돌아버릴 것 같아요. 요즘 화가 많이 나고, 정신이 피폐해졌어요.

선생님 계절을 안 타신다고 해도, 지금 딱 우울감이 심해질 계절이에요. 쉬는 방식도 중요해요. 여행 갔을 때 햇빛도 많이 쐬고, 많이 걸으면 좋겠어요.

나 네 그럴게요. 이 지루함을 떨치고 싶어요.

선생님 왜 혼자만의 여행을 택하셨어요?

나 같이 가면 취향을 조율해야 하는데, 혼자 가면 뭐든 제 선택으로 이루어지잖아요? 그러고 싶어서요.

선생님 잘하셨네요. 지금 가장 필요한 일이에요. 온전한 내 시간을 보내는 것. 왜 경주를 택했나요?

나 어딜 가야 할지 모르겠고 의욕도 없었거든요. 그때 친구가 경주 여행 사진을 보내줬는데, 건물이 낮고 평화로워 보여서 마음에 들었어요. 거길 걷고 싶었고요.

선생님 낯선 환경에서 온전한 고독을 느껴보는 것도 좋아요. 어쩌면 정말 바닥까지는 가보지 못했을 수도 있어요. 예를 들어 우리가 물에 빠져도 발이 땅에 닿으면 안심하잖아요. 딛고 올라갈 수 있으니까요. 하지만 바닥이 어딘지 모른다면 공포감이 어마어마하겠죠? 아예 바닥을 쳐보는 것도 좋아요.

나 바닥을 치는 게 뭘까요?

선생님 지금보다 더 큰 좌절감과 외로움을 느껴보는 거죠. 약을 조금 바꿀게요. 항우울제는 바닥에 있는 기분을 조금 올려주는 정도고, 기분조절제도 써볼게요.

집중은 잘 되세요?

나 집중해서 확 했다가, 아예 안 했다가를 반복해요.

선생님 요새 자주 우나요?

나 저번 주 월요일에 약만 타러 왔을 때도 엄청 울었고, 어제도 울었고, 일주일에 세 번 정도 울었어요.

선생님 전형적인 우울증과는 증상이 조금 달라 보여요. 성인한테 나타나는 ADHD도 있거든요. 공허감, 지루함, 집중력 저하 같은 증상이 나타나요. 그쪽도 염두에 두고 약을 써볼게요.

나 (완전 내 이야기라고 생각했다) 네, 네.

선생님 어쨌든 여행 잘 다녀오시고요, 다음에 오실 때는 예전에 잠깐 미뤄두었던 언니나 부모님에 대한 이야기도 나눴으면 좋겠어요.

나 네, 잘 다녀올게요.

(2부에 계속)

\# 1부 마치며

괜찮아, 그늘이 없는 사람은 빛을 이해할 수 없어

나는 내 손안에 들어오면 평가절하 하는 경향이 있다. 어려운 무언가를 해냈을 때도 예쁜 옷을 입어도 내가 해내고 내가 입으면 금세 힘을 잃었다. 소중하거나 사랑스럽지 않았다. 문제는 그게 사람에게도 적용된다는 거다. 상대가 나를 사랑하면 할수록 나는 상대가 지루해진다. 지루해진다기보다, 더 이상 반짝여 보이지 않는다.

역시 문제는 자존감. 내가 나를 너무 낮게 바라보기 때문에 타인의 눈으로 만족을 얻는 거라고 한다. 하지만 그건 나 자신이 내게 느끼는 만족이 아니니 한계를 느낄 수밖에 없고 곧 지겨워진다. 그러니 또 다른 사람을 찾고, 결국 누군가 나를 좋아한다는 것 자체가 내게 만족을 주지 못한다고 한다. 내가 좋아하는 사람이 나를 좋아하지 않아도 절망, 누군가 나를 깊이 사랑해줘도 절망. 이러나저러나 다 타인의 눈으로 나를 바라보는 일이다. 결국 내가 나를 계속 갉아먹는다.

내가 상대를 가혹하게 대하는 것도 낮은 자존감 때문이라고 한다. 내가 나를 사랑하지 않는데, 그럼에도 나를 사랑해주는 상대를 이해할 수 없어서 자꾸 강도 높은 실험을 하는 거라고. 이래도 날 사랑해? 이래도? 이래도? 상대가 받아준대도 이해할 수 없게 되고 상대가 포기하고 떠나면 역시나 나를 다 사랑해줄 사람은 없다고 생각하고 괴로워하며 위안한다.

그놈의 자존감 자존감 자존감. 나는 더 이상 비뚤어진 관계를 맺고 싶지 않고, 현재에 만족하지 못하고 과거에 얽매이거나 새로운 관계를 기대하는 것도 지겹다. 하지만 또 그놈의 자존감 때문이라면 난 어떤 방향을 향해 나아가야 할지 모르겠다. 이제 내가 상대를 사랑하는 건지 아닌 건지 구분할 수 없는 지경까지 왔다. 이렇게 길을 모르는 채로 무작정 헤매며 지낼 수 없다고, 너무 괴롭고 힘들다고, 확신 없고 알 수 없고 모든 것이 모호한 내가 지겹다고.

선생님은 어떤 방법이나 해답을 제시하지 못해서 미안하다고 했다. 하지만 만약 캄캄한 우물 안에 떨어졌다고 치면, 벽을 짚고 한 바퀴를 돌아야만 그게 우물이라는 걸 알 수 있듯이, 실패를 짚다 보면 분명히 반복되는 실패를 줄일 수 있을 거라고 했다. 쌓인 실패가 견고한 내 중심을 만들어줄 수 있을 거라고, 잘하고 있다고, 동전의 뒷면을 볼 수 있는 사람인데 지금은 동전을 너무 무겁게 느끼고 있을 뿐이라고 했다.

내가 바라는 거? 난 사랑하고 사랑받고 싶다. 의심 없이 편안하게. 그뿐이다. 방법을 모르기에 괴로울 뿐이다. 마지막 진료기록을 마무리하고 맺음말을 쓰지 못한 채 한참을 헤맸다. 내가 이만큼 좋아졌다는 걸 보여주거나, 뭔가 대단한 마무리를 짓고 싶었던 것 같다. 한 권의 책은 반드시 그래야 한다고 생각했다.

하지만 이야기를 마치는 지금도 여전히 우울과 행복을 반복하는 내 모습이 싫었고 의미를 찾기 힘들었다. 그런 상태로 병원을 오갔다.

세밀하게 살펴보면 좋아진 부분도 많다. 우울감도 많이 나아졌고 사람에 대한 불안감도 줄었다. 하지만 그 틈새로 또 다른 문제가 채워졌고, 촘촘한 문제를 집요하게 파고들다 보니 종착역은 자존감이었다. 여전히 나를 사랑할 줄 모르는 사람이었기 때문이다.

그러다가, 빛과 어둠은 한 몸이라는 걸 다시 떠올렸다. 행복과 불행의 공존처럼 삶의 곡선은 유동적이다. 그리고 내가 포기하지 않는 이상 계속해서 이어가며 웃고 울 수 있다.

결국 이 책은 질문도 답도 아닌 바람으로 끝난다. 나는 사랑하고 사랑받고 싶다. 나를 아프게 하지 않는 방법을 찾고 싶다. 싫다보다 좋다는 단어가 많은 삶을 살고 싶다. 실패를 쌓고 더 좋은 방향으로 눈을 돌리고 싶다. 감정의 파동을 삶의 리듬으로 여기며 즐기고 싶다. 커다란 어둠 속을 걷고 또 걷다가 우연히 발견한 한 조각의 햇살에 오래 머물 수 있는 사람이 되기를 바란다. 언젠가는.

산문

우울의 순기능

힘내라는 독

엄마는 자기 자신을 자신감이 없고 멍청하다고 생각했다. 엄마의 문장 속에는 꼭 자신을 향한 비난이 섞여 있었다. '나는 길을 잘 몰라, 나는 멍청해, 나는 사람들의 말을 잘 이해 못 해, 나는 자신감이 없어, 나는 못 해.'

그런 성향을 우리가 물려받지 않았을 리 없다. 우리 자매는 확실히 외향성보단 내향성이 짙고, 자존감이 낮았다. 어릴 때는 더 심해서, 우물쭈물하고 소심하고 겁이 많은 아이들이었다. 그리고 엄마는 누구를 만나도 우리의 단점을 먼저 내세웠다. '애가 자신감이 없어서, 애가 아토피라서.'

자연스레 당당함보다는 부끄러움이 먼저 자라났다. 커가면서 난 당당해지고 싶었고, 자신감 넘치고 싶었고, 위축되고 싶지 않았다. 엄마에게 물었다. "엄마 나 자신감이 너무 없어" 돌아온 대답은 이랬다. "왜 자신감이 없어? 왜 그래! 자신감을 가져!" 헛웃음이 나왔다. 엄마는 자신의 성향이 우리에게 있는 게 싫었던 거다. 그래서 우리의 단점에 늘 화를 냈다. 끼가 넘쳤으면 좋겠는데 끼가 없다고, 남들 앞에 나섰으면 좋겠는데 그렇지 못하다고, 스튜어디스며 재즈댄스며 본인이 하고 싶지만 못했던 꿈들을 우리에게 희망사항으로 남겼다. 본인이 원하는 대로 밀어붙이지 않은 건 정말 다행이지만.

언제부턴가 힘내라는 말, 자신감을 가지라는 말, 위축되지 말라는 말에 진절머리를 내는 나를 발견했다. 내향적이고 쉽게 위축되는 성격 탓에 학교생활과 직장생활을 할 때마다 장애물에 부딪혔다. 조별 수업과 발표 수업이, 회의와 미팅이 나를 지긋지긋하게 만들었다. 경험이 쌓일 거라고 생각했는데 매번 새로운 벽이 줄지어 세워졌다. 새로운 사람, 새로운 일, 새로운 주제, 새로운 장소. 아무리 깨뜨려도 쌓이지 않고 끝나지 않는 게임처럼.

우습게도 가장 힘이 된 위로는 이거였다. "왜 안 떨려고 그래? 왜 자신 있게 하려고 해? 그냥 떨어. 힘내지 마!"

내가 아닌 모습을 나처럼 위장하면 티가 나기 마련이다. 그리고 난 어설픈 포장이, 아닌 척하는 모습이 정말 싫다. 대담하지 않은 사람이 대담한 척하는 것만큼(물론 대담해지고자 노력하는 것과는 다르지만) 어설픈 건 없다. 자신감이 없는 사람이 자신감 넘치는 척하는 것만큼, 위축되는 사람이 위축되지 않는 척하는 것만큼 말도 안 되고 나쁜 해답이 어디 있을까. 힘이 안 나는 사람이 억지로 힘 나는 척하는 것만큼 애잔하고 슬픈 일이 또 어디 있을까.

그래서 대학생 때는 발표 전 이 말을 꺼내고 시작했다. “저는 발표할 때 너무 떨어서 얼굴이 빨개집니다. 고등학교 때 별명은 레드 인간이었어요. 발표를 들으시다가 제 얼굴을 봤는데 너무 빨갛더라도 놀라지 마시고 들어주세요.” 사람들이 웃었다. 놀랍게도 얼굴이 빨개지지 않은 채로 발표를 마칠 수 있었다.

가장 힘이 들 때 옆에서 ‘힘내’라고 말하면 멱살을 쥐고 싶을 때가 있다. 그냥 옆에 앉아 어깨를 토닥여주거나, 어떤 해결 방법이 있을지 함께 고민해주거나, 아니면 같이 슬퍼하거나 화내거나, 유경험자라면 자신의 경험을 들려주며 생각보다 별일 아니라고 다 지나갈 거라고 이야기해주면 된다. 그게 공감이자 소통이고 관계와 관계를 잇는 위로다.

오늘은 내가 기획한 첫 책의 저자와 미팅하는 날이다. 한 번도 해보지 못한 경험이고, 내가 어떤 책을 만들고 싶고 어떻게 나아가야 할지를 직접 설명해야 한다. 사람과 사람이 연결된 일이기에 자연스럽게. 또 나를 지켜보는 과장님 옆에서. 난 원래 위축되는 사람이고 자신감 없는 사람이다. 그리고 구태여 그런 모습을 숨길 생각도 없다. 일부러 위축되어 보이려고 찌질하게 굴지는 않겠지만 그렇다고 어깨와 가슴을 펴고 우렁차게 이야기하며 작위적인 연출을 할 생각도 없다. 그냥 난 솔직해질 생각이다. 첫 경험에 능숙할 수도 완벽할 수도 없다. 그럴 필요도 없다. 결국 나는 나 스스로를 위로하고 다잡을 수밖에 없다. 완벽하지 않은 나를 보듬어주고, 안 그래도 괜찮다고 말해주고, 힘내지 말라고 나의 온 내부에 속삭이면서.

힘내라는 말, 자신감을 가지고 위축되지 말라는 말은 때론 독이다. 그렇지 못한 사람의 속내를 파고드는 상처다. 10년간 모든 자기 계발서와 에세이가 채찍질이 아닌 '위로'가 된 것처럼, 모자라도 괜찮고 서툴러도 괜찮다. 힘내지 않아도 괜찮다. 나는 오늘 잘하지도 못할 수도 있을 것이다. 그 자체가 경험이다. 괜찮다.

시선을 옮겨야 해

자의식 과잉이 나를 덮칠 때마다, 나의 불만과 슬픔, 짜증, 두려움이 내 행동을 짓누를 때마다 생각한다. 시선을 옮겨야 해.

오직 나를 향한 '좋게좋게'와 오직 나를 향한 싸움은 결국 나를 편안하게 만들 수 없다는 걸 어렴풋이 깨달은 것 같다. 세상의 모든 동기와 시도가 나에게로 집중되는 게 얼마나 복잡한 피곤함을 가져다주는지.

시선을 옮기자. 나에서 타인으로. 절망에서 희망으로. 편안함에서 불편함으로. 다수에서 소수로. 쓸모 있지만 나를 녹슬게 하는 것들에서 비록 무용하더라도 나를 아름답게 하는 것들로.

시선을 옮기면 삶의 구석을 엿볼 수 있다. 시선은 행동을 이끈다. 행동은 삶을 변화시킨다. 오로지 나를 위해 내가 변할 수는 없다는 것. 나를 변하게 하는 건 내 시선이 닿는 무수히 많은 것들이라는 걸 깨닫는다. 삶의 구멍은 수없이 깨닫는 것들로 채워진다는 걸 배운다.

삶의 과제

머릿속에 심고 싶은 좋은 글은 차고 넘치지만, 좋은 사람은 찾기 힘들다. 좋은 사람(내가 되고자 하는 이상적인 모습)으로 변하는 과정이 어렵기 때문이다. 타고난 천성이야 어쩔 수 없다고 쳐도, 생각과 태도 역시 나로부터 파생되고 축적되기에 천성만큼 바꾸기 어렵다. 좋은 말과 글임을 알고 있음에도 행동으로 옮기면 3일을 채 가지 못하는 이유다. 글과 행동의 성질은 아주 다르기도 하고, 글은 감추기 쉽지만 무의식에서 뻗어 나오는 행동은 감추기 힘들기에.

대부분의 사람이 말과 행동이 일치하는 삶을 살지 못한다. 아무리 지식을 접하고 되새긴다고 해도, 수행하듯 태도를 검열할 수 없으니 금세 본래대로 돌아온다. 그래서 옳지 못했던 삶의 태도를 깨닫고 오직 행동으로 변화를 증명하는 이들을 존경한다.

바른말을 하는 이들의 글을 보며 알 수 없는 불편함을 느꼈던 건 이런 부조화 때문은 아닐까. 말과 글만큼 행동도 일치하는 이들을 본 적이 없었으니까. 바보 같은 건 글과 행동이 일치하는 사람들을 만나도 불편하다는 거다. 내가 작아지는 기분이고, 그 사람들에게 내 보잘것없음을 들키고 무시당할 것 같은 마음이 든다. 그래서 순수하고 단순한 이들에게 더 마음이 가나 보다.

나는 지금 애매하고 좋지 않은 상태다. 내 천성은 우울하고 찌질하다. 생각이 깊거나 통찰력이 있지도 않다. 잘하는 건 반성과 자학인데, 이것도 순간에 그칠 뿐 변화로 이어지지는 않는다. 분명 머리로는 알고 있다. 하지만 쉽게 습득한 지식이 쉽게 온몸으로 번지고 체화될 리 없다. 페미니즘을 응원하고 인종차별 반대를 외치면서도 중국인들을 보면 몸을 움츠린다거나, 예쁘지 않은 레즈비언을 보면 불편하다는 '몸의 반응'을 일으키는 내 모습. 아주 찌질하고 모순적인.

하지만 이런 내 모습을 자학하고 혐오한다고 해서 달라지는 건 없다는 걸 안다. 나는 이렇게 모자란 인간이라는 걸 그냥 받아들이고, 매 순간 다가오는 반성과 성찰의 기회, 몰랐던 걸 알게 되었을 때의 부끄러움과 희열을 느끼며 1밀리미터의 변화에 기대하는 수밖에.

결국 난 내가 부러워하는 사람들 곁으로 단숨에 다가갈 수 없다. 그렇게 될 수도 없다. 내가 멋져지는 길은 오직 지금 나로부터 아주 조금씩 지지부진하게 나아가는 것뿐이다. 판단을 유보하고 느끼되 강요하지 않으면서, 내가 느끼는 수많은 판단과 감정을 받아들이는 것. 자책한다고 한순간에 똑똑해지는 것도 아니니까.

아마도 삶은 받아들이는 법을 배워가는 과정 같다. 받아들이거나 내려놓는 건 삶의 특정한 시기에만 꺼내올 태도가 아니라 평생 살아가며 연습해야 할 과제라는 느낌이 든다. 있는 그대로의 찌질한 나를 받아들여야 있는 그대로의, 그러나 노력하려고 하는 찌질한 상대 역시 받아들일 수 있다. 내게 가하는 과도한 자기검열은 상대에게도 그대로 가해지고, 끝없이 상대를 평가하고 내 기준 안으로 속박시키려고 한다.

노답 인간은 차치하고, 누구나 어긋나는 부분이 있다는 걸 받아들이고, 일단 나부터 받아들여야 한다. 보잘것없는 내게 더 이상 기대하지 말아야 한다. 그냥 하루에 하나씩 뭔가를 알거나 깨달아가길 바랄 뿐.

사랑의 문제

생각해보면 많은 문제를 사랑으로 결정했다. 이성적으로 손익을 따지지 않고 지금 내 마음이 향하는 대로 선택했다. 이성의 문제가 개입한 건 학교와 회사뿐이었다. 하지만 첫 번째 이유였던 자존심과 돈 바로 뒤에는 꿈과 글이 있었다. 삶에서 두 번째로 중요한 걸 선택하기도 쉽지 않은 세상이다.

내가 사랑한 사람들도 마찬가지다. 나는 그들의 눈빛, 열정, 사랑을 향해 뛰어드는 용기를 덩달아 사랑했다. 단 한 번도 이 정도면 괜찮지, 하고 반만 채워진 감정으로 상대를 사랑한 적 없다. 수동적이었을지라도 온 힘을 다해 함께 나누었다. 내게 차근차근 계획하고 정리된 미래가 그려지지 않는 것도 이런 성향 때문이지 않을까.

마음이 움직이는 사람을 만나고, 마음이 움직일 때 글을 쓰고, 그에 맞는 음악을 듣거나 영화를 보고, 늘 사랑의 힘으로 움직이는 사람이고 싶다. 삶의 무수한 여백에 이성적인 힘이 마구 끼어든다면, 내가 가지고 있는 빛나는 힘과 여유마저도 잃어버릴 거 같다는 생각이 든다. 때문에 이성적으로 가난해도 감성적으로 빛나는 사람이고 싶다. 나와 비슷한 사람들과 함께 손을 잡고 나아가고 싶다. 이성적인 것과 감성적인 것에 우위를 따질 수는 없지만, 분명 질감은 다르다. 난 사랑과 감성으로 채워진 질감을 더 세심하게 느끼고 즐긴다.

벽에 눈이 달려 있다. 알 수 없는 이들의 휴대폰 속에, 사무실 파티션에, 길거리를 휘적거리는 공기 속에. 고독이 눈을 뜨면 두려움도 함께 얼굴을 내밀고, 수많은 눈은 다시 깜빡이며 내 글과 표정을 훑어낸다.

내게 고독의 장소는 10평짜리 방 안, 내 키만 한 이불 속, 걷다가 멍하니 보게 되는 하늘 아래, 사람들 사이에 붕 떠 있다가 느껴지는 이질감의 경계. 무시했다가, 자책했다가, 주머니 속에 넣은 손을 꼼지락대며 꺼내지 못하는 순간, 내 목소리를 녹음하고 텅 빈 방 안에서 그 소리를 들을 때, 카페에서 초점 없는 이들의 눈과 마주쳤을 때, 시선을 두려워하지만, 그 어떤 시선도 없다는 걸 알게 될 때. 이 모든 장소에서 길어 올린 고독이 과연 특별해질 수 있을까. 예술가들만의 특권 아닐까.

고통과 위안

부족했다는 걸 실감하는 순간이 있다. 그게 사랑이든, 일이든, 다 끝난 후에야 '아 그때 부족했구나, 그때 내가 잘못 알았구나' 이런 감정은 고통과 위안을 동시에 준다. 다시 돌이킬 수 없다는 고통과 이제 같은 잘못을 반복하지 않겠구나 하는 위안. 그게 일이라면 위안이 크지만, 사랑이라면 고통이 클 때가 많다. 다시 반복하지 않아야지 깨닫는 순간 상대는 내 곁에 없기 때문이다.

되찾을 수 없는 사랑의 허울을 가만히 품고 우리가 할 수 있는 일이란 별로 없다. 묵묵히 일상을 지속하거나, 돌아오지 않을 감정을 붙잡기 위해 애쓰거나, 나 자신을 갉아먹거나.

그럴 때 책을 읽는다. 해결할 수 없는 감정을 타인에게 끝없이 털어놓는 것만큼 고문도 없다. 나나 상대에게 모두 의미 없는 감정 소모의 되풀이가 될 뿐이다. 하지만 책은 다르다. 내 생각과, 내 상황과 같은 책을 약을 찾듯 찾아 헤매고 종이가 닳을 만큼 읽고 또 읽고, 줄 치고 또 친대도 책은 날 외면하지 않는다. 싫증 내지 않는다. 결국 긴 시간을 딛고 해결책을 얻고, 치유가 될 때까지 조용히 오래 기다려준다. 책의 가장 큰 매력 중 하나다.

수식어가 없는 삶

좋아했던 작가의 새 책이 곧 회사에서 나온다. 담당 팀장님은 2월 초에 작가와 함께 브레인스토밍 겸 회의를 하기로 했으니 시간이 되면 참석해달라고 하셨다. 아무래도 작가를 좋아하는 사람이고 이십 대니까 젊은 아이디어를 마구 부탁한다고도 하셨다.

회의에 참여하는 건 재미있고 기쁜 일이지만 '젊은' 아이디어라는 말에 목구멍이 턱 막히는 기분이 들었다. 부담을 느낀 탓이다. 좋은 아이디어, 남들이 생각하지 못한 참신한 의견을 내야 한다는 부담감. 내가 늘 벗어나지 못하는 단어 중 하나다.

친구에게 이 이야기를 했더니 왜 이런 일엔 꼭 '젊은'이 붙냐고 했다. 연륜에서 나오는 아이디어는 없는 거냐고, 그냥 젊은이든 전문가든 그런 수식어 다 빼고 여럿이 모여 막 던지면 더 좋은 이야기가 나오지 않겠냐고. 맞는 말이다. 우리 앞엔 늘 수식어가 붙는다. 나 역시 예외일 수 없다. 젊다는 건 바꿀 수 없고 한정적인 수식어겠지만, 내가 말하는 건 그 수식 안에 담긴 의미나 기대다. 학벌과 전공을 예로 들 수 있다.

문창과 졸업생은 모두 수준 높은 글을 쓸 것이며 영문과는 원어민 수준의 회화를 할 거라고 여기는 단순한 생각은 오히려 당사자들의 실력을 막아선다. 부담스럽기 때문이다.

내가 문창과라는 걸 밝히고 싶지 않은 이유기도 하다. 언니도 그런 말을 했다. 서울예대 보컬 전공자들은 잘하면 당연하게 여기고 못하면 무시당한다고. 늘 평가의 시선을 견뎌내야 한다고. 많은 이들이 그럴 것이다. 그래서 좋아서 택한 전공을 즐기지 못하고, 본인의 실력에 자신 없는 이들은 자꾸 쥐구멍을 찾고 숨어든다.

오늘 페이스북에 등록했던 학력과 직장을 지웠다. 내 앞에 붙은 수식어를 지우고 싶어서다. 괜찮은 학교와 직장을 전시하는 건 내게 일시적인 우월감을 가져다주었지만, 열등감 역시 가져다주었다. 전공이 문창과인데 글을 못쓰는 나 자신에 대한 비난과 직장이 출판사인데 책을 잘 모르는 자신에 대한 혐오. 하지만 이런 수식어가 일부 영향을 미칠지는 몰라도 한 개인을 전부 설명하지 못한다는 걸 안다. 회사에서 만난 이들 중 내가 가장 질투했던(그림도 잘 그리고 글도 잘 쓰고 감성도 풍부하며 예쁘고 사랑스러웠다) 여직원은 지방대 출신이었다. 그리고 부끄럽게도 난 내가 느꼈던 열등감을 나보다 낮았던 그 직원의 학벌 하나로 만회하려 했다. 학벌은 생각보다 별로네 하는 못난 생각을 하며, 어떻게든 우월감을 느끼려고.

이걸 머리로는 정말 잘 알면서도, 아직도 내게 주어진 수식어들로만 나를 평가하는 다수의 시선을 느낀다. 그리고 나 역시 그 시선에서 벗어날 수 없다. 질투했던 사람이 나보다 낮은 학벌일 때 느꼈던 안도감, 관심 없던 사람의 높은 학벌을 듣고 갑자기 그 사람이 다르게 보였던 일. 그리고 그 괴리감 속에서 나 자신을 자책했던 나날들. 진심으로 바뀌고 싶다. 아니 바뀔 수 있다고 믿는다. 나는 지금 회사에서 가깝게 지내는 이들의 학벌을 모른다. 그리고 딱히 궁금해하지 않는 나 자신을 느낀다. 전부는 아니더라도 조금씩 바뀌고 있다. 바뀌지 않는 부분만 보며 괴로워하기보단 변화하는 부분에 초점을 맞추며 희망을 품어야겠다. 많은 이들이 어떤 수식어 없이도 자신을 멋지고 당당하게 느끼는 날이 왔으면 하는 희망을.

꿈

과거에 오래 머무는 꿈을 꿨다. 엄마와 언니와 내가 나왔다. 더 많은 사람이 나왔지만 기억나지 않는다. 엄마의 젊은 모습을 기록하고 싶어 카메라를 들었지만 렌즈 속엔 담기지 않았다. 과거는 이미 지나갔으니까, 우리는 실재하지 않는 어떤 공간에 잠시 머물러 있을 뿐 곧 사라질 테니까, 카메라로 담을 수 없다는 걸 느꼈다.

하지만 우린 즐거웠다. 지금을 기록할 수도 기억할 수도 없는데, 과거의 어떤 지점에 함께 모여 있다는 게 기뻤던 걸까. 신기한 풍경이긴 했다. 어린 나와 언니, 주름 하나 없는 엄마. 이걸 적던 당시에도 꿈은 차근차근 기억을 지웠기에 더 이상 기억나질 않는다. 엄마의 젊고 하얀 얼굴을 다시 한 번 보고 싶다. 슬프고 아름다운 꿈이었다.

할머니

할머니는 늘 말이 없다. 남을 흉보는 일도 없다. 내가 아빠는 몇 점짜리 사위냐고 묻자, 네 생각은 어떠냐고 묻기에 당당하게 빵점이라고 대답했다. 할머니가 웃으며 계속 험담을 피하기에 "내가 아빠 같은 남자 데려와서 결혼한다고 하면?" 했더니 "……안 된다"라고 했다. 너무 웃긴 할머니.

낮엔 순천을 가야 해서 함께 집을 나섰다. 조용한 길을 걷다가 할머니가 문득 "여기 있으면 심심해서 가려고 하지?"라고 말했다. 나는 절대 아니라고, 혼자 여행할 기회가 이제 없을 거 같아서 그런다고 했다. 그리고 찔렸는지 "심심해서 가는 거 진짜 아니야"라고 세 번 더 말했다. 사실 반은 맞고 반은 틀린 얘기다. 할머니랑 말하다 보면 금방 침묵이 찾아오고, 여긴 정말 할 게 없다. 오랜만에 함께 있는데 스마트폰이나 책만 들여다보기도 싫고. 할머니랑 많은 이야기를 나누고 싶었는데, 예전에는 할머니가 재미난 이야기도 많이 해줬는데, 이제 생각 주머니가 줄었는지 말이 더 없어졌다. 하지만 진짜 혼자 여행할 기회가 별로 없을 거 같다는 말도 맞다.

어쨌든 우리는 함께 걸었고, 축제 중인 회관 앞에 도착했다. 할머니 할아버지들이 참 많았다. 거기서 "할머니 잘 있어" 껴안고 인사한 뒤 기차역을 향해 계속 걸었다. 뒤를 돌아볼 때마다 할머니가 얼른 가라고 손을 흔들었다. 나도 할머니가 작게 보일 때까지 계속 뒤를 돌아보았다.

어제 했던 대화가 떠오른다. "할머니 요새 제일 행복했던 순간이 언제야?" 묻자 할머니는 매일 혼자 있는데 행복할 일이 어디 있냐고 했다. 맞는 말이네. 머쓱해져서 "내가 와서 행복하지?" 하니까 "응. 기쁘고 좋다"라고 했다. "행복까지는 아닌가 봐?" 하니까 "기쁘고 좋은 게 행복한 거"라고 했다. 할머니만 생각하면 가슴 아픈 게 연민 같아서 싫지만, 사랑이라고 생각하면 조금 낫다. 사랑에서 오는 연민은 어쩔 수 없는 일이다.

진부하고 구린 거짓말

시무식이 끝나고 사장님과 눈이 마주쳤다. 난 사장님이 무섭다. 원래 어른이 무섭고(그런데 내가 어른이 되어버림) 세 보이는 어른은 더 무섭다. 그런데 사장님은 무지무지 세고 무섭다. 아무튼 올해 꿈이 뭐냐고 물으셔서 멈칫했더니, 꿈이 너무 거창한가? 하면서 목표가 뭐냐고 물으셨다. 그래서 그냥 소소한 목표는 정신이나 신체가 건강한 거라고 했고, 뭐라도 말을 더 해야 할 것 같아서 베스트셀러를 만들고 싶다고 했다. 그런데 그 말이 왜 이렇게 부끄럽지? 너무 진부하고 이상해. 뻔해. 사실 베스트셀러에 크게 관심 없으면서. 그냥 좋은 책 만들고 싶다고 하면 꼬치꼬치 캐물을 거 같아서 끝이 빠른 대답을 했을 뿐이지만 뭔가 부끄럽고 불편했다. 으으 솔직해지고 싶다. 어떤 질문을 받아도 부담 없고 솔직하게 말하는 사람들이 부럽다.

어제는 엄마의 건강 검진일이었다. 동시에 할머니가 올라오는 날이기도 했다. 낯선 것이라면 뭐든 겁부터 내는 엄마가 마음에 걸렸고, 가뜩이나 작은 엄마와 할머니 둘이 큰 병원 안을 이리저리 헤맬 것을 생각하니 신경질이 나서 반차를 쓰고 함께했다.

할머니는 석 달에 한 번씩 올라와 검진을 받고 약을 타간다. 할머니가 있는 지역엔 큰 병원이 없기 때문이다. 할머니는 안산에서 영등포로, 그리고 지금의 일산까지 병원을 세 번 옮겼다. 석 달에 한 번씩 할머니를 모시고 병원에 가는 일은 막내이모가 맡았다가, 큰이모가 맡았다가, 우리 엄마에게로 넘어왔다.

가까이 사는 고아라 이모는 아무런 연락이 없었다. 내가 이유를 묻자 엄마는 모르겠다고 했고, 할머니는 자기를 귀찮아하는 거라며 서운해했다. 엄마의 표정도 복잡했다. 순간 내 머릿속에는 '일주일에 한 번도 아니고 석 달에 한 번인데, 어떻게 연락 한 번이 없지? 너무하다'는 불만이 떠올랐다.

그랬다가, 그날 저녁 내 기억 속의 고아라 이모를 떠올렸다. 책을 많이 읽었던 이모, 언제나 할머니와 조카까지 살뜰히 챙겼던, 이제는 옛날이 되어버린 이모의 모습을.

이모는 우리 자매에게 특별했다. 차도 없고 의지도 없던 아빠를 대신해 이곳저곳을 함께 다녀주었고, 어린 우리도 이해할 수 있게 쉽고 많은 이야기를 들려주었다. 아빠가 엄마를 때릴 때마다, 우리는 똑같은 거리에 살던 큰이모한테는 전화하지 않아도 고아라 이모에게는 전화해서 엉엉 울곤 했다. 지금 생각해보면 어릴 적 내게 고아라 이모는 휴식 같았다. 엄마보다 말이 잘 통하고 똑똑했던 두 번째 엄마였다.

그렇게 기억을 되짚다 보니 문득 '그 사람 변했어'가 무용한 말이 되기도 하는구나 싶었다. 한결같은 사람이 된다거나, 혹은 그래주기를 바라는 게 어떤 이에게는 아주 혹독한 짐일 수도 있겠다 하는 생각이.

삶이 그저 살아남는 일이 되어버릴 때, 생존이 차지하는 비중 때문에 그 외의 모든 요소는 목소리를 내지 못할 때, 그 상태로 시간은 무섭게 지나가고 결국 많은 것들이 메마르고 썩어버릴 때, 그런 상황에서도 한결같기를 바란다는 건 이기적인 바람이자 모순 아닐까.

이모의 삶은 이렇게 신경 써서 떠올리지 않으면 알 수 없을 정도로 천천히 이모를 덮치고 있었을지도 모른다. 아니 분명히 그랬으리라고 나는 상상해본다. 자기 자신에 대한 희망이 사라지면 주위 많은 것들에 대한 의지도 함께 사라진다. 아무것도 하고 싶지 않고, 관여하고 싶지 않고, 결정적으로 함께하고 싶지 않아진다. 관계에 대한 욕구를 상실하고 철저히 혼자가 되고 마는 것이다.

이렇게 쉽게 깨달을 수 있으면서도, 그리고 그녀의 삶을 생판 모르는 타인보다는 훨씬 잘 알면서도 '그래도 어떻게 그럴 수가 있을까'라고 생각했던 내 게으른 생각이 실망스러웠다. 아닌 척해도 마음에 툭 떨어진 본심은 금세 몸으로 번졌고, 아침에 일어나선 벌처럼 체하고 말았다.

리베카 솔닛은 『멀고도 가까운』에서 "어떤 감정이입은 배워야만 하고, 그다음에 상상해야만 한다"라고 말했다. 내 안에 없는 씨앗은 절대 자라날 수 없다. 그래서 우리는 평생 타인과 평행선을 달릴 수밖에 없다. 하지만 내 안에 없는 걸 만들어낼 방법은 상상과 공부다. 감정이입 역시 공부하고 상상해야 할 때가 있다.

감정이입은 저절로 되는 거라고 여기며 나를 움직이지 않는 많은 것에 마음을 닫고 살아왔다. 하지만 내 안에 없던 걸 만들어내고 연대하는 순간이야말로 어른이 되는 하나의 길일 것이다. 우리는 많은 이들과 멀고도 가깝다. 그리고 가족일수록 가깝지만 아득히 멀고, 저 멀리 있다가도 금세 옆에 앉힐 수 있을 만큼 가깝다.

내가 이해할 수 없고 그래서 이입할 수 없는 감정을 배우고 상상하는 것. 그게 타인을 향한 애정이며 내 씨앗과 상대의 씨앗을 말려 죽이지 않을 수 있는 유일한 탈출구다. 완벽히 이해할 수는 없지만, 그래도 끈을 놓지 않는 마음.

이걸 아는 것과 알지 못하고는 천지 차이라고 생각한다. 그러므로 일단 이입할 수 있을 것 같은 사람들부터 시작하겠다고 다짐한다. 내가 애정을 가졌었지만, 언제부턴가 뒤돌아 떠나온 사람들부터.

내 강아지, 내 전부

부기는 세 살. 수지는 아홉 살. 주딩이는 열다섯 살. 어릴 땐 주딩이를 로켓 주딩이라고 불렀다. 엘리베이터가 열리자마자 용수철처럼 튀어나가는 모습이 로켓 같았다. 그렇게 빠르고 활발했다.

현관 번호 키를 누르고 문을 열면 당연하게 신발들 사이에 앉아 우릴 맞이했다. 안아줄 때까지 서서 내 무릎을 콩콩 쳤다. 뭘 먹고 있는 건 얼마나 귀신같이 아는지, 고구마를 꺼내거나 아주 조용히 과자를 뜯어도 어느새 달려왔다. 치킨 먹을 때도, 고기 먹을 때도.

심장 소리는 규칙적이고 눈은 반짝였다. 코는 촉촉하고 발바닥과 배는 분홍색이 채 가시지 않아 애기 냄새가 났다. 누가 가르쳐주지도 않았는데 꼭 화장실 아니면 베란다에서 용변을 봤다. 쉬 마려우면 베란다 앞에 서서 열어달라며 문을 긁었다. 가끔 짖기도 했다. 질투도 엄청 했다.

이 모습들은 몇십 년간 우리에겐 너무 당연한 풍경이었는데, 아주 천천히 조금씩 줄어들더니 이제 찾아볼 수 없게 됐다. 목줄을 하지 않아도 내 걸음보다 느린 주딩, 귀가 안 들려서 현관문을 열어도 나오지 못하는 주딩, 방에서 자고 있을 때 내가 가서 '나왔어~' 하면 그제야 깜짝 놀라 일어나는 주딩, 우유도 먹지 않고 고기도 가끔 거부하는 주딩, 뭘 먹고 있어도 크게 반응하지 않는 주딩, 가만히 있어도 들리는 심장 소리와 불규칙한 박동, 파란 눈과 마른 코, 까만 발바닥과 검버섯이 생겨 거무죽죽해진 배. 더 이상 쉬하고 싶다고 베란다를 긁지도 않는다. 짖는 걸 본 지는 까마득하다. 다만, 아주 많이 잔다. 계속해서 잠을 잔다. 너무 많이 자서 무서울 정도로……. 하얗게 센 수염을 볼 때마다 더럭 겁이 난다. 노견이라는 사실이 이토록 자명한데 받아들이고 싶지 않은 탓이겠지.

생기가 넘치는 수지와 부기를 볼 때면 예전 주딩이가 떠올라 가슴이 아프다. 주딩이의 시간이 나와는 다르게 너무나 빠르다는 걸 실감한다. 내가 뭔가를 먹고 있으면 재빠르게 내 발밑에 와 있는 아이들을 보면서 조그맣게 속삭여도 귀를 쫑긋하는 수지와 빠르게 달리는 부기에게서.

한 생명의 생애를 온전히 받아들이기엔 난 너무 어리다. 시작과 과정과 끝은 지난하고 무게는 너무 무겁다. 순간의 행복을 즐기기에 내 그릇은 작고 부정적이다. 지금 세 마리 강아지와 누워 있는 이 시간이 못 견디게 소중하고 행복하지만 그만큼 두렵고 아득하기도 하다.

약하다는 단어를 되뇌어본다. 약하기에 약한 것들이 두렵고 싫고 무서운 내 모습을 떠올린다. 그러면서도 책임지고 싶다는 진심은 변하지 않는다. 모두 떠나보내고 싶지 않다.

함께하다

무덤덤하고 싶은 날들이 있었다. 아니 간절했다. 단순하고 가볍고 차갑고 무감각해지고 싶었다. 감정이입은 내게 큰 주축이었고 일상을 뒤덮을 정도로 커다란 그림자였다. 드라마를 보거나 영화를 볼 때, 노래를 듣거나 사진을 볼 때, 누군가의 이야기를 듣거나 나 자신의 이야기에 귀를 기울일 때, 쉽게 마음이 기울었다. 푼크툼(지극히 개인적인 경험에 비추어 받아들인다는 의미에서)처럼 맥락 없이 찔러대는, 익숙하고 지겨운 자각이었다.

그래서 포용의 울타리를 쌓고 안전하게 지냈다. 그때는 스스로 들어간 줄 알았지만, 결과적으로는 가둔 꼴이었다(가뒀다고 표현하기는 싫지만). 행복해질 줄 알았지만 그렇지 않았다. 매번 내가 틀리지 않았다는 걸 확인하고 싶어 했고 한정된 애정을 갈구했다. 나는 왜 이럴까라는 말을 달고 살았고 세상과 인간에 대한 냉소가 깊어졌다. 차가워지고 싶었는데 진짜 차가워지자 세상이 얼어붙었다. 어느 곳에 손과 발을 갖다 대도 시리고 아팠다. 화가 났고 억울했다.

지금 생각하면 당연했다는 생각이 든다. 나만의 울타리를 만들고, 아무도 만나지 않고, 나누지 않는다는 건, 결국 얼어붙은 성을 짓는 것과 다를 바 없지 않을까. 사람들의 차가운 면에만 과도하게 집착했고 삶에 어떤 따뜻함도 없이 냉기만 남았다.

버거운 감정의 종류가 시시각각 드러날 때마다 숨이 찼다. 해소의 방법이 필요했다. 그때 처음 병원을 찾았다. 예전에는 익숙했던 털어놓기가 어려워진 상태라는 걸 느낄 수 있었다. 하지만 일단 시작하자 물밀듯 쏟아져 나왔다. 한 사람과만 나누면 될 줄 알았는데, 아니었다.

그때부터 가족에게 친구에게 동료에게 낯선 이에게 나를 털어내며 숨을 덜어냈고, 그들의 이야기를 들으며 새로운 숨을 채웠다. 그런 척과 흉내가 아니라 진심을 다해서 그렇게 했다. 자의식과 연민으로 가득 찬 감정의 결들이 조금씩 균형을 찾는 기분이었다.

결국 제대로 살아가는 방법은 함께하는 거라고, 아주 오랜만에 가족과 여행 온 지금 더더욱 느낀다. 함께는 이타심이고, 결국 이타심은 이기심을 구원한다. 나로 시작하여 우리로 끝나게 하니까. 나와 함께하려는 너에게 감동해서, 나를 알아주는 너 없이는 안 되겠어서, 함께를 택하게 되니까. 함께 오해하고 나누고 공감하고 멀어지면서 현재를 살아나가게 하니까. 그게 어두운 숨으로 가득한 세상에서 안도의 숨을 쉬어나 갈 방법이 아닐까 싶다.

늘 전쟁을 치른다. 전력은 일 대 수십, 또는 수백. 달랑 혼자가 셀 수 없이 많은 적들과 싸우는 건 애초에 불가능하다. 상대가 많아질수록 전투력은 급감하고, 곧 의지를 상실한다. 아니다. 애초에 전투력 따위는 존재하지 않는다. 이길 수 없고, 이길 자신조차 없다. 이길 생각조차 없다. 생은 지저분한 주인의 가방처럼 정리되지 않는 물건으로 가득 차 있다. 언제 묵은 쓰레기가 나올지 모르고, 누군가 가방을 들춰볼까 겁이 난다. 낡은 가방과도 많이 닮아 있다. 매끈한 바닥은 아무렇게나 툭 툭 던져지고, 던져지는 만큼 닳고 상처 나고 헤지지만 아무도 알지 못한다. 각도가 달리 던져지면 누군가에게 발각되지만, 그뿐이다. 가방을 바꿀 여건이 안 되는 이상 바닥을 들키지 않으려고 조심스럽게 그리고 불편하게 몸을 움직인다. 이 글을 쓰고 좋은 비유라고 키득대다가, 아니 가방이란 비유도 잘못됐다, 깨닫는다.

버스를 타고 갈 때 누군가 앞에 서면 쓰던 글을 멈춘다. 앞에 선 이의 눈동자가 내 휴대폰에 멈춘다. 쓰고 있는 글을 들킬까 봐 겁난다. 비밀로 가득 찬 일기장처럼, 어둠이 담긴 글을 그가 볼까 겁난다. 정신은 한 꺼풀 뒤덮인 막으로 쌓여 있고, 불투명한 막 속은 아무도 들여다보지 못한다. 막을 통해 여과되는 생각은 본심과는 다르며 본심의 찌꺼기는 그대로 정신에 쌓여 고이고 썩는다. 그래서 생각은 늘 개운하게 청소되지 못하고, 찌꺼기로 가득 찬 본심 속에서 좋은 생각이 걸러지기 만무하다. 진흙탕을 걸러내도 누런 물이듯, 내게서 거르고 걸러낸 생각도 짙고 불투명한 어둠이다. 그래서 글자를 생각을 비유를 꾸며내고 감춘다. 그렇게 정제되고 포장된 생각은 언뜻 보면 있어 보이지만, 결국 별거 없는 생각일 뿐이다.

맑고 솔직한 사람들의 천진난만함에 반하고 긍정적인 사람들의 글을 보며 열광하지만 본질적으로 그 안에 편승되지 못할 거라는 불안감에 주저앉는다. 진짜 어둠을 받아들이지 못하고, 밝은 세계에 몸을 던지지도 못한다. 사실은 많은 이에게 소중해지고 싶으면서, 넘치게 사랑받고 싶으면서, 타인에게 아주 관심이 많으면서 아닌 척한다. 척은 척을 만들고 그 척은 또 척을 만들고, 이제는 척이 자신인지 자신이 척인지, 이건 본심인지 여과시킨 생각인지 구분할 수 없어진다. 아무렇지도 않고 싶은 정신과 굉장히 아무런 마음은 서로 충돌하여 정신의 균형을 무너뜨리고, 틀어진 균형은 무너진 표정을 만들어낸다. 무너진 행동은 비뚤어진 행동을 만들어낸다. 잔뜩 틀어진 정신과 신체를 다잡기 위해 올바름을 집어넣고 또 쌓고, 단단하게 쌓이지 못한 성은 이리저리 비틀리다가 또 무너지고.

결국 자유를 얻지 못한다는 결말을 알면서도 의미 없이 길을 따라 무작정 걷는다. 끝은 생략되어 있다. 새 길을 만들어 보려고 길이 아닌 곳을 거닐지만 온통 깊고 거친 자갈밭은 아무리 걷고 파내도 길이 되지 않는다. 그대로 발에 채일 뿐이다.

그 시절 내가 가진 재능이라곤 타인의 마음을 할퀴는 것뿐이었다. 까만 밤 등불처럼 내겐 사람들의 약점이 너무나 또렷이 보였고, 그걸 짚고 공격하기를 즐겼다. 왜 그랬냐고 누군가 묻는다면 정확히 답하기는 힘들겠지만, 아마 나도 날 잘 몰랐기 때문이었던 것 같다. 내가 나를 몰랐기에 세상이 아는 척하는 걸 견딜 수 없었고, 확신하는 자들을 보면 숨이 차고 메스꺼웠다. 나는 그들의 믿음 속 약점을 귀신같이 찾아내 헐뜯었고, 그들이 당황하거나 때로는 무너지는 모습을 보며 위안했다. 참으로 조악한 삶이었다.

묻다, 묻어두다

나는 본질보다 태도를 중요하게 여긴다. 아니, 태도 안에 본질이 있다고 생각한다. 아주 사소하고, 아무것도 아닌 거 같은 지점에서 진심이 묻어 나오는 거라고. 그래서 난 상대의 눈빛과 손짓, 말투와 움직임에 집중하고 집착한다.

누군가를 사랑하면 질문이 많아진다. 하지만 그 질문을 꼭 언어로 뱉어내야만 온전해지는 것은 아니다. 때론 온몸으로 내뿜는 질문도 있다. 턱을 괴고 내 쪽으로 향한 얼굴, 입에 집중하는 눈, 끄덕거리는 턱짓, 중간 중간 되묻는 말의 농도. 그럴 때 난 그저 내 이야기를 쉴 틈 없이 뱉어내며 무엇이든 좋을 그 사람의 질문에 대답하면 그뿐이다. 어떤 말도 질문이 되고 어떤 말도 대답이 되는 관계, 무언가를 굳이 묻지 않아도 자연스레 내 안에 담긴 많은 이야기를 풀어놓게 되는 상대, 쉴 틈 없이 내 입과 마음을 쏟아놓게 되는 상대.

반대로 우리가 삼켜내는 수많은 질문들도 떠올린다. 누구나 질문을 한다. 그리고 질문을 받는다. 내 생각에 사람들은 생각보다 부끄러움이 많은 것 같다. 전부는 아니겠지만 많은 이들이 그 순간 목이 메거나 낯간지러워서, 또는 상대가 싫어할까 봐, 그깟 부끄러움이나 자존심 때문에 많은 물음을 삼켜낸다. 친구는 내게 질문왕이라는 별명을 붙여주었지만, 나 역시 수많은 질문 더미 속에서 간신히 몇 가지를 골라 꺼낼 뿐이다. 더 은밀하고 무겁고 개인적이고 유치하고 뻔한 질문들이 차고 넘치는데도 말이다.

그래서 질문하지 않아도 내 안의 대답을 자연스레 이끌어내는 사람, 그리고 내가 질문하지 않아도 내 머릿속 질문에 응답하듯 대답을 쏟아내는 사람을 만날 때 좋다. 우리가 연결되어 있다는 따뜻한 기분이 든다.

그리고 조금 씁쓸하다. 우리가 삼켜낸 질문들은 모두 어디로 갈까? 우리 마음 어딘가에 흩어져 사라지거나 심연 속으로 가라앉을까? 어떤 행동이나 습관으로 발현되지는 않을까? 그 침묵이 어떤 이와의 깊은 연결을 방해하지는 않았을까? 나는 그게 참 두렵다.

낭만과 냉소

우리는 줄곧 순간으로 전체를 판단한다. 대부분 손에서 책을 놓지 않는 사람일지라도, 내 앞에서 인스타그램 피드만 줄줄 읽고 있다면 그저 그런 사람으로 비칠 뿐이다. 때문에 호감과 운명이란 낭만적인 합리화다. 그저 타이밍일 뿐이지. 내가 특별해 보이고 네가 특별해 보이는, 그 빛나는 순간을 함께 맞이한 행운일 뿐. 그건 단지 우연일 뿐이다. 하지만 그 예쁜 우연이 대부분의 인연을 엮어 나가는 건 사실이니까, 냉소적일 필요도 없다.

어쨌든 삶은 낭만과 냉소를 오간다. 그 뜨거움과 차가움의 경계를 넘나들 때 지루함은 자취를 감춘다. 가장 두려운 순간은 미지근한 순간이다. 뜨겁게 느낄 틈도 차갑게 돌아설 틈도 없는, 가장 미지근하고 무감각한 순간. 그 순간의 우리는 송장과 다를 바가 없다.

2부

#13~26주

2부 시작하며

나도 몰랐던 내 상처와 마주하는 일

두 번째 책을 준비하며 자기연민에 대해 오래 생각했다. 지나친 자기연민으로 우울감에 빠져들 때가 많았기 때문이다. 나는 내면에 치유되지 않은 상처가 있고, 정신과 치료를 통해 그 상처의 종류와 이유에 대해 조금씩 알게 됐다.

하지만 상처를 아는 것과 상처를 불쌍하게 여기는 건 다른 문제다. 자기연민이 나쁜 건 아니지만, 사람들이 그걸 끔찍하게 생각하는 건 주로 자신의 상처만 크게 여기며 남의 상처를 등한시하는 이들 때문은 아닐까. 내가 그런 사람일까 봐, 혹여 그런 사람이 되어버릴까 봐 두려웠다.

치료를 거듭할수록, 그래서 상처가 옅어지고 희미해질수록 오히려 더 쉽게 아파하는 나를 발견했다. 묻어뒀던 상처를 어렵지 않게 떠올리며 자주 우울감에 도취되었기 때문이다.

내게 익숙함은 안온하다. 그래서 우울감이나 공허감이 찾아올 때면 재빨리 연민의 문을 열고 들어가곤 했다. 오랫동안 머물던 편안한 방이기 때문이다. 그리고 쉬이 나올 수 있음에도 불구하고 문을 잠가버린 채 자신을 가두고는 했다. 익숙한 고통과 아픔을 즐기고 거기에 의존하며 언제라도 원점으로 돌아갈 수 있을 것처럼 말이다.

이제 난 우울증을 마음의 감기라고 생각하지 않는다. 나처럼 우울증을 오랜 시간 그림자처럼 달고 다닌 사람들에겐 오히려 난치병 같은 존재다. 지속적인 관리가 필요하고 나을 수는 있지만 지난하고 힘든 여정을 거쳐야 하는 병. 그래서 완치라는 단어를 버리기로 했다. 삶이란 원래 이렇다는 걸 받아들이며 무가치하게 여기는 것이 아니라, 우울감이 찾아올 때마다 다시 익숙한 쾌락으로 돌아가지 않는 방법을 찾아나가고 있다. 연민과 어두움의 방으로 들어가지 않기 위해 상처를 불쌍히 여기는 게 아니라, 그저 느끼고 나와 타인의 상처를 재지 않으면서 말이다.

우울증을 완벽하게 극복할 방법을 찾고 싶은 이들에게 이 책이 그리 좋은 지침서는 아닐 것이다. 하지만, 한 사람의 마음속 상처를 속속들이 보여줌으로써 다른 사람들 역시 자신이 몰랐던 어두움을 바라볼 수 있게 된다면 그걸로 충분하다는 생각이 든다. 나는 이미 수많은 사람의 손을 잡았다. 그리고 더 많은 이들의 손을 잡고 싶다.

"인간의 고통은 기체의 이동과 비슷하다.
일정한 양의 기체를 빈방에 들여보내면
그 방이 아무리 크더라도 방 전체를 고르게 채운다.
인간의 고통도 마찬가지다.
그 고통의 크기와 상관없이 우리 영혼과 의식을 가득 채운다.
고통이란 완전히 상대적인 것이다."

_빅터 프랭클 『죽음의 수용소에서』 중에서

13주

사랑받고 싶은 게 뭐가 나빠

주말을 앞둔 새벽, 좋아하는 작가 록산 게이의 신간을 꺼내 들었다. 『헝거』라는 책이었는데, 작가의 자전적 에세이는 처음이라 흥미로운 마음으로 책을 펼쳤다. 그런데 나 자신도 이해가 안 될 정도로 서문부터 눈물이 터지더니, 괴로움에 시달리며 책을 덮었다가 읽고, 덮었다가 다시 읽는 내내 눈물이 멈추지 않았다. 그리고 내가 나 자신한테조차 솔직하지 못했다는 걸 깨달았다. 어두움을 드러내는 게 자유로워지는 방식이라고 뻔뻔하게 말했으면서도 말이다. 곧이어 기억하지 못했던, 사랑받지 못해서 외로웠고 괴로웠고 슬펐던 어린 시절의 기억 전부가(전부가 아닐지도 모르지만) 수면 위로 떠올랐고 머릿속에 펼쳐졌다.

중학생 때부터 누군가를 꾸준히 좋아했지만, 고백을 받아줬던 사람은 없었다. 중학교 3학년 땐 친구처럼 지내던 관심 있는 남학생의 옷자락을 붙잡으며 장난을 치는데, 내가 좋아하는 게 티가 났는지 옆에서 그 아이의 친구가 조롱하듯 "백세희가 너 좋아하나 보다"라고 이야기했다. 내가 좋아하던 아이는 쪽팔린다는 듯한 표정을 지었었고. 고등학생 때는 내가 자신을 좋아한다는 걸 느낀 다음 날부터 나를 없는 사람 취급했던 아이도 있었다. 내 마음을 장난감처럼 갖고 놀았던 사람도 있었고, 당연하게도 내가 좋아했던 아이가 나와 친한 친구를 좋아한 적도 꽤 있었다. 물론 사랑받았던 경험도 있다. 하지만 그 순간엔 상처받았던 기억들만 선별하듯 떠올랐다. 기억은 정확하지 않으니까 내 멋대로 재편했을 수도 있다. 과도하게, 더 자극적으로.

하지만 나의 연애는 왜 늘 수동적인지, 또 나는 왜 내 주도하에 가까워진 관계에 대한 불안감이 심한지에 대한 생각의 퍼즐이 일부 맞춰진 것 같았다. '내가 좋아하는 사람은 날 좋아하지 않는구나. 나는 이 사람한테 사랑받고 싶었는데, 어쩌면 모든 이에게 사랑받고 싶었는데, 사랑받지 못하는구나.' 이러한 생각에 사로잡혀 나 자신을 혐오했고, 늘 사랑받을 자격이 없는 사람이라고 여겨왔다. 내가 감히 누구를 사랑할 수 있을지도 의문이었고.

어제 애인에게 이 이야기를 길고 자세하게 들려주었다. 억지로 말한 건 아니었다. 하지만 '내가 왜 말하고 싶을까? 이걸 말함으로써 내가 괜찮아질 수 있을까?'에 대한 확신은 없었다. 내가 그렇게 초라하고, 사랑받지 못했고, 무시당하던 존재였다는 걸 애인이 알게 되면 실망할 거 같아서 두려웠으니까.

선생님 (목감기 때문에 말을 거의 못 하심)

나 선생님, 저 잘 지냈는데 무너진 순간이 있었어요. 치료를 받으면서 회복탄력성이 좋아질 수 있나요? 마음이 나아지는 속도가 빨라진다는 생각이 좀 들었어요. 이번에 록산 게이의 『헝거』라는 책을 읽었어요. 간단하게 말하자면 자신의 몸과 삶, 생각의 민낯을 드러낸 책이에요. 자신의 어두운 이면을 엄청나게 쏟아내는데, 서문부터 눈물이 터진 거예요. 그리고 아예 기억에서 지운 건 아닌데, 잊고 싶고 지우고 싶고 찢어버리고 싶어서 눌러놓았던 과거가 성큼 올라왔다고 해야 하나? 그럴 수가 있나요?

선생님 그럼요.

나 신기한 경험을 했어요. 책을 읽는데 과거의 기억이 파노라마처럼 펼쳐지는 거예요. 급하게 그 기억들을 메모장에 순서대로 기록했고요. 그러면서 제가 솔직하지 않았다는 걸 알았어요. 무슨 말이냐면, 물론 다른 사람에게 무조건 솔직할 필요는 없잖아요. 하지만 '나 자신한테도 솔직하지 않았구나, 나는 내가 견딜 수 있는 만큼만 솔직했던 거구나'를 깨달았어요. 그 순간엔 진짜 멘붕이 와서 견딜 수 없는 기분에 사로잡혔거든요?(메모장 찾는 중) 그러니까 '내가 나 자신을 온전히 받아들이지 못했다는 걸 알았고, 과거를 떠안지 못해 없애고 싶어 했다는 걸 알았고, 그래서 눌러놓았다는 걸 알았고, 현재의 나랑 과거의 나를 분리하지도 못하고 합치지도 못하는, 이도 저도 아닌 상태'였다는 걸 느낀 거예요.

예를 들면 이런 거죠. 과거의 나를 인정 못 할 거면 차라리 묻어버리고 현재의 나로 만족하며 살아가야 하는데 그러지도 못하고, 현재는 과거보다 달라지고 강해진 모습이라도 결국 과거에 계속 얽매인 채로 '아, 난 여전히 옛날의 나야. 이건 껍데기일 뿐이야'라고 생각하는 거예요.

선생님 그 모습이 무엇인지 이야기해줄 수 있어요?

나 (사랑받지 못했던 이야기를 말씀드림) 제가 어제 선생님께 먼저 말씀을 드려야 할까, 애인한테 먼저 이야기를 해야 할까 고민했는데 지금 선생님 상태를 보니 애인한테 먼저 이야기를 한 게 정말 다행인 거 같네요……(말을 잘 못 하시는 상태니까). 어제 이야기를 안 했으면 오늘 제 상태가 너무 안 좋았을 거 같거든요. 다들 치유의 방식이 다르겠죠. 저는 사람들이 무조건 솔직해야 한다고 생각하지 않아요. 솔직함을 강요하는 것, 억지로 털어놓게 하는 것만큼 폭력적인 것도 없다고 생각해요. 하지만 저는 그래도 저를 알잖아요. 저에게는 항상 묻어두고 도피하는 것보다 드러내는 게 편안하고 자유를 얻는 방법이었어요. 힘들더라도요. 그렇게 드러냈기 때문에 단단해지고 이제 별거 아니게 된 것들이 많죠. 가난도 그렇고, 아토피도 그렇고.

제가 진짜 감추고 싶던 과거들은 꺼낼 준비가 안 되어 있었던 거 같아요. 그냥 저 혼자만의 해석으로는 그래요. 그래서 무의식 안에 꽁꽁 잠가놓고 아닌 척, 다 지나가 버린 과거니까 그때의 나는 내가 아닌 척 살아왔던 거 같은데, 사실 치유된 게 아니고 그대로 상처로 남아 있었으니 좋게 생각하면 '이제는 받아들일 수 있게 되어서 이렇게 떠올랐나?' 하는 생각도 들었어요.

선생님 애인한테 이야기하는 건 어렵지 않았나요? 어떤 생각이 들었어요?

나 저를 무시하게 되지 않을까 하는 생각을 했어요. 불안했지만 말하고 싶었어요. 예전에 말씀드렸듯이 저는 먼저 드러내고 떠나려면 떠나라 그런 주의니까. 그런데 애인은 무시하거나 실망할 거라고 생각했다는 거 자체를 이해하지 못하더라고요. 왜 사고가 그런 방향으로 흘러가는지 납득하지 못하는? 저를 혐오했던 과거들을 다 이야기했을 때, 자기는 살면서 누군가가 못생겨서, 뚱뚱해서, 피부가 안 좋아서 그 사람을 무시하거나 혐오해본 적이 없대요. 그 사람이 자신한테 피해를 주지 않으면요(이런 사람들만 있었다면 좋았을 텐데). 그게 당연하지 않냐고 이야기하더라고요. 하지만 저는…… 맞아요. 그게 당연한 건데 당연하지 않다고 생각해왔던 거죠. 제 피부를 징그러워했던 친구들? 그리고 저는 제가 그렇게 못생겼었다고 생각은 안 하는데, 뭐 못생겼었나? 아니면 통통해서 그랬는지, 내가 누군가를 좋아했는데 상대방은 내가 자길 좋아하는 거 자체를 부끄럽거나 불쾌하게 여긴다는 경험들이 너무나 충격이었고, '아, 난 혐오감을 주는 사람이구나, 내가 그 정도 가치를 지닌 사람이구나' 하는 생각을 했죠. 더 혐오스러웠던 건 그 시선을 그대로 내재화하고 답습했다는 거예요. 누군가가 나를 좋아할 때 무시하거나, 살에 집착하니까 뚱뚱한 사람을 싫어했다거나. 생각이 뒤죽박죽이지만 뭔가 저랑 동일시하는 느낌인 거 같기도 해요.

어쨌든 다 말로 뱉어버리니까, 너무 아무것도 아닌 느낌인 거예요. 아니, 아무렇지 않지는 않아요. 하지만 그렇게 큰일은 아니구나, 누군가에게는 '그게 도대체 왜?'라고 느껴질 정도의 가벼움일 수도 있겠다는 생각이 들었어요.

선생님 생각만 하고 있을 때는 감정이 섞여 있잖아요. '그 당시의 감정'을 그대로 품고 있고요. 하지만 말로 꺼냈을 때는 자신을 관찰자 입장에서 평가할 수 있죠. 이성적으로요.

나 그러게요. 말하기 전에는 그때의 기억, 수치심 같은 것들이 몽땅 뒤섞여 있으니까 정말 커다란 일처럼 느껴졌는데, 말로 뱉어버리면 감정이나 시간은 사라지고 언어로만 건조하게 펼쳐지잖아요. 그러니까 '와, 내가 고통받았던 경험들이 언어로 풀어놓으면 이렇게 아무렇지도 않은 거라니' 억울한 심정까지 들었어요. 그 당시 사춘기 아이들이라면 누구나 생각할 수 있었을, 그런 이야기처럼 느껴졌어요. 제가 오바하는 거 같고.

선생님 지금과 그때의 차이를 살펴보면, 그때는 그 고통을 감내할 수 있는 능력이 안 되었던 거예요. 나만의 비밀 상자에 담아놓고 일시적으로 잠가뒀던 거죠. 감당할 여력이 안 되니까. '지금 나는 겨우겨우 버티고 있는데, 내 상처 중 무엇 하나라도 건드리면 안 되는데, 또 상처받으면 어떡하지?' 그럴 바엔 그냥 좋아하는 감정을 덮어버리는 거죠. 그렇게 상처들을 덮어버리다 보니 어느새 덮어버렸단 사실조차 모르게 된 거죠.

그런데 막상 지금의 삶은 나를 사랑하는 애인도 옆에 있고, 주변 사람들도 그때와는 분명히 다르고. 아토피도 많이 나아졌잖아요. 당시에는 엄청 고통스럽고 힘들었겠죠. 하지만 현재의 입장에서는 마치 과거에 생겼던 상처를 보듯이, '그때는 되게 아팠는데 지금은 자국도 안 남았네?' 또는 흉터를 보며 '아, 그때 그랬었지' 정도로 바라볼 수 있게 되는 거죠.

나 (또 오열) 아, 정말 맞아요.

선생님 죄송합니다. 목소리가.

나 아니에요. 진짜 그 책을 읽는 순간 비밀 상자가, 포장까지 되어 있던 비밀 상자가 다 뜯겨버린 느낌이었거든요. 제가 뜯고 열었을 수도 있고요. 지금은 후련하고 좋아요. 그리고 아직 연습이 필요하겠지만, 누군가가 저를 높게 평가해준다면 아무렇지 않게 "근데 나 어렸을 때는 못나고 아무도 나 안 좋아하고 그랬어" 이렇게 말할 수 있을 정도의 힘이 좀 생긴 것 같아요.

선생님 네. 아까 말씀하신 것처럼 애인한테 이야기했을 때, 애인의 반응을 살폈잖아요. 지금은 그게 가능한 상황이라는 거죠. 털어놓고 상대의 반응을 살피는 정도까지 오게 됐다는 걸 인지하셨으면 좋겠어요. 이제는 그때의 내가 아니잖아요.

나 네, 많이 강해졌어요. 사실 트라우마, 상처가 현재로 연결된다는 게 싫었어요. 과거에서 결코 벗어나지 못할 거 같아서 그랬나 봐요. 그래서 '과거는 아무것도 아니다, 그건 네가 아니다' 같은 말이 힘이 되었는데, 제 체험으로 느꼈어요. 연결되지 않는 게 아니구나…….

선생님 좋은 체험이에요. 그 책은 어떻게 읽게 되었어요? 누가 추천해주신 건가요?

나 아니요, 저는 신간을 확인하는 게 습관이에요. 취미기도 하고. 온라인 서점에서 신간 소개를 보는데, 『헝거』라는 제목이 일단 눈에 들어왔고, '몸과 허기에 관한 고백'이라는 카피도 눈에 들어왔어요. 또 제가 자전적 에세이를 좋아해요. 그래서 소개를 봤는데 가슴이 아팠고 읽고 싶다는 생각이 강하게 들었어요. 그런데 웃긴 게 본능적으로 읽고 싶으면서도 읽고 싶지 않았는지 장바구니에 넣어만 놓은 채로 며칠이 지나고 그냥 사자, 싶어서 샀거든요. 그때 또 마침 '세계 여성의 날'이었어요. 책 사진을 찍고, 펼치는 순간 진짜…… 어떻게 이럴 수 있는지, 서문부터 눈물을 줄줄 흘렸네요.

선생님 그날 책을 읽기 전에 기분은 어떠셨어요?

나 잠시만요(일기 보는 중). 목요일이었네요. 좀 지쳐 있었어요.

선생님 무슨 이유가 있었나요?

나 일단 바빴어요. 회사에서의 미팅도 있고 제 책 때문에 하는 미팅도 있었고요. 3일 연속 저녁에 쉬지 못했고, 목요일엔 회사 내부 교육이 있어서 7시까지 회사에 있었어요. 그리고 또 다른 이야기를 하자면 저는 능력에도 집착하잖아요. 무능력해 보일까 봐. 회사에서 누가 좋은 아이디어를 내면 '와, 너무 좋다!'

하면 되지 '아, 왜 나는 저런 생각을 못 하지' 이러는 거요. 그 원인은 잘 모르겠어요. 회사 워크숍은 어떤 프로젝트에 대해서 아침부터 저녁까지 그냥 쭉 회의를 하는 거거든요? 그런데 다들 참신하고 통통 튀는 좋은 아이디어를 많이 내니까 '아, 진짜 나 같은 게 책을 써도 되는 건가'라는 생각과 함께 자괴감이 들었어요. 하지만 좋은 건! 오늘이 되자 아무렇지도 않아졌다는 거죠. 물론 그 당시에는 힘들었어요. 압박감도 강했고요.

선생님 실제로 누가 압박을 주고 그러진 않나요?

나 아무도, 아무도 주지 않아요. 너무 웃겨. 차라리 압박을 주면서 저한테 뭐라고 한다면 이해라도 하지.

선생님 아무도 압박을 안 주니까 스스로 주고 있네요.

나 그러게요. 그리고 다들 '생각은 하고 있으면서 나한테 말을 안 하는 거겠지? 벼르고 있는 걸 거야. 언제 터져 나올지 몰라' 이런 혼자만의 망상을 하죠. 휴, 이상한 성격.

선생님 그럼 혼자서 괴로워하고 머리를 쓰고 그래요?

나 네. 혼자 애쓰고 괴로워하다가도 다 벗어나고 싶다는 욕구가 들어요. 아, 그리고 제가 과거 이야기를 메모장에 쭉 썼다고 했잖아요. 울면서 쓴 거라 제정신이 아니었거든요? 그런데 다시 보니까 맨 처음에 '망가지고 싶다'라고 썼더라고요. 제가 항상 진료 초반부터 선생님께 망가지고 싶다는 말을 많이 했더라고요. 그래서 선생님이 "망가지는 게 뭔가요?"라고 물어보면 그냥 되는 대로 막 살고 싶다고 했죠. 그게 망가지는 거냐고 선생님이 그랬었고요. 그러니까 지금의 제가 망가지는 길은 회사를 그만두는 일이에요. 왜냐하면 일을 배우겠다고 팀까지 옮긴 지 4개월밖에 안 된 데다 일도 많고 사람들도 엄청 바쁘고. 그 가운데 "저, 정신병 너무 심각해서 그만둘게요"라고 말을 하는 게 제 입장에서는 망가지는 길이고 욕구인 거죠. 그런 생각이, 좀 들었어요.

선생님 어쩌면 진짜 망가지게 될까 봐, 누군가한테 압박을 받기 전에 선수 쳐서 스스로 압박을 주는 걸 수도 있지 않을까요. 부담감을 스스로 처리하는 방식으로요.

나 아, 맞아. 부담감이다. 부담감이 너무 강해요. 어제 워크숍을 하는데 제가 사회생활에서의 공포감이 크잖아요. 13명 정도 회의실에 모여서 회의를 했어요. 자유로운 분위기였고 숨 막히는 분위기도 아니었는데, 뭐라고 해야 될까요. 저희 회사는 대놓고 꼰대처럼 굴거나 대접을 받으려는 사람이 없어요. 그래도 위계질서는 있죠. 예를 들어 다 모여 있으면 주도권은 본부장님 쪽으로 몰려 있고, 우리는 눈치를 보며 앉아 있다가, "누가 지금 회의 내용 기록하고 있니? 노트북 있어?" 이러시면 제일 막내가 얼른 일어나서 노트북을 가져오는, 이런 분위기란 말이죠. 그런데 그게 너무, 무섭고 싫었어요.

그리고 제 또래 동료들이랑 있으면 괜찮은데, 권력이 있고 무리를 짓는 사람들과 있으면 큰 불안감과 두려움을 느껴요. '이 사람들은 나를 욕하고 싫어할 것이다, 나를 해할 것이다'라는 불안과 공포가 저를 짓눌러요. 아무도 저한테 뭐라고 하지 않았는데 혼자 나가떨어지는 거죠. 그런 심리적 피로감을 어제 많이 느꼈어요.

선생님 계속 버려짐에 대한 공포감이 있네요. 그래도 예전에는 '감히 내가, 감히 내가 할 수 있겠어?'처럼 망가지는 욕구조차 가지지 못했지만, 지금은 그것에 관한 공상이라도 하고 '그래, 이런 고통을 받을 바에는 여길 떠나는 게 나아. 아니야, 그래도 인정받고 싶어' 하는 감정이 공존하는 거 같아요.

나 맞아요. 어떻게든 버티고 인정받으려는 욕구랑 다 그만두고 싶은 욕구가요.

선생님 네. 하지만 압박이나 불안감이 없다면 발전도 없거든요. 어떤 지적을 받아도 받아들이는 사람이 '왜 저래'라고만 하고 아무 변화가 없다면 그것도 또 다른 문제가 될 수 있잖아요. 세희 씨는 어느 정도 나의 발전을 위해 무섭고 두렵다는 생각을 하는 거죠. 사람은 나이에 따라 달라진다고 하잖아요. 예전에는 무조건 진보적이었는데 나이가 들어 '내가 지금 꼰대가 되나?' 이런 불안함을 느끼면서도, 자신의 행위나 변화에 또다시 적응해 나가는 것처럼요. 과도기라고 생각했으면 해요. 예전에는 생각과 행동이 모두 이분법적이었다면, 지금은 나의 생각과 행동이 다르더라도 조금 더 유연하게 '지금 행동은 이렇게 하지만 생각은 다르게 가지고 있다' 정도가 된다면 훨씬 더 나를 편하게 할 수 있지 않을까요.

나 예전에도 선생님이 과도기라는 이야기를 하셨는데, 그때는 되게 막막한 느낌이었거든요? 이게 정말 과도기가 맞는지 모르겠고. 그런데 이번에는 '이건 과정인 거 같다'라는 느낌을 처음 받았어요. 그렇게 믿고 싶었고요.

선생님 잘하셨어요.

나 "나는 뚱뚱하고 못생기고 피부가 안 좋은 사람한테

혐오감을 느낀 적이 없다"라는 말에 큰 위로를 받았어요. 너무 맞는 말이라서.

선생님 다들 그런 경험이 있죠. 내가 기억하고 싶지 않은 되게 싫은 모습들이 있잖아요. 예를 들어 나는 이런 걸 혐오하면 안 된다고 생각하는데, 나도 모르게 혐오하고 있었다든지. 그러면 스스로가 부끄럽고 반성을 하게 되죠. 과거에 자신이 피해자이기만 하지는 않았을 수도 있고, 가해자였던 적이 있었을 수도 있어요. 그런데 그런 생각들을 이렇게도 해보고 저렇게도 해보고 좌충우돌하면서 '내 생각'이 만들어지는 거잖아요. 나의 극단적인 경험이 기억났다고 해서 그것이 내 본질을 전부 설명해주는 것은 아니에요.

나 네. 제가 남성 중심적인 시선, 사고를 오랫동안 가지고 살았잖아요. 남자한테 잘 보이고 싶었고. 이런 모습들이 너무 혐오스러웠어요. 그런데 애인이 그게 왜 혐오스럽냐는 거예요. 왜 혐오스러운지 모르겠다고. 혐오가 뭐네요. 그래서 "혐오? 아주아주 싫은 거? 그보다 조금 더 위에 있는 거 같애" 하니까 잘 이해가 안 된대요. "누구나 누군가에게 잘 보이고 싶은 거 아닌가?"라고 얘기를 하더라고요. "내가 어렸을 때 막 찐따 같이 어떤 애한테 잘 보이고 싶어서 혼자

신경 쓰고 착각하고 그랬던 게 너는 혐오스러워?" 그래서 아니라고 했어요. 진짜 아니거든요. 귀엽죠. 안쓰럽기도 하고. 그러니까 '아, 이게 왜 혐오스러운 거야. 당연한 거지. 잘 보이고 싶은 게 뭐가 나빠. 사랑받고 싶은 게 뭐가 나빠'라고 생각하니까 좀 편해졌어요.

그리고 마지막으로 『헝거』 추천의 글에서 "『헝거』처럼 자기 상처와 고통을 이야기하는 글은 '드러내기 어렵다'기보다 '잘' 드러내기 어렵다. 자기연민과 나르시시즘은 최악의 인성이자 글쓰기 태도인데 그 덫에 걸리기 쉽다."라는 문장이 있었어요. 그런데 저는 스스로 자기연민이 강하다고 생각하거든요? 그런데 자기연민과 나르시시즘이 최악의 인성이자 글쓰기의 방해자라고 하는 거에 상처받았어요. 왜 그게 최악의 인성이죠?

선생님 글쎄요. 모르겠네요, 그건. 자기연민이 있으면서 나르시시즘이 있다면 일단 굉장히 시선이 좁아질 수는 있잖아요. 쉽게 생각하면 자신이 다 맞다고 여긴다거나. 모든 걸 다 자신이 받은 상처로만 연결 짓는다던가.

나 저도 나르시시즘과 자기연민이 같이 있나요?

선생님 나르시시즘이 그렇게 강한 거 같지는 않아요. 자기연민은 좀 강하죠.

나 자기연민이 나쁜 건가요?

선생님 아니요, 그게 왜 나쁩니까. 저는 책은 못 봤지만 그 문장에서 말하고자 하는 건 '너 나만큼 힘들어 봤어? 내가 제일 힘들었어. 나만큼 힘들지 않았다면 이야기 하지마' 같은 글을 말하는 거 아닐까요.

나 아…… 아, 그렇구나. 알겠다. 자기연민이 저를 많이 고민하게 하는 게, 저도 제가 자기연민이 강하다고 생각해요. 그리고 상처에 굉장히 취약해서 상처받은 기억이 너무 많아요. 하지만 나도 누군가에게 무수히 상처를 줬을 거예요, 분명히. 그런데 내가 상처받은 것만 기억하게 되는 거죠. 제가 글을 쓰는 방식은 제가 받은 상처의 기록이 많은데, 이걸 또 타인의 시선으로 자기 검열을 하면서 '아, 자기연민 쩔어. 피해자 코스프레 쩐다'라고 사람들이 생각할 거 같아요.

선생님 자신을 드러내고 표현하는 게 자유로워진 사회가 되었잖아요? '내가 이만큼 힘들었다, 그걸 어떻게 극복했다'라는 글로 위안을 받는 사람들도 많고요. 자신이 어떻게 하면 더 불쌍해 보일지가 아니라, 나는 이런 걸 경험했다고 담백하게 쓰면 좋지 않을까요?

나 그게 좋겠네요. 감정이 과잉되지 않도록. 그리고 요즘 까먹었던 기억들이 많이 생각나요.

선생님 좋은 현상이에요. 억압되어 있던 게 풀리고 있는 거니까요. 무의식 속에 완전히 감춰놓아서 기억조차 못 하는 것들이 있어요. 하지만 무언가가 풀리면서 큐브처럼 그다음 열쇠가 풀리고, 아예 잊혔던 무의식이 떠오른다는 건 내 마음이 이제는 감당할 수도 있지 않을까, 노크라도 해볼 수 있지 않을까 하는 정도가 된 거죠.

나 제 생각이 맞네요. 많이 강해졌다는 생각이 들고, 믿음이 생기니까 조금 좋아요.

선생님 좋네요.

나 네, 감기 얼른 나으시고요. 다음 주에 뵐게요.

선생님 네, 감사합니다.

나를 부정하는 말만 흡수하는 나

못생겨 보이기 싫어 꾸민 내 모습이 부자연스러워서 있던 분위기도 사라지는 거 같은 나. 외모 지적 받는 거 정말 지긋지긋하다. 어릴 때부터 예쁜 친언니와 비교당했던 날들. 이모들을 만나면 사촌동생에게 첫째랑 둘째 누나 둘 중에 누가 더 예쁘냐고 선택하게 했던 것, 인기 없었던 초중고 시절(물론 지금도 없음. 이때는 아예 없었고). 애인의 친구들이 애인한테 내가 뭐가 예쁘냐며 하나도 안 예쁘다고 한 것. 북한 여자 같다는 말. 남자들이 안 좋아하는 타입이라는 말. 같이 일하던 아르바이트생(남자)이 뜬금없이 자기가 봉사하는 곳에 오면 너도 여신이 될 수 있다고 했던 말. 예쁘다는 말 뒤에도 색기 없다는 성희롱이 붙었고, 짧다고 무릎에 철심을 박으라는 거지 같은 농담도 들었다. 알바 면접을 가면 실물과 사진이 다르다며 조롱했다. 사진발이라는 말은 하도 들어서 이제 사진을 찍어도 어떤 보정도 하지 않는다. 간혹 날 칭찬하는 사람들 앞에서 "세희가 예쁜 건 아니지"라며 깎아내렸던 사람들. 내 얼굴이 세상에서 제일 좋다는 사람을 만나도 씁쓸할 뿐이다. 내가 내 얼굴이 싫은데, 누군가가 백날 예쁘다고 말해줘 봐야 그대로 튕겨 나갈 뿐이다. 나를 부정하는 말들만 쏙쏙 흡수하겠지.

14주

벗어날 수 없는 다이어트 강박

어렸을 때는 내 몸에 큰 관심이 없었다. 사실 내 몸에서 가장 눈에 띄었던 건 아토피 피부였고, 그 외에 몸매 지적을 받는 일은 드물었다. 그냥 지극히 평범한 몸이었다고 기억한다. 하지만 난 먹는 것을 매우 좋아했고, 초등학생 때와 중학생 초반까지는 성장기라 매년 키가 자랐기 때문에 다이어트를 하지 않아도 보통 체격을 유지할 수 있었다.

중학교 3학년 겨울방학 때 민소매 티를 입고 텔레비전을 보고 있는데, 그 모습을 우연히 본 친언니가 "야, 너 팔뚝이 왜 그래? 왜 이렇게 살쪘어? 왜 이렇게 됐어?"라며 나를 다그쳤고, 그즈음 익명으로 내게 몸이 너무 뚱뚱한 것 같다는 말을 던진 이가 있었다. 그때 처음으로 내 몸에 문제가 있는 건지 의문을 가지게 됐고, 다른 여성들의 몸과 내 몸을 비교하기 시작했다. 그리고 나의 몸이 싫어졌다. '나는 뱃살이 있는데 이 친구는 없구나, 나는 볼이 통통한데 이 친구는 갸름하구나, 나는 팔뚝이 두꺼운데 이 친구는 가늘고 말랐구나' 따위의 생각을 했고, 자연스레 뱃살과 얼굴, 팔뚝의 살집은 혐오로 다가왔다.

날씬하거나 뚱뚱하다는 기준만 가지고 있던 나는 아주 마른 몸, 적당히 마른 몸, 보통 체격, 살짝 통통한 몸 등 여성의 다양한 몸매를 세분화해서 평가를 매기기 시작했다. 살이 찌면 모두가 나를 무시할 거 같았고, 실제로 무시당하기도 했다. 고등학생 때부터 시작된 다이어트에 대한 강박은, 성인이 되어 체중 감량에 성공했을 때뿐만 아니라 지금까지 이어졌다.

나 안녕하세요. 오늘도 목 안 좋으세요?

선생님 많이 좋아졌어요. 어떻게 지내셨어요?

나 저요? 잘 지냈는데, 또 다이어트 때문에 한바탕 난리를…….

선생님 어떤 난리요?

나 회사에서 지금 심리 다이어리 북을 기획하고 있어요. 20~30대 여성 분들이 가진 심리적 고민을 하나씩 정해서 다이어리 형태의 책을 만드는 건데, 주제가 다이어트 강박, 연애 중독, 충동구매, 분노 조절 장애 등이에요. 그래서 다이어트 편에 섭외한 저자분의 책을 사서 봤어요. 거기에 나온 식이 장애 테스트를 했는데 27점 이상이면 심각한 섭식 장애래요. 전 46점인 거예요. 그때 '이게 병인가?'라고 생각하게 됐죠. 그 생각에 매몰된 건 아닌데, 심각성을 인지했다고 해야 할까요? 심지어 직장 동료도 같이 했는데 8점 나오시더라고요(당황). 제가 완전 식욕에 지배당하고, 다이어트에 지배당하고 있다는 생각이 들었어요.

그런데 살이 너무 쪄서 여름에 입던 옷이 다 안 맞더라고요. 여름에 허리가 너무 커서 벨트를 매던 바지가 이제 딱 맞는 거예요. 너무 짜증이 나서 미쳐버릴 거 같았어요.

이제 정신적인 문제는 많이 나아졌다고 생각해요. 우울이나 공허가 많이 줄었고, 그럴 시간도 없이 바쁘기도 하고요. 하지만 살에 대한 강박은 여전하네요.

선생님 옷 입을 때 말고, 실제로 몸을 볼 때는 어때요?

나 몸을 보기 싫어요. 너무 마음에 안 들어서. 보면 스트레스받거든요.

선생님 돼지 같아요?

나 네, 통통해요. 뚱뚱까지는 아니더라도 통통?

선생님 그렇게 보고 나면 먹는 것에 바로 영향을 주나요?

나 스트레스받으니까 더 먹게 되는 거 같아요. 아, 몰라 이러면서. 일단 식욕을 잘 조절하지 못하고, 규칙적인 식사를 하지 않고, 식사하는 것 자체에 스트레스가 너무 심해요. 늘 첫 끼를 먹을 때만 즐겁게 먹고, 두 끼째에는 엄청난 스트레스를 받으면서 먹어요. 이왕 먹을 거 기분 좋게 먹으면 나을 텐데. 늘 같은 패턴이에요. 점심을 양껏 먹는다고 저녁에 배가 안 고픈 것도 아니더라고요. 그래서 점심에 굶어요. 근데 자꾸 굶으면 단 게 더 당긴다고 들었어요.

선생님 그렇죠. 식욕 중추가 망가지니까.

나 네. 요즘 달라져야겠다는 생각이 들어요. 굶어버리고 한 끼만 먹으면 꼭 다음 날에 과자 폭식이 터지더라고요. 이번에도 과자 세 봉지를 한꺼번에 먹었거든요. 그럼 속도 진짜 안 좋고 갈증 나고, 간지럽고, 몸이 너무 안 좋아요. 또 후회하면서 마음도 안 좋고요.

선생님 야채는 잘 안 먹어요?

나 점심에 사과 하나 먹어요. 샐러드 먹거나.

선생님 사실 다이어트는 요즘 여성들한테 평생의 고민, 숙제 같은 거죠. 허기를 많이 느끼게 되면 언젠가는 보상 심리가 찾아올 수밖에 없거든요. 허기를 없애는 방향을 어떻게든 마련해야 할 것 같아요.

나 그러게요. 차라리 굶는 게 쉽지, 한번 입에 들어가면 멈추질 못하겠어요.

선생님 많이들 그래요. 저도 그래요.

나 그래요? 아침 약이 식욕 조절에 좋아요. 요새 밤에 막 과자를 먹고 이러지는 않았어요. 그때 세 봉지 먹은 것도 아침 출근길에 사서 오전 중에 다 먹은 거고요. 사람들이 "뭐 스트레스받은 일 있어?" 이럴 정도로 먹었거든요. 애인은 제 모습을 계속 보니까 심각하게 이걸 선생님께 꼭 이야기해보라고 하더라고요. 약물로 조절이 가능한지요. 네가 지금 가장 고통받고 스트레스받는 문제는 늘 다이어트, 살이다. 그런데 이게 너의 의지로 제어가 안 되는 상태니까 선생님께 이야기를 해보라고요.

선생님 그게 참 아이러니한 게, 객관적으로 다른 사람이 봤을 때 세희 씨가 막 뚱뚱한 게 아니잖아요. 살을 빼고 싶은 건 자신의 만족도 때문이잖아요. 정상 체중이니까요. 하지만 스스로는 뚱뚱하게 바라보고 있는 거고. 물론 식욕억제제를 쓰면서 효과를 보시는 분들도 있어요. 하나의 방법이 될 수 있죠. 하지만 일단, 뭔가 대체할 수 있는 것들을 생활 습관에서 주는 게 좋아요. 과자로 치면 '오늘부터 과자를 끊겠어' 이건 너무 어렵거든요. 그걸 대체할 수 있는 게 있어야 하는 거죠. 싹 빼버리는 건 결핍으로 나타날 수 있으니까요.

나 약으로 좀 더 할 수 있는 건 없어요?

선생님 식욕억제제 좀 드실래요? 아침 약 성분이랑 비슷해요. 저도 먹거든요. 저는 효과가 그리 크지 않아서 먹다 안 먹다 하는데 효과가 큰 분들은 예민하게 반응하시더라고요.

나 그렇게 할래요.

선생님 옛날에 많이 쓰던 식욕억제제는 아니고요. 예전에 주로 다이어트 클리닉에서 많이 썼던 건 발작을 막아주는 성분이 있었는데, 그게 초반 효과가 되게 세요. 근데 오래 안 가요. 요요가 오거든요. 최근에는 그거보다는 초반 효과가 좀 약하다고 하긴 해요. 대신 장기간 효과가 증명이 된 거거든요. 비타민은 좀 드세요? 비타민C 좀 잘 드세요. 특히나 다이어트 하시는 분들은 흡수가 떨어지잖아요. 약으로 된 인공 비타민이라도 많이 드시는 게 좋을 거 같고요.

나 알겠습니다.

선생님 예전에 우리나라의 한 가정의학과에서 비타민C를 먹는 사람과 안 먹는 사람을 비교했더니 비타민C를 먹는 사람이 다이어트 효과가 더 크다는 연구 결과를 발표했어요. 어쨌든 항산화 효과가 있기 때문에 음식 섭취를 잘 안 하면 세포 노화가 일어나는데 그런 것들을 좀 막아주죠.

나 그러게요. 저 늙고 있는데.

선생님 늙고 있어요?

나 늙고 있죠. 건강에 별로 신경을 안 쓰거든요. 애인은 건강에 엄청 신경 쓰거든요? 나중에 아파서 돈 드는 것도 싫고, 아파서 죽는 것도 싫고. 병드는 게 제일 무섭대요. 그런데 저는 건강을 되게 하찮게 여겨요. 아, 이런 거 여쭈어보려고 했었는데, 제가 좀 이상한 게 남들 기준에서 큰 문제에는 별 신경을 안 쓰고, 남 기준에서 그 정도까진 아닌데 싶은 작은 일에 훨씬 더 골몰하는 거 같거든요? 예를 들면 눈의 시신경이 죽어서 안 보이는 녹내장에는 담담한데, 누군가가 나에게 한 말로 받은 상처는 훨씬 더 민감하게 여기는 거죠. 계속 상처로 담아두고.

선생님 그건 단순히 크다 작다라기보다는 나한테 어떤 의미가 있느냐가 더 중요하겠죠. 예를 들어 나는 '어디가 아파도 고치면 된다'라고 생각을 하면 적절한 시기에 치료받으면 되겠지, 라면서 불안을 크게 안 느낄 수 있죠.

나 아, 시선의 차이구나?

선생님 네. 다만 남들이 봤을 땐 뭐 '저런 걸 가지고' 싶을 수도 있죠. 사람마다 반응이 다 다르잖아요.

나 내 건강을 하찮게 여기고 신경 쓰지 않는 거, 내가 다치는 거에 예민하지 않은 것도 심리랑 연관이 있나요?

선생님 어떻게 생각하면 약간 자기 처벌적인 욕구와도 연관성이 있을 수 있겠죠. 내가 행복해지는 거에 대해서 뭐라도 좀 태클을 걸고 싶어 하는.

나 그러게요. 조금씩 좋아지는 거 같기는 해요.

선생님 적어도 똑같이 옷이 안 맞다고 하더라도, 스스로가 그걸 감당하고 있잖아요. '난 차라리 체중을 안 잴래. 앞으로 빼야겠다!' 하는 거. 이처럼 컨트롤할 수 있는 영역이 많아질 수 있어요.

나 그리고 예전에는 저 자신에 대한 확신이 아예 없어서 누군가 나를 평가하거나, 염려하는 말에 너무 휘둘렸거든요. 그런데 요즘엔 그게 많이 줄었어요. 내 선택? 내가 느끼는 거에 더 중점을 두고, 크게 영향 받지 않는 거? 그런 걸 느끼게 되어서 좋아요.

선생님 무시할 수도 있나요?

나 네. 나는 행복하고 훨씬 좋아지고 있는데 왜 그러지? 쓸데없는 걱정을 하지? 이런 생각을 할 수 있게 되는 거죠. 예전에는 '아, 나 지금 잘못 살고 있나 봐. 나 지금 이상해 보이나 봐' 이런 걱정이나 '내가 사실은 안 좋아지고 망가지고 있는데 모르고 있는 거 아닌가?' 이런 불안감이 강했는데, 요즘에는 그런 생각은 잘 안 해요. 언니가 저를 많이 염려하거든요. 그런 거에 영향을 받지 않더라고요.

선생님 그럼 다른 사람이 나를 걱정해주는데, 불쾌한 반응이 오기도 하나요? 재는 왜 저렇게 오지랖이 넓지? 이런 식으로요.

나 음, '자기나 열심히 살지 나한테 지랄이야?'라는 생각을 해요.

선생님 좋네요. 내 삶이 더 먼저겠죠. 요즘은 다양성이 있는 삶인데, 다른 사람을 볼 때는 '이렇게도 살 수 있고 저렇게도 살 수 있겠지 뭐' 하며 상대적으로 봤었는데, 이상하게 '나' 스스로를 바라볼 때만 항상 남의 시선으로, 최악의 시선으로 바라봤잖아요. 어떻게 보면 고리타분한 시선으로 날 바라보면서 상처를 받고. 사실 그렇게 바라볼 필요가 전혀 없죠. 문신을 예로 들면 '아, 저거 못 지울 텐데 어쩌려고 저러지?' 하는 사람도 있을 거고 '와, 멋있다' 하는 사람도 있을 거고요. 어찌됐건 문신을 할 때는 틀에 박힌 생각을 버리고, '나한텐 해야 하는 이유가 있어, 예쁘니까 하는 거야' 그랬던 것처럼 내 삶을 계속 그렇게 생각하면 되죠.

나　맞아요. 삶에 있어서 그런 게 많이 좋아졌거든요? 그런데 하나, 회사에서의 능력. 회사에서 인정받지 못할까 봐, 버려질까 봐, 무시당할까 봐, 욕먹을까 봐 하는 두려움에서는 벗어나지 못하고 있어요.

선생님　완전히 벗어날 수는 없을 거예요. 나 혼자 사는 삶이 아니니까요. 예를 들어서 내가 다른 회사에 스카우트되어 간다고 치면 기분이 좋을 수야 있겠지만 그 다음부터는 숙제잖아요. 부담감이 생기고. 누구나 그런 스트레스와 부담은 있겠죠.

나　선생님도 그런 부담이 있나요?

선생님　그럼요. 어떤 환자가 괜찮을 거라고 생각했는데, 그 분이 안 온다거나 하면 '아, 내가 뭔가 잘못했나?'라는 생각이 들죠.

나 아, 그런 것들……. 어쩔 수 없구나. 요즘은 살만 아니면 행복해서, 이 행복을 지속하려고 궁리를 많이 하거든요? 일단 책을 써서 돈이 좀 들어왔잖아요. 그래서 언니, 동생한테 용돈도 주고 부모님께도 드렸어요. 많지는 않지만 약간의 금전적인 여유가 생기니까, 늘 이 정도의 여유는 필요할 것 같다는 생각이 들어서 자꾸 돈에 대한 궁리를 하게 돼요.

그리고 제가 회사 생활에서 일보다 사람 때문에 받는 스트레스가 심하잖아요. 아무도 나한테 뭐라고 하지 않고 관심도 없는데, 혼자 받는 부담이 심해서 계속 그런 생각을 해요. 일로 받는 스트레스는 괜찮으니까 사람 스트레스? 경쟁? 자꾸 변화해야 하고 도태되면 안 되고? 이런 거에서 벗어나고 싶다는 생각을 해요.

선생님 누구나 다 그런 스트레스가 있다는 사실을, 아무리 내가 즐겁다 하더라도 그 스트레스에서 완전히 자유로워질 수는 없다는 사실 자체를 받아들였으면 좋겠어요. 스트레스는 있을 수밖에 없다고. 정말 행복한 시기에도 모든 것들이 다 좋을 순 없거든요. 다만 내가 지금 튼튼하니까 누가 좀 툭툭 때려도 그냥 신경 안 쓰고 지나갔던 거지, 그 당시에 아팠으면 그런 사소한 말 한마디, 누가 툭 치는 것에도 굉장히 아팠을 수 있어요. 지금도 험난한 삶이라고 생각하면 '내가 어떻게 하면 덜 아프고 덜 고통받으면서 지나갈까, 나만 아픈 게 아니다'라는 것만 알더라도 조금 괜찮을 수도 있죠.

나 받아들여야겠다……. 요즘 일 때문에 스트레스를 받긴 하는데 일은 좋아요. 지금은 많이 긴장하고 나의 무능력이 힘들고 다른 사람들은 너무 천재 같고 그래서 스트레스받긴 해도 바쁜 게 좋아요. 그런데…… 생각보다 많이 스트레스를 받았나 봐요. 너무 힘들더라고요. 그래서 다음다음 주에 3일 연차를 써버렸어요. 4박 5일로 제주도를 가요. 여름휴가 대신 갔다 오겠다고 말씀드렸어요. 좀 쉬고 와서 다시 열심히 일을 해보려고 해요.

선생님 벚꽃 필 때겠네요. 스스로 표현하기를 살 빼고는 모든 게 다 괜찮다고 했잖아요. 그럼 다른 삶에서 변화를 주면 좋겠어요. 데이트를 할 때도 뭘 먹으러 간다기보다는 같이 몸을 쓰는 일을 한다든지.

나 그래서 오늘 애인이 등산 가자는데 제가 싫다고 했거든요. 그러면 보통은 애인이 알았다고 하는데 오늘은 "갔다 오자, 날씨도 좋은데!"라고 하길래 다녀

왔어요. 가니까 좋더라고요.

선생님 대신 살 뺄 때 핵심적인 건 이거죠. 운동량을 늘려가지고 빼는 건 거의 불가능하다는 현실…….

나 네, 식단…….

선생님 네. 운동량이 늘어나면 식욕도 촉진되니까. 운동 많이 하면 당연히 더 먹을 수밖에 없으니까요. 그래서 더 힘든 거 같아요. 힘들면 이런 생각 들잖아요. '나 이만큼 운동했으니까 이 정도는 먹어도 돼' 같은 생각이요. 자신이 좋아하는 음식의 칼로리를 신경 쓴다든지, 탄수화물이나 당 종류를 어떻게 하면 줄일 수 있을지 여러모로 궁리를 해보시는 게 좋겠어요. 당류는 일단 보상회로에서도 너무 단순한 작용으로 바로 만족이 되거든요. 그런데 효과가 빠른 약들은 의존성이 강해요, 마약처럼. 먹자마자 효과가 나타나면 떨어지는 것도 금방이에요. 단 것들이 더 그러죠. 식욕억제제는 일단 저녁 약을 잘 드셔보시고, 그 다음에 결정하죠. 아니면 그 약을 점심에 드실래요?

나 아침 8시 30분 정도에 항상 아침 약을 먹어요. 이번에 취침 약 주신 건 괜찮은 거 같아요. 자주 깨는 건 마찬가지인데, 조금은 잘잤다는 느낌이 든다고 해야 할까?

선생님 그럼 저녁 대신 점심에 먹는 걸로 하죠.

나 네, 알겠습니다. 다음 주에 뵐게요.

지극히 평범한 몸일 뿐인데

보는 사람마다 살쪘다고 하니까 아무도 만나기 싫고 나가기 싫은데 어쩌지. 살쪘다고 하면 못생겨졌다는 말로 들리고, 보기 좋다는 말은 통통하다는 말로 들린다. 그리고 내게 통통함과 살찐 것은 곧 예쁘지 않고, 하찮고, 무시당해도 될 존재처럼 여겨진다. 날 재단했던 타인의 시선은 곧 내가 날 바라보는 시선이 되고, 더 날카롭고 철저해져서 남들보다 깊이 나를 찌른다. 외모 강박, 다이어트 강박, 병. 나를 옭아맬수록 억압이 되어 더 큰 폭식으로 터져 나온다. 이렇게 된 지 어느덧 십 년이네. 고등학교 내내 통통했고 대학 가서 살을 뺐지만 뭐, 예뻐지지는 않았다. 다만, 길을 걸으며 감자튀김을 먹어도 욕먹지 않았고 밥 먹고 바로 초콜릿을 먹어도 "그러니까 살찌지"라는 말은 듣지 않게 되었다. 다이어트를 한다고 하면 돌아오는 "네가 무슨 살을 빼"라는 말도 즐거웠다. 알량하고 이상한 권력. 거기에 흠뻑 취해서 나 자신의 건강을 위해서가 아니라 오로지 남들의 시선을 위해 분기별로 살을 뺐던 나. 이런 생각을 하면 또 걷잡을 수 없을 정도로 식욕이 몰려오고, 그걸 통제하지 못하는 건 결국 나. 모든 건 다 내 탓.

15주

남의 시선으로 나를 보는 습관

30년을 살아오며 가장 크게 느끼는 건, 타인은 내게 별로 관심이 없다는 점이다. 그리고 이 사실은 내게 슬프게 다가온다. 나는 타인에게 관심이 아주 많기 때문이다. 다른 사람에게 보이는 내 모습에 관심이 더 많긴 하지만(자의식 과잉). 그래도, 나는 진짜 타인에게 관심이 많다. 어딜 갔는지, 무슨 생각을 하는지, 기분은 어떤지 궁금하다. 예쁜 옷을 입은 날엔 칭찬하고 싶고 머리와 화장이 바뀐 것도 금방 알아보는 편이다. 단점을 잘 찾아내는 만큼 장점도 잘 찾아낸다. 그래서 그런지 누군가가 내게 관심이 없다는 걸 실감하는 순간이면 때때로 외로워진다. 입고 온 옷이 마음에 들지 않아서 점심시간에 슬쩍 갈아입고 왔는데 아무도 모를 때(알아야 하니), 헤어스타일을 바꾼 뒤 다른 사람 시선을 의식하며 전전긍긍하다가 문득 어떤 시선도 없다는 걸 깨달을 때, 편안하면서도 쓸쓸하지.

나	안녕하세요.
선생님	식욕은 어떠세요? 좀 줄던가요?
나	어…… 네. 괜찮았던 거 같아요.
선생님	입맛이 줄면서 먹는 양도 좀 줄었나요?
나	저번에 스트레스받아서 한 번 과자 폭식한 거 빼고는 괜찮게 먹었어요. 적당히.
선생님	무슨 스트레스를 받았어요?
나	저…… 엄청 안 좋았던 게, 회사 그만두려고요.
선생님	왜요?
나	회사에서 제가 책을 내는 걸 달가워하지 않더라고요. 업무에 지장을 준다고 생각하는 것 같아요. 이해가 안 돼요. 회사가 나를 24시간 산 것도 아니고, 개인이 업무 시간 외에 하는 창작 활동일 뿐인데…… 갑자기 다 지긋지긋해졌어요.
선생님	그 일 때문에 퇴사했을 때, 그 이후에 받을 영향도 생각해봐야 하지 않을까요?
나	뒷일을 생각해야 하는데, 모르겠어요. 금요일에도 회

사 안 갔거든요, 아파서. 뒷일이고 뭐고 다 그만두고 싶다는 생각이 지배적이었어요. 그리고 사람들이 욕할까 봐 나를 싫어할까 봐 속마음을 솔직하게 이야기하지 않고 굽신거린 내가 싫었어요. 그게 계속 마음에 남아서 너무너무 짜증이 났고, '그만둬야겠다'까지 갔어요.

선생님 자연스럽게 감정이 조금 극단적으로 '다니고 말고'로 가게 되잖아요, 또. 어쩌면 자기 파괴적인 선택이 될 수도 있지 않을까요. 지금 느끼는 감정적인 서운함, 분노는 알겠는데 그 분노가 너무 다이렉트로 퇴사까지 이어지잖아요. 극단적으로 회사를 다녀 말아, 책을 내 말아, 이런 식으로만 된다는 거죠(이분법적으로).

나 그리고 사실 부서를 옮긴 지 4개월밖에 안 되었으니까 시기상조이긴 한데, 의욕이 없다고 해야 할까요? 내가 기획하고 아이디어 낸 것들이 다 통과되는 것도 아니고, 그냥 저한테 떨어진 책을 봐야 하고. 다른 사람들은 다 바쁜 거 같은데 나만 안 바쁘고. 뭘 해야 할지 모르겠고. 그 지루함? 의욕 없음. 무기력? 이런 게 또…… 또 와서.

선생님 지금처럼 실망감이 커졌을 땐 같은 거라도 더 부정적으로 볼 수밖에 없잖아요. 좋은 면보다는 선택적으로 안 좋은 것만 바라보게 되는 게 현 상태일 거예요. 그리고 생각하면 할수록 더 그렇게 생각하게 되고요. 차라리 조금 더 객관적으로 보기 위해서 나의 상황을 배제시킨 채 다른 사람의 경우를 파악하는 게 좋지 않을까요.

나 어떻게 파악해요?

선생님 글쎄요. 그건 회사 내의 일이니까……. 방법이 없을까요? 뭔가 더 알아보고 결정하지 않으면 자칫 스스로의 희생으로 이어질 수 있잖아요

나 희생? 퇴사가 희생이라고 생각하지 않는데요?

선생님 원래는 이 회사에선 계속 일을 하려고 생각했었잖아요? 그런데 일도 지루하고 잘 못하니까 회사를 그만둬야겠어, 하는 생각은 마치 내 선택을 합리화하기 위해 끼워 맞추는 것일 수도 있다는 거죠.

나 감정이 너무 앞서 있나요?

선생님 조금은 그래 보여요.

나 그런데 이게 저번 주 일인데, 3일이 지났는데도 감정이 가라앉지가 않아요.

선생님 분노라는 감정이니까…….

나 왜 이렇게 정 떨어진다는 생각이 많이 들죠?

선생님 누구나 비슷한 상황에서 화가 날 거예요. 자신의 중요도에 따라 선택은 달라질 수 있고요. 사람마다 반응은 다 다르니까.

나 욕먹는 게 뭐라고, 욕먹는 게 저를 왜 이렇게 두렵게 만드는지 모르겠어요.

선생님 자신은 '욕먹는 게 뭐라고' 하면서 남들이 말하는 나, 남들이 날 바라보는 눈, 내가 마치 그들의 눈이 된 것처럼 계속 자아비판을 하는 거 같아요.

내가 느끼는 감정마저도 끊임없이, 중간에 어떠한 필터링 없이 반사적으로 타인의 눈을 의식하게 되는 거죠. 그러다 보면 분명히 나한테 소중하거나 이득인 부분이 있는데도, 다른 사람의 영향 때문에 과감하게 포기해버린다는 거죠. 그 상황에서 좀 더 이기적으로, 내 마음대로, 내가 중요한 방향으로 선택해도 돼요.

나 아무도 나한테 욕하지 않고 뭐라고 하지 않는데, 늘 '회사에서 누군가 내 욕을 할 거 같다, 나를 싫어할 거 같다' 이 생각이 떠나질 않아요. 혼자 불안하고 혼자 지쳐요.

선생님 나랑 아무 관계없는 사람들이 내 욕을 한다고 해도, 내가 듣지만 않는다면 뭔 상관인가요. 그들이 자기

네끼리 내 흉을 보든 말든, 물론 그 말이 나한테 들린다면 기분 나쁘겠지만 결국 그들은 내게 중요하지 않으니 상관없죠. 거꾸로 내가 너무 좋아하는 사람이 나를 싫어한다면 엄청 상처를 받겠죠. 그 구분이 필요하다는 거예요.

내 감정에 더 솔직하고, 남들이 나를 바라보는 것보다 내가 나를 어떻게 생각하느냐에 중심을 두어야 할 거 같은데, 타인의 눈과 나의 눈을 비슷하게 생각하는 거 같아요. 내 모습이라는 건 사람마다 다를 수 있는 건데 저 사람은 어떤 타입이니까 나도 모르게 그 상대에게 좀 맞춰주고, 그렇게 온 타인들을 다 신경 쓰니까 정작 내가 좋아하고 날 좋아하는 상대에게는 에너지가 고갈되어서 그 상대가 내게 서운함을 느끼게 될 수도 있어요. 그럼 자신은 내가 좋아하는 사람한테 잘해주지 못했다는 사실로 인해 또 반성을 하게 되죠.

조금 더 이기적으로, 나한테 의미 있는 관계와 그다지 중요치 않은 관계에 대해서 편 가르기처럼 나누어놓아도 큰 문제가 되지는 않을 거예요. 누구나 다 그렇게 하니까요. 그리고 내 이익을 조금이라도 지킬 수 있는 방법, 손해를 덜 보고 내 이득을 더 취할 수 있는 방법이 있다면 과감하게 그 선택을 하는 것도 우선순위로 두면 어떨까요.

그리고 어떤 선택을 할 때, '할까 말까'라는 선택은 여러 가지 선택지 중에서 최후의 선택인 거죠. 조정이나 협상이 생략된 통보잖아요. 중간 과정이 없는 거죠. 사실 나는 이만큼 챙길 수 있었는데, '아, 더럽고 치사하다. 너 다 가져가라' 이렇게 돼버리는 거죠. 그게 습관이 되어서 어느 순간 시간이 지나면 뒤쳐지거나 밀려버린 나를 발견하게 될 수도 있을 것 같아요. 그러다 보면 여유는 더 없어지고요. 분노와 실망은 충분히 공감이 돼요. 하지만 분노 때문에 나 자신을 너무 해치지는 말았으면 좋겠어요.

나 너무 다 버려버리고?

선생님 네.

나 맞아요. 더럽고 치사해서 나 그냥 그만둘래, 이런 마음이에요.

선생님 마음에 지니고 있다가 행동으로 옮겨버렸을 때, 후회할 수도 있고요. 결국엔 사표를 쓰더라도 조금 더 다니면서 내가 취할 건 취하고, 나중에 무슨 일을 할지 고민해봐도 좋을 거 같아요.

나 회사에 가기 싫어요.

선생님 싫다면 다음엔 어떤 플랜을 가지고 갈까 생각을 해 봐도 좋고요. 이성의 힘을 믿어봤으면 좋겠어요.

나 이렇게 극단적인 방향으로 생각이 치달을 때, '아, 이렇게까지 하면서 왜 살지?' 하는 생각이 많이 들어요. 행복한 일들도 있지만, 계속 경쟁하고 (아이디어를) 떠올려야 하고, 그런 걱정들이 아직은 행복보다 더 크거든요? 감정이 분노로 뒤덮이면 그냥 죽고 싶어져요. 회사 사람들을 보면 다 일중독 같다는 생각이 들어요. 다들 야근하고……. 저만 야근 안 하거든요? 저만 칼퇴하고, 연차도 자주 쓰고. 아프면 안 나가고 그러니까 그냥 으레 사람들이 나를 별로 안 좋아하겠거니 하는 생각을 하게 되는 거 같아요. 회사에서 너무 열심히 일하고 싶지는 않거든요.

선생님 나도 모르게 내가 그 사람의 마음으로 들어가서 그 사람이 어떻게 생각할지 예측하고 내 생각처럼 이야기한다는 거죠. 그래서 죄책감을 느끼기도 하고, 그 죄책감이 분노로 오기도 하고요. 스스로 자신을 예쁘다고 생각하는 사람은 누가 자기 외모를 비난한다고 해서 크게 영향을 받지 않거든요. 그런데 나는 어디가 콤플렉스야, 하는데 누군가 그 부분을 농담 삼아 이야기한다면 나한테는 농담이 아니라 큰 트라우마가 될 수 있는 거겠죠(무슨 말인지 잘 이해가 안 된다).

나 그러면 어떻게 해야 해요?

선생님 회사가 나한테 이야기한 암묵적인 메시지들을 하나하나 예민하게 캐치하고 상상했는지도 모르죠. 다른 사람이 나를 그렇게 바라보면 어떡하지 하는 고민과 걱정들이 크다고 생각해요. 당장 내가 하는 일이 야근할 정도는 아닌데 사람들의 열의나 시선 때문에 억지로 야근을 할 필요는 없잖아요. 그런데 지금은 '아, 회사에서는 다 저렇게 해야 하는데 난 또 안 하고 있어' 이렇게 크게 생각하고 있는 거 같다는 거죠. 내가 칼퇴근이 중요하다면 회사 나가는 순간부터는 그 걱정은 잊고, 다른 일상을 가져야 하는데.

나 알겠어요. 그런데 다들 왜 이렇게 열심히 일하는지 모르겠어요.

선생님 그 사람들은 그 사람들 나름의 이유가 있겠죠.

나 그러니까 제가 죄의식이 드는 거예요. 나만 너무 게으른가 하고…….

선생님 지금 말씀하신 죄의식은 생각하는 기준이 내 기준이 아니라 회사 기준이라구요. '너 일 안 하고 시간 많으니까 책도 쓰고 다른 회사에서 책도 낸다는 거야?'처럼 회사 기준으로 생각하고 있잖아요.

나 그럼 어떻게 생각해야 해요?

선생님 이기적인 욕구를, 마치 살 빼고 싶다는 것과 마찬가지로 남들은 다 정상 체중이라고 해도 내 기준에 따라 더 빼고 싶다는 마음처럼, 내 개인적인 기준과 욕구를 좀 증진해야 된다는 생각이 들어요. 다른 사람들의 관점이나 상식적인 부분으로 바라보면서 그것과 차이 나는 내 욕구를 마치 잘못된 것처럼 낙인을 찍어버리는 건 아닐까 생각해봐야 할 거 같아요. 애인이랑도 이런 이야기 많이 하나요?

나 그만두고 싶다고 하면 그만두라고 하죠.

선생님 그만둔다고 했을 때, 이 일을 더 이상 안 하게 됐을 때의 미련은 어떤 게 있어요?

나 미련? 어디 이직할 만한 경력 기간이 안 된다는 점이랑 돈?

선생님 그 두 가지가 크겠죠. 다른 사람들은 바쁘고 다들 일 중독 같은데, 어떤 면에서는 부정적이지만 어떤 면에서는 긍정적일 수 있잖아요. 다른 부서에서 일한 지 4개월밖에 안 되었다고 하신 것처럼, 그러니까 다른 사람이 쌓아왔거나 맡겨진 일의 양이 다를 수 있어요. 업무의 성향 자체는 스스로가 꿈꿨던 거잖아요. 그런데 충분히 경험하지 못하고, 다른 요인으로 인해서 밀려나는 상황이 된다면 너무 억울할 거 같아요.

나 여행 가서 좀 쉬고 오면 정리가 될 거 같아요.

선생님 여행 전까지는 어떻게 할 거죠?

나 원래 월요일에 퇴사 얘기하려고 했는데, 좀 더 기다려보려고요.

선생님 회사에는 계약을 하기 전에 말씀하신 거죠? 계약은 언제 하려고 했나요?

나 다음 주 수요일이요. 약은 2주치 주시면 될 거 같아요. 여행 때문에.

선생님 네. 여러 가지 가능성들을 더 살펴보았으면 좋겠네요. 가지고 있는 이점을 정리해보시는 것도 좋을 거 같아요.

나 네, 알겠어요.

선생님 여행 갈 때는 여행 가서 이런 생각을 하자, 하지 말고 말 그대로 여행으로 다녀오세요. 마음 한편의 부담들을 좀 버리고 오면 좋겠어요.

나 네, 감사합니다.

선생님 잘 다녀오세요.

버려지긴 싫지만
벗어나고 싶은

오후에 기획 회의를 하는데 내가 가져간 세 가지 아이템 중 두 가지는 언급도 되지 않고 넘어가 버렸다. 물론 시간이 없었을 수도 있지만, 기분이 좋지 않았다. 쓸모없는 인간이 된 것 같았다. 나는 정말 옆에서 툭 건드리기만 해도 쓰러지는 인간인데 어떻게 회사 생활을 하고 있지? 나같이 연약하고 나약한 인간, 나도 싫다. 그냥 좀 무던하고, 회복탄력성도 좋고, 그냥 저냥 넘어가고 그러면 좀 좋을까. 혼자 작은 일에도 의미 부여하고 힘들어하고 상처받고.

그런데 난, 정말 무능력한 인간이 되는 게 싫다. 두렵다. 그리고 어디서나 불가피하게 존재하는 경쟁이 버겁다. 기획 회의를 하던 중에 문득 이렇게 계속 나이를 먹고, 이런 회의와 경쟁을 계속 해나가며 살아가야 한다고 생각하니 정말 끔찍했다.

하지만 나는 행복해도 고통받고 불행해도 고통받는 이상한 사람이니까, 끔찍하다가도 순간순간 문득 감사하다는 생각이 들 때도 있으니까 괜찮은 거겠지. 며칠 전엔 뜨거운 물로 샤워할 수 있다는 게 감사하다는 생각이 들었다. 계속해서 공허와 감사 사이를 오간다. 분노와 감사, 무리에 속하고 싶다는 욕구와 벗어나고 싶다는 욕구. 받아들여야지. 받아들여야지. 공존하는 건 어쩔 수 없다고 위안해야지.

16주

눈에 보이는 상처가 필요했어요

일요일, 우울이 또 터졌다. 분명 준비하고 연남동에 가려고 했는데 다시 침대에 누워버렸다. 과자를 잔뜩 먹으며 맥주를 마셨다. 무기력이 온몸을 감쌌고 이불이 관처럼 무거웠다. 죽고 싶었다. 눈을 뜨니 저녁 8시가 조금 넘어 있었다. 막걸리를 마셨다. 책을 읽고 스마트폰을 만지고 초콜릿과 김을 까먹으며 남김없이 마셨다. 자해하고 싶은 충동이 밀려왔다. 내 몸에, 눈에 보이는 상처를 내고 싶었다. 끊임없이 자해를 상상하다가 자려고 누웠는데 불현듯 해야겠다, 라는 강한 욕구가 들었고 망설임 없이 일어나 칼을 꺼냈다. 꽤 여러 개의 상처를 냈고 이 정도면 되지 않을까 싶었던 순간 재킷을 입고 4층으로 뛰어올라갔다. 옥상 지붕 위로 올라가 밑을 내려다봤다. 높이 있는 건 무섭지 않은데 떨어지면 아플까 봐 겁이 났다. 그렇게 몇 분가량 밑을 내려다 보는데, 술을 더 많이 마시고 더 많이 취하면 충분히 떨어질 수 있겠다는 생각이 들었다. 한참을 있다가 집으로 돌아왔다. 애인 옆에 누워 팔의 상처를 보고 있는데 애인이 갑자기 잠에서 깼다. "팔 왜 이래? 어디서 다쳤어?" 물었는데 겁이 나서 이불 속으로 숨어들었다. "내가 그랬어" 중얼거리자 애인은 멍한 표정으로 한참을 있다가 일어나서 연고를 발라주었다. 그렇게 새벽을 견디다 잠들었다. 스트레스와 불안은 계속해서 나를 따라왔고 숙취 때문에 머리가 아프고 메스꺼웠다. 온몸에 두드러기가 났다. 내 피부를 비추는 햇빛이 너무너무 역겨워서 작은방 블라인드를 내려 빛을 차단했다. 누워서 책을 보다가 정신과에 전화를 해서 선생님과 통화했다. 입원을 추천하셨다. 눈물이 줄줄 흘렀고, 애인과 함께 엉엉 울었다. 일이 왜 이 지경까지 된 건지 납득할 수가 없었다. 전화를 끊고 누워 있다가 씻고 병원에 갔다.

나 안녕하세요(이미 울고 있다).

선생님 출근 안 하셨나요?

나 네. 계속 하지 않고 싶어요.

선생님 입원을 하면 회사에서는 바로 병가가 되나요?

나 퇴사하고 싶어서 퇴사하려고요.

선생님 퇴사는 나중에 해도 되니까 입원 후에 만약 병가가 있다면 해보시고. 지금은 스스로 생각할 때도 정상이 아니잖아요. 보통 상태가 아니잖아요. 내가 만약에 정상으로 돌아왔을 때 조금이라도 영향을 줄 만한 게 있다면, 그 영향 때문에 또 다른 상처를 받을 수도 있을 거 같아요.

나 회사 가기가 싫어요…….

선생님 그쵸, 싫죠. 제가 생각하기에도 지금은 회사 다니는 것 보다는 아예 신경을 좀 끄면 좋겠는데, 퇴사한다는 것도 결국 신경을 쓰고 있는 거잖아요.

나 퇴사하고 싶어요(무한 반복).

선생님 나중에 결정하라는 거죠. 나중에 퇴사한다고 해도 아무도 안 말려요. 만약에 그 결정이 내 몸도 마음도 조절이 안 된 상태에서 하는 거라면, 아무리 생각을 많이 했다고 하더라도 올바른 결정이라고 보기는 힘들죠(정상적인 상태가 아니기 때문에). 상처 좀 보여줄 수 있어요?

나 (보여드렸다)

선생님 아우, 몇 차례 그었네요?

나 네.

선생님 뭘로 그었어요?

나 칼이요.

선생님 그을 때 느낌은 어땠나요?

나 생각보다 별거 아니라고 느껴졌어요.

선생님 피를 봤을 때는 어땠어요?

나 피가 나는구나.

선생님 뭐 시원하다, 이런 느낌은 없었고요?

나 약간 해소…… 해소감이 있었던 거 같아요.

선생님 어떻게 시작하게 되었어요?

나 어떻게 시작하게 됐지…… 모르겠어요.

선생님 그때의 시간 자체가 좀 멍한 상태였나요?

나 네. 감정이나 생각이 별로 개입하지 않았던 거 같아요.

선생님 하기 전에 고민한 시간은요?

나 고민한 시간은 좀 있었어요.

선생님 하루? 전날부터?

나 아니요. 저번 상담 때도 말씀드렸듯이 충동은 계속 있었는데, 어제 상태가 너무 안 좋아서 종일 앉아만 있었거든요? 그리고 술을 엄청 마셨어요. 적당히 마시고 자려고 누웠는데, 더 마시고 싶어서 또 막걸리를 한 통 다 마셨어요. 그러고 나서 이젠 자자, 하고 누웠는데 너무 긋고 싶다는 생각이 강하게 들어가지고, 그때 튀어나가서 그랬어요.

선생님 그때 기억은 다 나나요?

나 그때 상황은 다 기억나는데, 뭘 생각했는지는 모르겠어요. 별 생각이 없었고 그냥…… '아, 내가 실제로 뭔가를 행했다'라는 느낌만 있는 상태였어요. 원래 자살 충동이 있었잖아요. 자살할 땐 높은 곳에서 떨어져 죽어야겠다는 생각을 항상 하고 있었거든요? 죽으려고 한 건 아니고 높은 곳에 올라가 보면 정신이 들지 않을까 해서 한번 위태로운 기분을 느껴보고 싶다는 생각이 들어서 4층 옥상에 올라갔어요. 빌라니까 지붕같이 되어 있어서 지붕 위에 올라가서 내려다보았는데, 무서웠어요. 그리고 여기보다 더 높은 곳에서 떨어져야겠다는 생각이 들었어요. 무서운데, 또 별로 안 무서웠어요. 이제 마음만 먹으면 그리고 술을 더 많이 마시면 떨어질 수 있겠구나, 하는 생각이 들었어요.

선생님 애인 생각은 나지 않던가요?

나 거기서 떨어질 생각은 없었어요. 애인이랑 여기 사는 사람들한테 피해를 주는 거니까.

선생님 순간적으로 그런 생각을요?

나 순간적인 게 아니라, 제가 늘 하던 생각이에요. 그래서 찾아볼 때도 공사가 중단된 폐건물 같은 데를 찾고 그러거든요.

선생님 아침에 일어나서 상처를 보았을 때 느낌은 어땠어요?

나 너무…… 보잘 것 없다. 소심하다. 너무 약하다는 생각이 들었어요.

선생님 통증이 오진 않았어요?

나 이게, 되게 얇게 그은 거잖아요. 아주 깊게 그은 게 아니라서 그렇게 아프진 않았어요.

선생님 그으면서 내가 이걸로 죽음까지 가볼까? 하는 생각을 했어요?

나 이걸로 죽지는 말아야겠다는 생각을 했어요. 이건 그냥 나를 상처입히는 도구란 생각. 그 느낌이…… 뭔가 내가 자해를 실제로 했다는 해방감은 있었는데, 살을 베는 느낌이 기분 좋지는 않아서.

선생님 아까 술을 더 마시면 할 수 있다고 생각했잖아요.

나 술을 더 마셨으면 할 수 있었을 거 같아요.

선생님 긋는 건 내 의지고, 올라간 것도 내 의지인데 실수로 잘못되는 경우 많거든요? 보기만 하려고 했는데 다리를 헛디뎌가지고 떨어진다던가. 예를 들어서 목을 어떻게 매는지 해보려고 했는데 옆에 도와주는 사람이 없으니까 바로 죽는다던지. 만약 그렇게 된다면 어떨 거 같아요?

나 완벽히 죽음의 준비가 되지 않았는데 그렇게 되면? 아…… 글쎄요. 목 매달면 그걸 떼려고 엄청 발악하지 않을까요?

선생님 네. 발악하는데, 발악하니까 더 조여져요. 일반적으로.

나 (놀람) 그래요? 근데 발을 헛디뎌서 떨어지는 건 한 순간이니까 무슨 생각을 하지는 못할 거 같아요.

선생님 어쨌든 자해를 통해 만족감을 느꼈다는 건 이해하지만, 그 만족감을 느끼려고 하다가 실수하게 되면 비참하잖아요. 목숨이 다 되었거나 마음의 준비가 된 것도 아닌데 실수로 죽거나, 죽지 못해서 더 큰 아픔을 겪는다고 하면요. 그런 생각도 해야 하지 않을까 싶어요. 지금 현실이 내 마음대로 되지 않는 게 많잖아요. 그게 너무 많다 보니까, 오히려 내가 마음대로 할 수 있는 걸 찾아간다는 생각이 들거든요? 자해나 퇴사처럼.

나 다 마음대로 하고 싶어요. 이 정도로 난도질해야 진짜 미친 사람처럼 보이지 않을까? 하는 생각이 들었어요.

선생님 미친 사람처럼 보이면 그게 본인한테 어떤 영향을 줄 수 있을까요? 긍정적이든 부정적이든 간에.

나 회사 사람들이나 주변 사람들 눈에는 보이지 않으니까, 내가 힘든 걸 유난스럽다고⋯⋯ 실제로 저도 제 자신을 유난스럽다고 생각하기도 하고. 아무튼 알아줄 거 같아요. 퇴사한다고 말할 때, 보여줄 수 있겠다는 생각이 들었어요.

선생님 그걸 보여주는 게 무슨 의미가 있냐는 거죠.

나 보여주면, '아, 얘 지금 진짜 제정신 아니구나?' 하고 납득하지 않을까요?

선생님 납득이 왜 필요하냐고요.

나 납득했으면 좋겠어요.

선생님 누구나 이유가 다 있겠죠. 다른 먹고살 길이 있든지, 상사가 싫다든지. 하지만 마지막까지 그들이 나한테 의심을 갖는 부분들을 너무나 친절하게 내 몸을 보여주면서까지, '아픈 걸 보여줄 수 없었지만 이젠 보여주고 떠날게요' 같은 과한 친절이 꼭 필요할까요?

나 모르겠어요. 저는⋯⋯ 저는 그냥 제가 너무 어이가 없어요. 제가 (한숨) 스스로 저를 유난 떤다고 생각하는 거 같아요.

선생님 유난 떠는 것에 대한 합리화를 하기 위해서, 내가 유난 떠는 이유를 밝히기 위해서? 누구나 힘들면 아픈 표시를 내잖아요.

나 나 관종인가? 내가 이렇게 힘들다는 걸 누가 좀 알아줬으면 좋겠어요.

선생님 힘들다는 걸 자기 자신이 먼저 알아야 되는데.

나 제가 그걸 너무 의심해요. 왔다 갔다하고. 힘들 때는 아, 진짜 너무 힘들다고 생각하고. 절절하게 힘든데 한편으로는 네가 뭘 그렇게 힘들다고 그러냐…… 하고.

선생님 주변 환경을 빌려서 생각하는 게 너무 커요. 휴직을 하든 퇴사를 하든 내가 힘들면 그 자체로 충분히 할 수 있는 건데, 왜 그걸 굳이 다른 사람들한테 설명까지 해가면서 보여줘야 되냐는 거죠. 비단 타인뿐만이 아닐 거예요. 자기 자신에게 보여주려고 했을 수도 있어요.

나 (오열) 모르겠어요. 왜 이러는지.

선생님 예전에 손목을 그은 사람을 봤어요. 남자였는데요, 군인이었죠. 세희 씨처럼 똑같이 했어요. 일자로 마구 그은 거죠. 처음에는 그냥 몇 개 하다가 '아, 쟤 쇼할려고 한다'라고 사람들이 생각하는 거 같으니까 그게 아니라는 걸 보여주려고 팔뚝 전체를 다 그었어요. 그리고 병원을 찾아왔어요. 과연 그렇게 했을 때, 사람들 인식이 달라졌을까? 당연히 처음에는 놀

라겠죠. 그런데 그걸 봤다고 해서 그 사람의 인상이라든지 대우가 과연 달라질까. 사람들이 세희 씨가 '나 이렇게 힘들었어요' 하면 '아 힘들었겠구나' 하고 나서는? 차이가 뭐냐는 거죠.

나 생각이 달라지지 않을까요?

선생님 이미 그전에도 어느 정도는 생각하고 있을 가능성이 있을 거라는 거죠. 어떤 사람들은 내 몸에 주홍글씨처럼 낙인 찍지 않더라도 그냥 휴직할 수 있다는 거예요. 내가 만약 아프면 아프다는 말을 하는 연습을 해야 돼요. 마지막까지 참고 참다가 '나 사실 이만큼 참았어요, 여기까지 내가 내 손으로 나를 해칠 만큼 아팠어요' 하는 게…….

나 그런데 아프다고 회사에 말을 해서 뭐가 달라지냐는 거죠.

선생님 아프다는 이야기는 비유를 든 거고요. 회사를 다니느냐 마느냐 결정을 할 정도라면 그 전 단계에서도 고민이 많았을 거잖아요. 그런데 그런 고민이 있을 때마다 그냥 감수하는 거 같다는 거예요. 이건 싫어요, 라는 의견을 말하기 전에 그냥 받아들이는 거 같다는 거죠.

나 받아들이지 않으면요? 할 수 없잖아요.

선생님 스스로가 이미 그렇게 생각하니까…….

나 (폭발) 아니 내가 책을 만들어야 되는데, 그게 내 일인데, 그걸 할 수 없다고 어떻게 말해요. 그럼 어떻게 해야 돼요. 책 만들어야 하는 사람이 책 만드는 걸 할 수 없다고 하면.

선생님 책을 만드는 거 하나 자체가 아니라 그 안에 세분화된 문제들이 있었을 텐데, 그 문제들은 그냥 받아들인 채 계속 쌓아온 거 같다고요.

나 그래서 뭐 어떻게 해야 할지 모르겠어요. 그냥 그만두고 싶어요.

선생님 아까 전화로도 말씀드렸지만, 위기 상황 같아요. 제가 봐도요. 하지만 위기를 벗어나는 방법이 자해라면, 극복하는 데 크게 효과가 있을 거 같지는 않아요. 회사에 사표 던지면 당장에 시원할 수는 있겠죠. 하지만 지금 이게 떠밀리는 거랑 뭐가 다를까요.

나 어디 밀려서 가는 게 아니라 진짜 그만두고 싶어요…….

선생님 네. 그만두고 싶더라도, 조금 일상적인 상황으로 돌아오고 난 다음에 결정했으면 싶은데, 그전까지는 차라리 지금의 스트레스 상황에서 벗어나 있으면 좋겠다는 생각이에요.

나 병원에서요?

선생님 입원 좋다고 봐요. 지금은 필요하다고 봐요. 일상생활 안에서 받는 스트레스나 영향이 너무 압도적이라서, 세희 씨가 다른 방식으로 생각을 하거나 시선을 두는 게 불가능해 보여요. 입원한다고 해서 갑자기 행복해지고 세상이 밝아지고, 전혀 그러진 않을 거예요. 하지만 한 템포 쉬어가자는 거죠. 그러려고 여행도 갔다 왔는데, 스트레스는 그대로잖아요. 그러니까 그 정도로는 안 된다는 거죠. 퇴사는 입원 후에 생각해봐도 괜찮을 거 같아요. 우리가 비바람 몰아치면 처음엔 우산 쓰고 비옷 입고 하면 되지만, 그게 너무나 세차서 더 이상 버틸 힘이 없으면 어디 움막이라도 들어가야 되잖아요.

나 (할 말이 없었다) 약이 혹시 두드러기가 생기기도 하나요?

선생님 제가 빼라고 한 약, 빼셨나요?

나 어제만 뺐어요. 온몸에 두드러기가 나요, 다리까지 다.

선생님 그걸 빼고 드셔야 되는데. 그때도 말씀드렸지만, 지금 술도 마시고 내 몸에 해가 되는 쪽으로 가게 되잖아요. 선택권이 주어져 있으니까요. 어쩌면 기분 상할 수도 있겠지만 지금은 그 선택권을 빼앗고 싶어요. 입원을 해서라도요. 입원하면 술을 마실 수도 없으니까 얼른 여기서 나가야지, 하는 욕구라도 생겼으면 좋겠어요. 취하고 나서 고민이 끝난다든지, 스테이지가 끝나고 다음 스테이지가 시작된다면 계속 취하라고 하겠어요. 하지만 취하고 나서 다음 날 깬다고 모든 게 해결되지 않잖아요. 그 상황에서 더 이상 버티기 힘들다면 나를 찔러가면서 버틸 게 아니라, 누군가한테 '나 힘들다, 나 여기서 쉬어가겠다, 돌아서 가겠다'라고 말하는 용기를 내보셨으면 좋겠어요. 일단 가셔서 시설 보시고 결정하셔야 할 텐데, 혹시 안 된다면 대학병원에 가도 괜찮아요. 제 생각에는, 지금은 며칠 동안 입원해서 아무것도 안 하고 멍하게라도 내 시간을 가졌으면 좋겠어요.

나 책 읽어도 돼요?

선생님 책은 갖고 들어갈 수 있어요.

나 전화해서 입원할 수 있냐고 물어보면 돼요?

선생님 입원 결정은 의사가 하는 거라 진료를 먼저 받아야 해요. 병실이 있는지는 확인을 해봐야 할 거예요

나 전화해볼게요. 진료 상담 예약을 먼저 할게요.

선생님 네, 아무 때나 가면 돼요. 지금 가도 괜찮을 거 같은데요.

나 　　네, 알겠습니다.

선생님 　　진료 의뢰서는 떼드릴 테니까 보여드리고요, 어차피 정보가 너무 많아도 좋지 않거든요. 직접 말씀하시는 게 더 좋으니까 추가적인 의견이 필요하다고 하시면 전화주세요.

나 　　알겠습니다.

나이고 싶으면서
나이고 싶지 않은 마음

상담이 끝나고 약과 진료 의뢰서를 받았다. 바로 병원으로 향했고, 접수했다. 내 차례가 되어 들어가니 여의사가 있었고, 건조한 목소리로 내게 이것저것 물어보았다. 술을 마신 상태였나요, 자해는 처음인가요, 어떤 기분이 들었나요, 지금 기분은 어떤가요 등등. 나는 잠시 나가 있고 보호자가 들어오라고 해서 애인이 대신 들어갔다. 한참 있다가 나온 애인은 다시 집으로 돌아가는 게 좋겠다고 했다. 왜 그러냐고 묻자 여기는 그냥 편안하게 쉬는 곳이 아니라 완벽한 격리, 시간별 프로그램이 짜여진 곳이라고. 그리고 상태가 훨씬 심각한 분들이 많아서 오히려 환자에게 스트레스를 줄 수 있다고. 지금 필요한 건 술을 끊는 것과 퇴사라고 말했다고 했다. 술을 끊는 게 가장 중요하다고 했다고. 집에 돌아와 맥주를 모조리 버렸다. 술을 마시고 싶은 생각조차 들지 않았다. 애인은 아직 오지 않은,

(그리고 영원히 오지 않을 수도 있는) 내 빛나는 미래에 대해 끊임없이 속삭여주었다. 그것도 기승전결이 있는 단단한 이야기로. 그 이야기는 내가 잠이 들 때까지 계속 되었다.

기약 없는 연차를 냈다. 잠병에 걸린 듯이 낮이고 밤이고 잠만 잔다. 자해를 한 뒤로 시간이 더디게 흐르는 것 같다. 결국 나는 나이고 싶으면서 나이고 싶지 않다, 언제나. 이 복잡한 아이러니는 나를 어디로 데려갈지 모르겠다.

17주

사는 것도 죽는 것도 두려워서

집에 멍하니 앉아 있으니 네모난 빛이 쏟아지는 창밖으로 아이들이 떠드는 소리, 봄바람 부는 소리가 들렸고 낮의 시간이 실감났다. 참 오랜만이고 생경한 감각이었다. 자해에 대해 생각해보았다. 처음엔 자살로 가는 단계를 차차 밟아가는 거 같아서 두려워졌는데, (모순적이지만 나는 죽고 싶은 만큼 살고 싶으니까) 지금은 살기 위한 몸부림이 아닐까 하는 생각이 들었다. 정말 죽고 싶은데, 그 마음은 점점 커져서 내 몸 안에 천천히 쌓여가는데, 그 감정을 해소하려면 내 몸에 상처를 내는 수밖에 없다. 울고 술을 마시는 정도로는 해소될 수 없으니까. 그래서 자해를 하고 나면 일종의 후련함을 느끼고, 다음 날이 되면 상태가 괜찮아지지 않을까 싶었다. 나 자신을 해치는 방법으로 자살 충동을 억제하는 게 건강한 방법은 아니지만, 지금으로서는 다른 대안을 찾기가 힘들다.

선생님 입원 안 하셨나요? 병원에 안 갔어요?

나 갔어요. 그런데 폐쇄 병동이라고……. 들어가면 쉬는 게 아니라 오히려 더 스트레스받을 수도 있다고 해서 그냥 왔어요.

선생님 보지도 않고요?

나 네.

선생님 스스로는 폐쇄 병동에 대해서 납득을 하고 갔었잖아요. 그런데 그 말을 듣고 나니까 바로 마음이 돌아서던가요?

나 사실 너무 지쳐서 그냥 자고 싶었어요. 쉬고 싶었는데 아침부터 프로그램에 맞춰서 빡빡하게 돌아간다고 하니까……. 컨디션도 안 좋고 그냥 집에 와서 3일은 잠만 잤어요.

선생님 잠자고 나서는 뭐했어요?

나 집에 있었어요. 강아지들 산책 시킬 때 말고는 안 나갔어요.

선생님 산책을 시킬 땐 즐겁다는 느낌이 들었어요?

나 즐거운데, 너무 순간적이라는 생각이 들었어요.

선생님 먹는 건 어떻게 하셨어요.

나 잘 챙겨 먹었어요.

선생님 집에서는 주로 어떤 생각들을 하면서 지냈어요?

나 음……. 그냥 하루 걸러 하루씩 안 좋았던 거 같은데, 자해한 다음 날은 좀 괜찮았어요. 해소되는 느낌이 들었고요. 그 다음 날은 또 좋지 않았어요. 완전 무기력하고, 낮에 상처 위에 또 상처를 냈어요. 돌아버리겠더라고요. 돌아버릴 거 같아서 이렇게 있으면 안 되겠다는 생각을 하고, 뭐라도 해야 나아질 거라는 걸 알고 있는데 그 무엇을 할 수 없는 상태라고 해야 하나? 하고 싶은데 하기 싫은 그런 감정이 계속 들었어요. 어제 오후가 되어서야 컨디션이 조금 나아졌어요. 어제는 기분이 좋았는데, 오늘은 또 안 좋네요.

선생님 오늘은 기분이 낫다는 건 눈을 뜨자마자 느껴지는 거예요? 아니면 뭘 하다 보면 느껴지나요?

나 원래 눈 떴을 때부터 컨디션이 달라요.

선생님 아침에 눈 뜨고 나서 날씨를 알게 되잖아요. 해가 들어올 때의 느낌은 어땠나요?

나 너무 싫었어요, 너무. 왜냐하면 지금 아토피가 심해서 온몸에 두드러기가 났거든요? 그런데 저희 집 커튼이 암막 커튼도 아니어서 해가 그냥 다 들어와요. 그럼 피부가 더 잘 비치잖아요. 너무 싫고 혐오스러워서 작은방 블라인드를 내려서 해가 안 들어오게 하고 긴소매, 긴바지를 입어서 살을 안 보이게 했어요.

선생님 해가 뜨면 자동 반사처럼 내 피부를 보게 되나요?

나 네. 그리고 싫다, 라고 생각하죠.

선생님 요새 피부 상태는 점점 안 좋아지고 있나요?

나 요즘 술을 아예 끊었어요. 술이 제일 문제라고 그래가지고. 자해한 것도 술 마시고 그런 거니까 저도 무서워서 술을 안 마신 지 일주일 정도 됐어요. 그렇지만 이번에 또 그었을 땐 낮이었고, 맨 정신이었죠…….

선생님 어떤 느낌이었어요? 처음 했을 때와 비슷한 느낌이었나요?

나 모르겠어요. 이게 한번 하니까 별거 아닌 것처럼 느껴져요. 그리고 상처를 깊이 긋지 않았으니까 금세 딱지가 지고 흐릿해지잖아요? 상처가 옅어지는 게 싫었어요. 그래서 그 위에다 반복적으로 그었고요. 이런 것도 있어요. 회사 가서 퇴사할 거라고 말할 건데, 마음 상태가 눈에 보이지 않으니까 이걸 보여주면 더 빠르지 않을까? 하는 생각도 했어요.

선생님 회사에 가서 퇴사 이야기를 하면 어떻게 반응할 거 같은데요? 상처를 보여줘서 빠르다는 건 어떤 게 빠르다는 거예요?

나 퇴사하는 절차가 있잖아요. 보통 그만둔다고 해도 한 달 정도 있어야 하잖아요, 인수인계 기간도 있고. 상처를 보여주면 급하게 그만둬야 한다는 걸 납득시킬 수 있지 않을까 생각했어요. 저희 회사는 퇴사 과정이 좀 복잡하거든요. 서류도 많고.

선생님 그렇군요. 하루 중에 그나마 기분이 괜찮을 때가 있나요?

나 아침에 눈을 딱 떴을 때, 특유의 느낌이 있거든요? 눈 뜨자마자 무기력으로 점철되어 있는 기분이 있고 맑은 기분이 있어요. 그 첫 기분이 하루를 좌우해요. 종일 가요. 달라지지가 않아요.

선생님 그렇다면 기분이 좋은 날에도 지속되나요?

나 기분 좋다고 해서 살 만하다 이런 건 전혀 아니고요.

선생님 그날의 아토피 상태에 따라 변하기도 하나요?

나 네, 그런 것도 있어요. 조금씩 나아지고 있긴 한데 다리 같은 경우는 너무 심해서, 기분이 더 안 좋아요.

선생님 팔의 상처는 나아지고 있고요?

나 네. 나아지고 있어요, 조금씩.

선생님 집에서 강아지들 데리고 산책한 거 말고, 집 안에서 무언가를 한 건 없습니까?

나 텔레비전을 원래 안 보거든요. 그런데 「프로듀스 101」이라고 아이돌 나오는 프로에 뒤늦게 빠졌어요. 거기에 나오는 강다니엘이라는 남자애가 너무 귀여운 거예요. 덕질이라도 하면 살맛이 나지 않을까 의도한 것도 있지만 걔가 좋기도 했어요. 그래서 걔 영상을 막 미친 듯이 봤어요. 예능도 보고. 그런데 그다지 재미있지는 않았어요. 좀 허망하고, 제 자신이 싫었어요. 예능 볼 때는 기분이 좀 괜찮았어요. 재밌었거든요. 재미를 느끼고 몰입하니까 기분이 괜찮았어요.

선생님 애인은 그 상처를 볼 수 있잖아요? 상처를 본 애인의 반응은 어땠나요?

나 힘들어하죠, 울고. 엄청 울고 그랬죠. 본인이 못 말렸다는 죄책감도 느끼고. 저는 미안한 마음을 느껴요.

선생님 요새 애인 말고 다른 사람들과 교류를 한 적은 없나요?

나 전혀요. 아, 그런데 선생님. 제 친구가 저한테 카톡을 보냈는데, 제가 지금 너무 힘든 상태니까 답장을 안 하고 읽지도 않았거든요? 그런데 자신이 기분 나빴거나 힘든 상황을 카톡으로 미친 듯이 보내는 거예요. 확인을 안 했는데도……. 그게 싫었어요. 하지만 그 친구가 저한테 의지하고 있는데 쳐내면 상처받을 테니까, 미안해서 그러지를 못하겠어요.

선생님 계속 비슷하죠. 스스로가 그 사람에 대해서 생각하기보다는 지금에 초점을 좀 맞추세요. 내가 지금 너무 힘들어서, 미안하지만 당신의 걱정이라든가 힘든 부분을 감당하기 힘들다, 나중에 상태가 괜찮아지면 답을 하겠다, 정도로 정리하면 되지 않을까요?

나 아, 그러면 되겠구나? 별 생각을 다 하는 거 같아요. 너무 죽고 싶은데, 선생님 생각도 났어요. 내가 죽으면 얼마나 죄책감을 느끼실까, 이런 생각? 선생님 그런데요. 정말 진짜, 오바하는 거 아니고 정말 살기 싫은데 어떡하죠? 진심으로 살기가 싫어요. 누가 들으면 '그냥 죽지 왜 피곤하게 저러냐' 생각하겠죠?

선생님 오바한다고 생각 안 해요. 그리고 정말 살기 싫은 건 오늘뿐만 아니라 지난주도 그랬던 거 같고요.

나 (눈물 터짐) 그냥, 모르겠어요. 약 먹기 전은 과거가 되어버렸으니까 그때의 기억을 잊어버려서일 수도 있는데, 더 안 좋아지는 거 같다는 생각이 들어요. 그래서 자꾸 자책하게 되고, 거기에 너무 매몰되고 내가 자꾸 병이라고 인식하니까 이걸 더 크게 만드는 거 같다는 생각을 하는데, 난 너무 힘든 거야. 그러니까 돌아버릴 거 같아서 자해하고 싶은 생각이 들어요. 원래 겁이 많아서 시도를 안 했는데, 항상 뭐든 일단 하고 나면 별거 아니잖아요? '아, 별거 아니구나'라는 생각이 드니까, 정말 아무렇지도 않게 그었어요.

선생님 세희 씨가 지금 힘든 것도 알고, 죽고 싶어 하는 마음도 알기 때문에 입원을 권했던 거예요. 그쪽에서 의도한 바와 좀 다르게 받아들였는지는 모르겠지만요.

나 그쪽에서는 저 같은 사람이 많다고 하더라고요. 그런데 저 같은 사람이 오면 하루를 못 버틴다고……. 계속 그러니까 이럴 바엔 집에서 쉬는 게 낫겠다 싶어가지고.

선생님 그런데 지금 집에서도 쉬는 게, 쉬는 게 아니잖아요. 예전에 약 먹기 전을 생각하면 약 먹고 나서 지금보다는 더 살만했을 때도 있었잖아요. 한 달 전쯤이요.

나 그러게요. 이런 우울감이나 무기력이 어떤 삶의 재미나 호기심, 관심, 이런 것들을 떨어뜨리나요?

선생님 네. 관심이 아예 없어지죠.

나 그러니까 이런 표현은 좀 그렇지만 겪을 걸 다 겪은 할머니가 된 기분이에요. 아무것도 정말 아무것에도 관심이 없고, 강다니엘도 막 좋아가지고 보고 그랬는데, 오늘은 또 시들하고. 너무 쉽게 시들하고 몰입하지 못하고 다 재미없고. 그런데 이게 딜레마인 게, 삶이 너무 지루하거든요? 그래서 뭔가를 하고 싶어요. 이번에 일주일 동안 쭉 쉬면서 남아도는 게 시간이었잖아요. 이렇게 많은 시간을 가졌으니까 3일은 잠만 자면서 피로를 풀었고, 예능도 막 4시간씩 보고. 시간이라는 게 너무 많은 거예요. 그러니까 이 시간을, 억지로가 아니라 지루하니까 지루함을 없애고 싶은데, 그 지루함을 없애려면 뭘 해야 하잖아요? 그런데 무기력해요. 지루한데 무기력해. 이게 계속 반복되면서 돌아버릴 거 같은? 그래서 밤 12시에 나가서 공원에 누워 있고 이랬거든요. 숨이 막힐 거 같아서. 하루하루 제 컨디션을 느끼는 게, 아무리 무기력해도 뭔가를 해야 하지 않을까? 생각은 하지만 무기력할 때는 그게 안 돼요. 컨디션이 괜찮을 땐 그게 가능하죠. 어제는 컨디션이 괜찮아서 재미있게 보냈어요. 저녁에 노을도 보고 강아지들이랑 놀고 뛰고, 꽃향기도 맡고. 어제 저녁엔 잠깐 살 만하다고 느꼈어요. 그런데 너무 빨리 하루 간격으로 다시 무기력해지면 완전 흑과 백처럼, 아무것도 관심 없는 상태가 또 되는 거예요. 소소한 행복을 찾으라는 데 누가 그걸 모르겠어요. 그런데 그것조차 안 되니까…… 내가 고장나버린 것 같고, 이런 상태로 계속 사는 건 너무너무 끔찍한 일이라는 생각이 들어요.

선생님 이런 상태로 계속 사는 게 끔찍한 일이라는 건 동의해요. 그런데 이런 상태가 과연 계속 유지가 될까, 거꾸로요. 난 여기서 더 나아질 게 없다는 생각을 하시고 있고, 하루 좋으면 그 다음 날 또 안 좋겠지가 반복이 되지만요. 그것이 만약 아니라면요? 지금부터 지난 1년을 되돌아보았을 때 과연 지금 같은 기분이 더 많았나, 아니었나를 생각해본다면요? 스스로 마치 지금의 상태가 정착된 것처럼 느끼고 있잖아요. 바뀔 수 있다고 확실하게 말씀드릴 수는 없지만, 응급실에 있어 보면 지금 손목을 그은 것처럼 죽음을 시도하고, 시도했지만 실패를 해서 오신 분들도 많잖아요. 그런 분들이 나중에 퇴원하고 하는 말들은 다 다르단 말이에요. 물론 좋아졌으니까 퇴원을 했겠죠? 하지만 대부분이 비슷해요. '그때는 왜 그 생각밖에 못했을까……' 이렇게 생각하죠.

나 정말 그래요. 그래서 자해를 한 다음 날에는 정말 괜찮았어요. 내가 이걸 왜 했을까? 미쳤다, 건강해져야지, 술도 끊고 밥도 잘 챙겨 먹고 운동하고 건강해야지! 하다가 그 다음 날 또 무기력해. 그럼 또 그어.

선생님 지금은 하루하루의 변화가 느껴지니까 스스로도 더 부정적으로 느끼는데, 지금까지 지내온 걸 살펴보면 사실 한 달 전에는 좋다고 하셨잖아요. 그럼 그 한 달 동안 내게 무슨 일이 일어났을까. 그게 영향을 주었을 가능성이 있다는 거죠.

나 책도 그렇고 아토피, 살찐 것도 그렇고.

선생님 책을 냈다 안 냈다의 문제가 아니라 책을 내는 과정에서 자신이 할 수 있는 부분과 내가 내 의지를 가지고 다 했는데, 낙담하게 한 일들…… 그런 것들이 큰 영향을 줄 수 있었다는 거죠.

나 제가 그걸 못 느꼈는데도 그게 엄청난 스트레스로 작용할 수 있나요?

선생님 그럼요.

나 그 병원에서도 회사를 그만두어야겠다고 이야기 하더라고요?

선생님 그런데 회사에 대한 인상도 지금은 너무 부정적이잖아요.

나 선생님 솔직히 회사만 생각해도 토할 거 같아요. 회사 그만둬야 할 거 같아요.

선생님 전에도 말씀드렸듯이 회사 그만둘 수 있어요. 그런데 내 상태가 안 좋을 때 결정했다가 혹시 후회를 한다면요?

나 휴직이 가능하다면 휴직을 하고 싶다는 생각을 하는데요, 한 달 정도? 그런데 또 이 생각이 따르는 거죠. 한 달이라는 시간을 준다면 내가 회사에 어느 정도 부채감을 가지게 되는 건데, 그러면 다시 돌아가서 일정 기간 군말 않고 잘 다녀야 될 거 같은데, 내 상태가 또 안 좋아지면 어떡하지? 그리고 (백 번 말했지만) 전 제가 유난 떤다고 생각을 하니까…….

선생님 자꾸 남의 눈으로 세상을 보니까 그렇죠.

나 네, 네. 제가 유난 떤다고 스스로 생각하잖아요? 그러니까 남들도 다 그렇게 생각할 거 같아요.

선생님 오죽 심했으면 저한테도 전화해서 "제가 너무 과하게 구나요? 유난인가요?" 이런 말씀을 하시겠어요. 최근에 아토피도 있었고, 회사에서도 내가 의도한 바대로 되지 않았고, 어떻게 보면 확실한 마스터플랜이 있었는데 그 플랜이 이루어지지 않았다는 좌절을 경험했을 때, 기본적으로 다른 사람들 눈을 이렇게 살펴야 하는구나, 하는 공포감이 자극되었겠죠.

나 네, 맞아요. 많이 그랬어요. 그리고 제가 지금 마케터에서 편집자로 분야를 바꾼 지 4~5개월 되었는데 너무 무능력하다는 생각이 들어요. 아이디어도 없고, 자신도 없고. 그런 생각이 지배적이라 하기 싫다는 생각이 너무 많이 들고요. 그리고 끊임없이 다른 사람이랑 저를 비교해요. 그래서 나보다 글 잘 쓰는 사람, 나보다 인기 많은 사람, 성별을 막론하고 비교해요. 웃긴 게 강다니엘을 보는데 걔가 너무 부러운 거예요. 와, 얘는 이렇게 나이도 어리고 멋있고, 사는 것도 즐겁고 반짝반짝해 보이고. 그냥 부럽고.

선생님 지금 비교라는 게, 사실 비교라기보다는 나의 열등감을 강조하려고 이용하는 도구 같아요.

나 그런가요? 전 열등감이 너무 심한 거 같아요.

선생님 지금은 그럴 수밖에 없죠. 나 자신이 사랑스럽다면 내가 지금 왜 죽고 싶고 왜 우울하겠어요. 능력도 마찬가지예요. 우울증이라 의욕이 없고 아무것도 하기 싫은 것처럼, 우울증에 걸리면 머리도 나빠져요. 집중력도 떨어지고, 기억력도 떨어지고. 실제로 아이큐 검사를 해도 떨어져요.

나 그래요? 책을 오래 보기가 힘들더라고요. 글자가 휘발되는 느낌? 그래서 책도 안 읽었어요.

선생님 의무적으로 하는 것들을 다 집어치웠으면 좋겠어요. 다만 권유하고 싶은 건, 하고 싶을 때 하는 건 얼마든지 좋은데 우울할 때 내가 좋아하는 것들이 뭔지를 안다면, 그걸 시도하는 척이라도 해봤으면 좋겠어요. 기분이 좋은 날 하는 건 아무 상관없는데.

나 이번에 제대로 느꼈는데, 저에 대해서 진짜 잘 모르는 거 같아요(끝없는 도돌이표). 머리가 나빠서 그런지 모르겠는데 내가 뭐를 잘하고 뭐를 좋아하는지 모르겠고, 없다고 느껴졌어요. 그냥 강아지, 강아지밖에 없는 거죠. 강아지들만 끼고 있었어요.

선생님 힘들 때 찾으려고 하면 더 못 찾죠. 그 상태 때 내가 좋아한다고 생각했던 것들이 나를 힘들게 하는 경우도 꽤 많아요. 마치 강박처럼. 예를 들어 내가 힘들 땐 나보다 더 힘든 사람을 만나서 그 사람을 위로하면서 내가 괜찮다는 걸 느껴. 하지만 사실은 그게 아니라 그 사람을 보면서 '나는 더 이상 슬퍼하면 안 돼. 저런 사람도 있는데…… 나 정도 조건이면 행복한 거야' 이렇게 계속 스스로를 벌주는 느낌이라는 거죠.

나 맞아요. 계속 그래요. 네가 도대체 뭐가 그렇게 우울한 거니? 스스로에게 물어봐요. 이유가 없으니까 더 힘들고요.

선생님 기분 좋을 땐 밥맛이 좀 도나요?

나 밥맛은 늘 돌아요. 막상 먹으면 좋아요. 이거 율마 아니에요?(식물) 이제 가봐야 할 거 같아요.

선생님 약은 조정을 해드릴 건데요, 하루하루 날뛰는 기분이 단순한 우울증 이상으로 주기성을 띄는 거 같아서 약을 추가할 건데, 바로 용량을 올리면 안 좋기 때문에 천천히 올릴게요. 그리고 하늘 봐라, 햇빛 봐라 다 좋은 말이니까 해보는 건 좋은데요. 그것을 못하는 본인을 너무 혼내지는 마세요. 하루에 한 번 나가라! 하는 것도 자신이 편안한 시간에 하고요. 암막 커튼을 사는 것도 좋고요. 신체적인 부분이 나아지려는 시도를 좀 하셨으면 해요.

나 네, 감사합니다. 다음 주에 뵐게요.

무기력이라는
습관

결국 회사를 그만뒀다. 쉬면 좋아질 줄 알고 기약 없는 연차를 냈지만 달라지는 건 없었다. 어느 날 문득 회사로 가 그만두겠다고 말했다. 인수인계를 급하게 마치고 사람들과 인사를 나누는데 우는 사람들이 있어서 놀랐다. 모두가 나를 유난 떠는, 팔자 좋은, 민폐 끼치는 사람으로 생각하고 있을 줄 알았는데 아니었나 보다. 내 마음 속 타인들은 도대체 어떤 얼굴을 하고 있는 걸까? 아무튼 회사에 나가지 않으니 시간이 너무 많다. 뭘 해야 할지도 잘 모르겠고 영 어색하네.

오늘 아침엔 눈을 뜨니 햇빛이 몰아쳤다. 싫다. 오전 7시 부근에 눈을 뜨면 그렇게 밝지 않은데, 8시 30분만 되어도 햇빛이 들어오기 시작한다. 두드러기와 상처투성이인 피부에 짜증부터 솟구친다. 인스타그램을 뒤적인다. 내가 질투하는 어떤 이는 늘 내가 모르는 사람, 내가 모르는 장소, 내가 모르는 노래를, 만나러 가고, 보고, 듣고 있다. 나는 도태되는 기분. 그 아이가 특별하고 난 별거 아닌 것 같은 기분에 또 휩싸였다. 올리는 글들도 다 좋고, 표현도 신선하고. 난 뭘까. 이도 저도 아닌 존재 싫은데.

그러다가, 강아지들 산책시키고 세로토닌을 잔뜩 흡수하고 샤워하면서 생각을 좀 전환했다. 얼굴 피부라도 괜찮은 게 어디야, 하면서. 내가 할 수 없는 걸 억지로 하려고 하지는 말아야겠다. 그리고 무기력이 제일 무섭다. 무언가를 이겨내기 위해서는 무언가를 하는 것이 필수적인데, 무기력은 그 의지 자체를 꺾어버린다. 멀쩡한 식물을 뿌리째 뽑아버리는 격이다. 이미 시들었고 돌이킬 수 없는데 겉으로 보기에는 멀쩡해 보이는 상태. 물론 일시적이지만.

강아지를 안고 있는 시간, 봄바람과 아이들이 시끄럽게 떠드는 소리들, 벚꽃도 지고 개나리도 시들해지고 있다. 햇살 아래에 누워 있어야지. 잠시라도, 계절을 몇 분이라도 온몸으로 느껴야지. 금세 여름이 올 테니까. 건강해지고 싶다.

18주

내 행복을 바라는 사람이 있다는 것

교통사고가 났다. 처음으로 운전해서 홍대와 광화문을 갔다 일산으로 돌아오는 코스였는데, 마지막 코스였던 일산에서 사고가 났다. 나는 우회전 차선의 합류 지점에 있었는데, 합류 지점이라고 해도 차선이 그대로 이어지는 경우가 많았기에 옆 차선도 보지 않고 돌진했다. 클랙슨 소리가 들려옴과 동시에 직진 차선 차와 충돌했고, 큰 소리가 나며 차체가 흔들렸다. 뒤이어 차는 인도 위의 가로등 앞에서 멈추었다.

차가 멈추자마자 망했다는 생각만 들었는데, 사람들이 조수석과 운전석 문까지 열며 내 상태를 확인했다. 화물 트럭과 경차가 부딪쳤기 때문에 다들 놀랐다고 했다. 정작 나는 정신이 하나도 없었다. 우여곡절 끝에 보험사에 전화했고 사람들의 신고로 구급차와 경찰까지 왔다. 천운으로 난 아무 데도 다치지 않았지만 차는 폐차시켜야 했다. 손목의 상처와 잔뜩 구겨진 차를 보며 사람의 운명이나 팔자는 정해져 있는 게 아닐까 싶었다. 내가 선택하지 않는 한, 용기 내지 않는 한 쉽게 사라지긴 힘들겠다는 생각이 들었다. 덤으로 하루라도 더 살고 싶은 마음에 고군분투하는 사람들이 많은데, 참 맥 빠지고 사치스러운 고민이라는 자기혐오도 함께했다.

선생님 어떻게 지내셨어요?

나 차 사고가 나서…… 차를 폐차시켰습니다. 화물 트럭이랑 박았는데 천운으로 하나도 안 다치긴 했어요.

선생님 정말 다행이네요. 그런데 굉장히 담담하게 이야기하시네요.

나 네……. 그렇게 되었습니다. 천만다행이죠. 사실 어제까지 상태가 계속 안 좋았거든요. 병원도 안 갔으니 약을 이틀 정도 못 먹었고요. 다시 약 타 먹으니까 두통이랑 우울감이 싹 없어지더라고요. 약을 시간 맞춰서 먹을 때는 상태가 좋다는 걸 잘 못 느꼈는데 (익숙해지니까) 약을 2~3일 안 먹으니 상태가 나빠지는 게 확 느껴졌어요. 그래서 지금보다 일찍 병원에 왔다면 상담이 힘들었을 거 같아요.

선생님 요즘엔 문신을 하고 싶다는 생각은 안 드나요?

나 요즘은 없었어요. 그냥 자해 충동이 강해요. 그런데 어제 사고의 영향이 좀 있었던 거 같아요. 어제 많이 돌아다녔어요. 홍대 서점도 가고 광화문 교보문고도 갔고, 초보 운전인데 나름대로 어려운 코스를 클리어한 거죠. 무사히 일산으로 돌아와서 정신과 약도 타고, 집에 돌아가는 길에 사고가 났어요.

사실 서울에서 운전하면서 저도 모르게 산기슭이라든가 벽 같은 데를 확 들이받는 상상을 했어요. 운전하는 내내 눈물이 흘렀고요. 그리고 내가 들이받는 건 큰 용기가 필요하니까 누가 나를 뒤에서 박아줬으면 좋겠다는 생각을 했어요. 그런데 실제로 사고가 났잖아요. 합류 지점이었는데, 0.5초만 더 빨리 들어갔어도 운전석 쪽이 완전 박살났을 만한 상황이었어요. 그런데 운전석만 빼고 다 박살이 났어요. 심지어 애인 차였거든요.

저는 사고가 처음이라 상황이 얼마나 심각한지 잘 몰랐는데, 사람들은 제가 화물 트럭에 받히고 인도 가로등에 받고 멈추니까 죽은 줄 알았나 봐요. 사람들이 막 달려와서 조수석 문을 열고 저를 확인하더라고요. 저는 정신이 하나도 없어서 가만히 있었는데 사람들이 119랑 112에 다 신고를 했더라고요. 화물 트럭 기사는 제가 죽었을까 봐 차마 확인도 못 했었대요. 하지만 저는 다치지 않았잖아요. 지금도 멀쩡해요. 물론 더 지켜봐야겠지만요.

저는 일상의 지루함을 많이 느끼잖아요. 현재의 소중함을 잘 모르기도 하고요. 요즘 지루함이 더 커졌어요. 집에 있는 것도 지겹고. 그런데 어제 사고가 났고 어쨌든 제가 살았고, 운이 좋았던 상황이 되니까 '아, 내가 아직 죽을 때는 아닌가 보다. 아직은 뭔가 해야 할 일이 있는 건가' 하는 생각이 무심코 들었고, 감사하게 됐다고 해야 할까요? 제가 지금 노견을 키우잖아요. 노견 주딩이가 일산 본가에 있는데, 주딩이를 태우고 파주 집으로 가려고 했거든요. 주딩이를 태운 상태에서 사고가 났다고 생각하니 너무 끔찍해서 감사한 마음이 들었고, 집에 와서 강아지 두 마리를 맞이하고 소중한 사람들이 달려오는 걸 보니까 '아, 정말 감사한 일이다. 이 모든 것들을 다시 볼 수 있다는 게' 이렇게 환기가 되었어요.

선생님 그런 생각을 못 하고 있었네요?

나 네. 제 어두움에만 치우쳐서 감사하고 소중한 것들

은 당연하게 여기고 구석으로 치워뒀던 거 같아요. 저는 현재를 되게 지루하게 여기고 이미 지나간 걸 계속 되새기거나 떠올리잖아요. 현재를 즐기지 못하는 거죠. 예전 애인도 오래 만나니 지루했었거든요. 그 친구랑 헤어지고 연락을 드문드문 하기는 했는데, 그 친구도 애인이 생긴 거예요. 그런데 기분이 안 좋더라고요. 메일을 정리하는데 걔가 나한테 보냈던 메일들을 다시 보니까 아련하고.

선생님 다시 만나고 싶다는 생각이 들었나요?

나 그런 건 아니고, 그 순간 씁쓸했던 거죠. 그 친구가 마지막으로 제게 했던 말이 "네가 현재를 즐겼으면 좋겠다. 과거가 소중하지 않았던 건 아니지만 그리고 지금 네 애인이 어떤 사람인지는 모르겠지만, 현재에 최선을 다하고 시간이 지나면 너도 나와 비슷한 마음이 들지 않을까 싶어. 나는 네가 행복해졌으면 좋겠어"였어요. 정말 눈물이 났어요. 그래서 알았다고, 현재에 충실하겠다고 했죠. 그런데 마침 사고가 났고 애인이 달려와서 내가 멀쩡한지부터 확인하고, 안 다친 걸 알고는 진심으로 행복해하는 모습을 보니까 정말 감동받았어요. 진짜 나만 찌질하고 나만 모자란 사람이라는 걸 다시 깨닫고 충성을 맹세

하기로 다짐했어요. 아, 그리고 차는 폐차 처리하고 제 퇴직금을 쏟아부어서 새 차를 사기로 했답니다.

선생님 충성까지요? 아, 현재는 그렇겠죠? 그런데 병원 꼭 가보셔야 해요.

나 네, 그럴게요.

선생님 늘 죽음이 그림자처럼 함께하고, 죽었으면 좋겠다고 생각했는데 막상 실제로 죽음이 눈앞에 왔던 사건을 경험했잖아요. 그 후에는 안 죽어서 다행이라고 느껴지진 않았나요?

나 다행이라는 느낌은 없었어요. 사실 처음에 사고 났을 땐, '내가 살았고 안 다쳐서 너무 다행이다'라는 생각은 전혀 없었고요. 내려서 차를 딱 봤는데, 차가 폐차 직전인 거 같더라고요. 그래서 내가 죽을 뻔했다는 생각보다 '이거 애인 차인데 어떡하지? 나 죽었다, 나 어떡하지?' 이 생각이 앞섰어요. 내 생명은 별로 상관이 없는 거죠. 차라리 내가 죽을걸, 하는 생각도 했어요.

선생님 그런 걱정을 하는 것 자체가 살아 있다는 증거죠.

나 아, 그렇구나. 어쨌든 살아 있어서 다행이라는 생각은 솔직히 없었는데, 그냥 어제의 나는 한번 죽었다가 다시 태어난 것 같다는 생각이 들었어요. 약간 터닝

포인트랄까? 이게 또 얼마나 갈지는 모르겠지만요.

선생님 그래도 굉장히 큰 경험이었기 때문에 생각을 해볼 필요가 있어요. 워낙 생각을 많이 하시기도 하니까. 말씀하셨듯이 사고 전에 내가 했던 생각들(차 사고를 내고 싶다, 누가 내 차를 박아줬으면 좋겠다)이 현실이 되었을 때, 단순히 거기서 끝나는 게 아니라 또 다른 일들이 있잖아요. 지금은 안 아프지만 나중에 아프게 된다든가.

나 맞아요. 허리에 문제 생기면 또 고생한다는데…….

선생님 약은 저번 주에 살짝 변경했잖아요. 조금 올렸어요. 두통약도 따로 드린 거고.

나 네, 두통이 바로 멎었어요.

선생님 두통약 한 번씩 드시고요. 다른 약은, 원래는 조울병에 쓰는 약이에요. 감정이 극단으로 오가는 게 태어날 때부터 가지고 있는 성정일 수 있거든요. 누구나 조금씩 약한 부위가 있듯이요. 세희 씨는 감정을 조절하는 부분이 남들보다 조금 취약한 것처럼 보여요. 그래서 기분 조절제 용량을 조금 올렸어요.

나 아, 어쩐지 어제는 감정의 기복 없이 편안했다고 해야 하나? 오랜만에 느낀 편안함이라 되게 행복했어요. 좋았어요.

선생님 사고가 큰 영향을 끼쳤을 수도 있어요.

나 맞아요. 뭔가 해소된 느낌도 있고.

선생님 우리는 안정적인 걸 넘어서서 심심하면 이런저런 생각을 하게 되잖아요. 말씀하신 것처럼 옛 애인 생각도 하고, 과거와 현재를 비교도 하고. 그런데 지금 내가 다쳐서 어디라도 아프면 온 신경이 거기에 쏠리게 되거든요. 어찌 보면 사고가 난 다음인 어제는 무언가를 생각할 새도 없었을 거 같아요. 미안함과 놀람 등등 때문에.

나 그러네요. 사고 후에는 두통도 없었어요. 온몸에 감각이 없는 느낌?

선생님 그때의 기분이라고 할까요? 다행이라면 다행이고. 어떻게 생각하면 아쉬움일 수도 있겠지만, 사고 후에는 예전에 했던 걱정이나 불편들이 정신적인 사치라고 느껴질 때도 있지 않을까 싶어요.

나 맞아요. 크게 다쳤다면 더 그렇게 느꼈을 거 같아요.

선생님 그렇죠. 신체나 정신적 장애가 생길 수도 있는 거고요. 운이 없는 경우는 엄청 많으니까요. 그러면 더 큰 아픔을 겪을 수도 있거든요. 이제는 이 '상처' 때문에 죽고 싶다고 생각하게 될 수도 있고요.

나 맞아요, 맞아요. 정신적인 사치네요……. 안 다친 것도, 주변의 반응도 다 고맙네요.

선생님 고마움만 느끼지 마시고, 몸에 신경을 좀 쓰세요.

나 몸을 좀 아껴야겠어요.

선생님 세희 씨는 원래 고통에 무디다고 하셨잖아요. 그럴수록 더 예민하게 몸을 관찰하고 신경을 쓰셨으면 좋겠어요. 지금은 또 유심히 지켜봐야 할 때잖아요, 사고도 났으니.

나 그럴게요. 그리고 상태가 안 좋을 때 강다니엘한테 미쳐 있었잖아요. 사실 저는 유사 연애 감정을 느끼거든요. 얘랑 사귀고 싶은 마음이 드는 거죠(주책). 그런 마음이 드는 게 창피했어요. 숨기고 싶었고. 그런데 『환상통』이라는 소설이 있어요. 아이돌을 사랑하는 팬들의 이야기를 담고 있거든요. 정말 좋은 작품이에요. 이 책을 읽으면서 생각한 게 아, 나는 동성애, 무성애, 범성애, 폴리아모리 등을 모두 다양한 사랑의 형태라고 생각하고, 그 사랑을 존중하면서 빠순이의 사랑은 왜 사랑이 아니라고 생각했지? 유사 연애 감정 가지면 어때, 내가 그 사람한테 다가가거나 피해를 주는 게 아니라면. 이런 생각을 했어요. 그런데 사실 개를 좋아하면서 너무 좋지만 가슴 아플 때도 많았거든요. 나는 얘가 이렇게 좋아서 영상도 보고 노래 듣고 광고하는 거 다 사는데, 걔는 내가 이 세상에 존재하는 것조차 모른다는 생각을 하면 너무 가슴이 아프고 짝사랑보다 더 힘든 느낌이에요. 짝사랑은 상대가 날 알기라도 하잖아요. 아니, 알 수도 있잖아요. 그런데 이건 정말 이뤄지지 못할 먼 존재를 사랑하는 거잖아요. 그래서 잠깐 우울했었어요.

선생님　말씀하신 그대로죠. 다른 식으로 존재하는 것도 많죠. 종교도 마찬가지고요. 남들이 보면 아, 문제가 있다, 정도로 종교에 심취한 분들도 사실 절실하고 절절한 마음이, 이렇게 노력하면 닿을 수 있을 거라고 생각해서 하는 걸 수도 있거든요. 그리고 지금은 우울하다고 하셨지만, 지금 그 열정을 통해서 다른 일들이 생길 수도 있거든요. 이 연예인을 좋아하게 되면서 다른 누군가를 또 만나게 된다든지, 연예인을 매개체로 다른 사람과 새로운 관계를 맺게 된다든지, 이런 것들도 또 하나씩 의미가 되지 않을까요.

나　네, 맞아요. 이상입니다.

선생님　어쨌든 내일은 좋은 꿈꾸시고, 다음 주에 뵙겠습니다.

나　감사드려요. 주말 잘 보내세요!

당연한 것이
새로이 보인 날

사람 일은 정말 모른다. 당연하지만 미래는 예측할 수 없고, 당장 1초 뒤의 일도 알 수 없다. 무섭고도 신기한 일이다. 사고가 난 후 죽겠구나 싶지도 않았고 큰 사고로 여기지도 않았다. 내 차도 아니었기에 차라리 내가 죽었으면 좋았겠다는 철없는 생각도 했으니까.

하지만 난 몸 어느 한 곳도 다치지 않고 살아났다. 어이없게도 멀쩡하다. 화물 트럭이랑 박고도, 차를 폐차시켰는데도.

일상이 새삼스럽게 느껴지고 감회가 새롭다. 당연한 것들이 선명하게 다시 보였다. 내가 살아서가 아니라, 내가 죽지 않아서다. 모순적으로 느껴질 수도 있겠지만, 아직 내가 죽을 때가 아니라는 걸 느꼈다. 어쩌면 아직 쓸모가 있는 존재인 건 아닐까, 그렇게 믿으며 더 좋은 영향을 좇고 싶다고 생각했다.

19주

나와 단둘이 대화를 나누다

일요일은 기념일이었다. 뮤지컬도 보고 맛있는 곳에서 밥도 먹기로 한 기쁜 날이었다. 그래서 좋은 컨디션을 유지하고 싶었고, 애인도 그걸 간절히 바랐다. 내 컨디션은 한번 안 좋아지면 그대로 종일 지속되곤 하니까.

비난에 가까운 평가를 여러 번 본 후, 지금까지 내 책에 대한 평가를 보지 않았다. 그러다 왜 그랬는지는 잘 모르겠는데 느닷없이 아침 일찍 일어나자마자 트위터에 내 책 제목을 검색했다. 다행히 좋은 글이 많아서 '아, 역시 내 책은 트위터와 맞는구나!' 하며 스크롤을 내렸는데, 여태까지 본 글 중에 가장 큰 혹평을 마주하게 됐다. 대강 생각나는 대로 적자면 "정말 학을 떼면서 봤다. 이런 글은 제발 너희 집 키티 일기장에나 쓰렴. 이런 책을 돈까지 받으면서 파는 건, 별로라고도 할 수 없는 정말 나쁜 짓이다. 쓰레기"라는 내용이었다.

선생님 어떻게 지내셨어요?

나 이번 주는 좋았어요.

선생님 어떻게 좋았나요?

나 대체적으로 좋았는데, 사건이 있었어요(위의 일을 말씀드림). 하지만 저는 그날을 망치고 싶지 않았거든요. 애인한테 '빨리 날 위로해줘!'라고 말을 하려다가, 일단 강아지들과 밖으로 나갔어요. 그리고 새로운 방법을 시도한 게, 저 자신과 대화를 했어요. 혼잣말로 "세희야. 네가 예수도 아니고 부처도 아니고. 너는 아주 유명한 고전도 재미없어할 때가 있지 않아? 그런데 네 책을 다 좋아해야 해?" 그러면 제가 대답해요. "아니, 그건 아니지" 그럼 또 다른 제가 다시 "그럼 네 책이 좋다는 메시지를 보내주는 사람들이 더 많아, 아니면 이런 혹평이 더 많아?" 이러면 "적어도 내가 보았을 땐 좋다고 해주는 분들이 더 많아" "그런데 요새 너는 왜 사람들이 좋다고 해주는 마음은 조그맣게 여기고, 비난은 유난히 크게 들어? 그건 네 글을 좋아해주는 사람들에 대한 예의가 아니지 않아? 너 너무 오만해진 거 아냐?" 그랬더니 "아, 그렇지" 이렇게 대답을 하고, "그리고 생각을 해봐. 그 사람이 책을 트위터에서만 보고 살 게 아니라, 직접 서점에 가서 조금만 살펴봤더라면 자신이 원하는 책인지 아닌지 알 수 있었을 거 아냐. 자기가 보지도 않고 샀으면서 그렇게 욕을 하는 건 아니지 않아?" 그러면 제가 "어, 맞아. 이상한 사람 같아. 이제 신경 안 쓸래" 하니까 완전 맘이 편해지더라고요.

선생님 그런 책을 봤나요?

나 네?

선생님 『사이코드라마』 같은 책을 보셨나요?

나 제가요? 아니요?

선생님 사이코드라마 기법과 비슷하거든요.

나 아, 그래요? 자기 자신과의 대화를 통한 치료가 실제로 있어요? 생각으로 대화를 한 게 아니라 실제로 말을 했거든요. 그러니까 진짜 대화를 하는 느낌이더라고요. 나와 대화를 하는 건데도요.

선생님 그런 식으로 질문하고 대답하는 건, 자신이 흥분해서 미처 보지 못했거나 생각하지 못했던 것들을 볼 수 있게 하거든요.

나 맞아요. 뭔가 흥분해 있는 나와 이성적인 나, 객관적인 나와 감정에 휩쓸린 내가 대화를 하는 듯한 느낌이었어요. 핑퐁처럼 대화를 주고받고 나니까 마음이 진짜 편해졌어요. 괜찮은 척이 아니라 실제로 괜찮아졌고요. 뮤지컬을 보러 가면서 애인한테 오늘 이러한 일이 있었는데 이렇게 해서 극복했고, 지금 완전 멀쩡하다고 하니까 애인이 정말 대단하다고, 자기도 그건 힘들 거 같다고 하더라고요. 너무 다행이라고요. 그래서 그날 되게 즐겁게 보냈어요. 그리고 다시 깨달았어요. 요새 독자분들이 책을 잘 읽었다는 메시지를 많이 보내주시거든요? 처음엔 그 메시지가 너무 감격이었어요. 어떻게 보면 제가 블로그 댓글 하나 때문에 책을 썼다고 해도 과언이 아닌데 낯선 것도 반복되면 익숙해지잖아요. 그러니까 감사하긴 감사한데 이제는 자연스럽게 받아들이는 거예요. 그런 저 자신을 반성하고 메시지들을 다시 읽으면서, 다시 감사하게 되었습니다.

선생님　초심으로 돌아간 거군요? 좋네요.

나　네. 그런데 이게 실제로 있는 기법? 방법인가요?

선생님　많이 써요. 연기처럼 하는 경우도 있고, 대표적으로는 사람들을 앉혀 놓고 다른 사람들이 마치 내가 된 것처럼 이야기를 나누기도 하고요. 그런데 세희 씨 이야기를 들어보니 이미 시작부터 답이 나와 있는 거 같기도 해요. 트위터에서 좋은 평을 보았을 땐 '아, 역시 난 트위터와 맞는다!'라고 했잖아요? 거꾸로 그 사람은 '트위터 분위기가 아니구나' 정도로 생각하면 될 거 같아요. 그리고 그 사람이 일부러 반대 의견을 쓴 걸 수도 있고요. 이 책을 이렇게 비난하면 날카로운 의견을 낸 사람처럼 보이겠지? 같은(이건 합리화를 위한 생각 같음).

나　그러게요. 이 사건 외에는 특별한 일은 없었고요, 궁금한 걸 여쭈어보고 싶어요. 병원 문의가 많이 들어오잖아요. 사람들이 궁금해하는 게 있어요. 저는 선생님과 30~40분 정도 상담을 하잖아요. 상담 센터가 아닌 정신과에서 이런 경우가 흔치 않은 건지, 많은지 궁금해요.

선생님　흔하지는 않죠.

나　정말요? 선생님은 왜 그렇게 하시는 거예요?

선생님　일단 세희 씨가 처음에 오셨을 때는 운 좋게도 시간이 많았었고요. 시간을 조금 들여서 이야기를 듣는 게 필요한 분들은 그렇게 하죠. 제가 이야기를 짧게 끊지 못하는 타입이기도 하고요.

나　선생님이 제가 이야기할 때 잘 끊지를 않으시니까.

선생님 그걸 못해요. 물론 환자가 너무 많다면 어쩔 수 없이 끊을 때도 있지만요.

나 맞아요. 시간이 30분으로 잡혀 있으니까 저도 30분이 넘어갈까 봐, 뒷사람이 기다릴까 봐 시간을 자꾸 보거든요(그런데 선생님이 말을 멈추지 않아서 시간을 초과할 때도 많음).

선생님 그리고 환자들의 스타일이나 아픈 부분, 상태가 다 다르니까요. 한 시간이나 걸려서 병원에 오셨다고 해도 5분이면 진료가 끝나는 경우도 있어요. 환자분이 오히려 빨리 가고 싶어서 안절부절하는 거죠. 말을 얼마나 해주실 수 있느냐도 다 다르고요.

나 마음을 털어놓을 용기가 안 났는데 그래도 털어놓고 싶어서, 용기를 내고 싶어서 온 사람들이 있잖아요. 그러니까 선생님께선 질문하고 상대는 답을 하면서 치료를 해나가야 하는데, 입을 못 여시는 분들이 있을 거잖아요. 그런 분들은 어떻게 하세요?

선생님 만약 본인이 치료에 대해 부정적이라면 도움을 드릴 방법이 없어요. 옆에서 아무리 가라고 해도, 제 앞에 앉아서 "전 괜찮은데요" 하면 거기서 끝인 거예요. 그리고 입을 못 여시는 건, 침묵 자체를 기다려야 하긴 해요. 침묵도 하나의 대화로 생각을 해야 하거든요. 물론 병에 따라서 다르지만요. 특히 정신과는 어느 정도의 라포(신뢰 관계)가 맺어져야만 할 수 있는 이야기도 있는 거고요. 어떤 이야기는 끝까지 하지 못할 수도 있고요.

나 그러면 한두 마디만 꺼내고, 입을 못 열고 가시는 분들도 있어요?

선생님 없지는 않죠.

나 그렇게 천천히 오면서 신뢰 관계가 형성되고 점점 마음을 열어가시는 분들도 있고요?

선생님 네. 그런 경우도 있고, 그냥 약물 치료 위주만 선호하시는 분들도 있고요. 본인이 더 주도적으로 말씀하시는 분들도 있고요. 다양하니까 뭐는 어떻다, 이렇게 말씀드리기는 힘들어요.

나 그러면 가기 전에 전화를 해서 상담을 10분이든 30분이든 해주시는지 문의해도 되나요?

선생님 그렇게 질문하셔도 병원 측에서는 정확히 말씀드리기 힘들어요. 그리고 긴 상담은 어떻게 보면 어린 시절의 이야기로 들어가야 하니까 좋지 않다는 의견도 많아요. 환자 스스로가 감당할 수 있는 경우만 가능한 거죠. 예를 들어 전문의 입장에서는 이 사람의 문제점을 알아내서 조기 치료를 위해 알려주는 거라도, 상대방이 아직 받아들일 준비가 되어 있지 않으면 큰 충격을 받게 되거든요. 내가 아직 극복이 안 되어 있고 힘든 상태 그대로라면, 더 힘들어질 수 있으니까요.

나 그런 것도 잘 살펴보시겠죠?

선생님 그렇죠. 물론 제가 살펴본 게 정확한 타이밍이었는지는 모르겠지만요. 어쨌든 상담 시간에 대해 전화로 물어도 정확한 답변을 받는 게 힘들 거 같고요, 그냥 초진 시간은 얼마나 걸리죠? 정도로 물으면 될 거 같아요(같은 말 아닌가……?).

나 알겠습니다.

고통의 크기는
완전히 상대적인 것

침묵도 치료의 과정이라는 말이 인상적이었다. 우울증을 앓고 있는 많은 사람 중에 실제로 병원에 찾아오는 사람들은 얼마나 될까.

내 책을 읽은 분들은 내게 "나약하고 유난한 사람 같아서 가지 못했다"라는 말을 많이 했다. 안타까웠다. 그리고 나도 같은 생각으로 고통받을 때 위로가 된 책이 있다. 빅터 프랭클의 『죽음의 수용소에서』라는 책인데, 아우슈비츠 수용소에서 살아남은 작가의 실제 이야기를 담았다. 처음 읽기 시작했을 땐 매우 고통스러웠다. 이렇게 상상도 힘든 고통을 겪은 사람도 살아가는데, 나는 도대체 왜 이러나 하는 생각이 들었기 때문이다. 하지만 이 문장을 읽고 생각이 달라졌다.

"인간의 고통은 기체의 이동과 비슷하다. 일정한 양의 기체를 빈방에 들여보내면 그 방이 아무리 크더라도 방 전체를 고르게 채운다. 인간의 고통도 마찬가지다. 그 고통의 크기와 상관없이 우리 영혼과 의식을 가득 채운다. 고통이란 완전히 상대적인 것이다.”

그때부터 타인의 고통과 비교하지 말자고 생각했다. 물론 병원에도 갈 수 있게 되었고. 힘든 일이지만, 사회와 타인의 잣대로 자신의 아픔을 평가하고 억압하겠다는 건 굉장히 위험한 발상이다. 단순히 내 어두운 감정도 비교하지 말고 외면하지 않고 집중하고 싶다. 즐거움을 음미하는 것처럼, 어둠도 들여다보고 나 자신과 대화하며 보듬어줄 것이다.

20주

넓어져라, 마음의 중간 지대

선생님 잘 지내셨어요?

나 그런 편이에요. 한 이틀은 되게 안 좋았는데, 금방 극복하긴 했어요.

선생님 그 이틀은 왜 안 좋았나요?

나 명확한 이유가 있었어요. 이번에 한 신문사 인터뷰를 하게 되었는데, 그 기자분이 파주까지 오신다고 해서 감사한 마음으로 나갔어요. 전화 목소리는 좀 젊게 느껴졌는데, 실제로 보니까 중년의 남자분이시더라고요. 약간 당황했어요. 여태까지는 제 책을 읽고 공감하셨던 여자 기자분들과 좋은 분위기에서 긍정적인 방향으로 인터뷰를 했었어요. 그리고 제 책은 80% 이상 20~30대 여자분들이 보거든요? 그래서 편견일 수도 있지만, 남성 특히 중년의 남자분이 읽고 공감하기는 힘들다고 생각했어요. 아니나 다를까, 그렇더라고요.

선생님 어떤 식으로요?

나 아, 모르겠어요. 제가 아직 사람들을 많이 안 겪어봐서 그런지 예의 바르면서도 위화감이 느껴지는 사람이었어요. 설명하기가 좀 어려운데, 굉장히 공손한 어투를 쓰지만 행동은 묘하게 저를 하대하는 느낌이었어요. 저는 그런 사람을 처음 만나봐서 헷갈렸고요. '이게 예의가 바른 건가? 그냥 성격이 이러신 건가?' 이렇게요. 저는 자기 확신이 부족하고 제 자신을 예민하다고 생각하니까, 그날도 예민한 거라고 생각해서 그 사람한테 크게 영향받지 않고 편안하게 대답을 했거든요.

집에 돌아와서 친구한테 인터뷰 이야기를 했는데, 이야기를 하다 보면 내용을 반추하게 되잖아요. 좀 과한 질문이 많았던 거 같았지만 또 내가 예민한 거겠지, 생각하고 친구한테 말했거든요. '뭐 무난한 인터뷰였는데?' 이런 답을 해줄 줄 알았어요. 그런데 친구가 화내면서 그 사람은 부정적인 감정을 가지고 온 사람 같다고, 자기였으면 중간에 못하겠다고 나왔을 거 같은데 저보고 진짜 대단하다고, 어른스럽다고 이야기하는 거예요. 예의 바르게 끝까지 잘 대처하고 나왔다고요.

그런데 저는 그 순간 멘탈이 나갔어요. 긴가민가하긴 했지만 무례한 사람이라고는 생각하지 않았는데, '아, 내가 또 바보 같이 못 알아챈 거구나. 이 사람이 날 무시한 게 맞았는데 내가 등신 같이 못 알아채고 거기서 다 친절하게 답변해주고 왔구나' 이쪽으로 시선이 완전히 쏠려버린 거죠. 친구는 당황했죠. 저를 칭찬해주려고 했는데 제가 완전 자기혐오에 빠져서 괴로워하니까. 친구가 그런 뜻이 아니라고 다시 설명을 해줬지만 이미 나쁜 쪽으로 너무 많이 치우친 상태였어요. 저는 원래 극단적이니까 나랑 안 맞고 별로인 사람을 만나면 '그 사람 이상해!' 하는 게 아니라 '사람 다 싫어!' 이렇게 연결되는 편이잖아요. 그래서 그날 밤에 울면서 정말 사람이 너무 싫다고, 사람 만나기 싫다고, 강아지만 끌어안고 아무 데도 나가지 않을 거라고 외치면서 오열하다가 잠들었어요.

다음 날에도 그 사람에 대한 분노가 여전히 가득 차 있었죠. 그런데 그 사람한테 문자가 왔어요. 안녕하세요라는 말도 없이 "주말까지 사진 4~5장 보내주세요." 이러는 거예요. 그래서 제가 그 말엔 대답 않고 "기사 초고는 언제 보내주시죠?" 이렇게 보냈어요. 그랬더니 대뜸 전화가 오는 거예요. 그리고 받자마자 "제가 기사 초고를 보내드린다고 했나요?" 이러는 거예요. 그래서 저는 "여태까지 한 인터뷰는 업로드 전에 확인 차 다 보여주셨는데요?" 하니까 하, 이러면서 "제가 기자 생활 20년인데 저희는 대통령을 인터뷰해도 초고를 보내드리지 않습니다. 그건 검열이잖아요." 이러면서 출판사 오래 다니셨다면서 그런 것도 모르냐는 거예요. 너무 당황스러웠어요. 하지만 이성의 끈을 잡고 저는 지금 당신이 무례하게 느껴지고 불쾌하니까 기사 안 써주셨으면 좋겠다고 말했어요. 그러니까 "저는 그런 기분이 안 들 거 같아요?" 이러는 거예요. 제가 피차 불편하니까 기사 쓰시지 말라고 하고 전화를 끊었는데, 사실 저는 제 모든 에너지를 쥐어짜서 그 통화를 한 거였고, 전화를 끊자마자 완전히 마음이 무너져서 오열했어요. 모멸감이 들었고요. 어찌됐든 출판사 대표님이 해결을 해줬어요. 둘이 통화를 했더라고요. 그냥 제가 어리고 여자라서 더 그런 것 같다는 생각에 사로잡혔고, 너무 힘들어서 낮인데 수면제 먹고 계속 잤어요.

선생님 그때 약은 저녁 약만 드셨어요?

나 네. 낮에 수면제 한 알 먹고 자고, 밤에 저녁 약 먹고, 자기 전에 수면제 하나 더 먹으려고 했는데 잠이 오길래 안 먹었어요. 온갖 악몽을 다 꿨어요. 그런데 악몽을 꿔도 꼭 이런 악몽을 꿔요. 어떤 사람 앞에서 하고 싶은 말을 찐따처럼 못하는, 그래서 스스로 괴로워하는 감정을 느끼는 꿈만 꿔요. 꿈속에서도 답답해 미칠 거 같아요.

선생님 실제로는 할 말 다 하셨는데 왜요?

나 지금 생각하니까 할 말을 다 해서 다행이다 싶긴 한데 이걸 뭐라고 해야 할까요. 할 말을 하긴 했지만 실제로 저는 굉장히 떨고 있었고, 그 사람 기에 완전히 눌려서 질려 있던 상태였거든요? 그러니까 실제로 대면했다면 제가 한 마디도 못 했을 거 같아요.

선생님 그 기자에 대해서 세희 씨가 말씀하신 부분만 가지고 본다면요, 그 사람은 기자 생활 20년 동안 그런 방식으로 상대를 대했겠죠? 초고를 보내주고 말고는 내가 알아서 하겠다, 이렇게요. 하지만 그 상황에서 세희 씨는 뒤처리를 잘하신 거잖아요? 꿈속에서 나온 내 모습과는 전혀 다른 모습이에요. 꿈에 나온 모습은 세희 씨가 자신을 규정하는 모습인 거죠.

그 전날로 돌아가 친구가 했던 이야기를 듣고 나서, '어? 난 왜 이 사실을 인지하지 못하고 자의적으로 해석해서 괜찮겠지 판단하며 대답했지? 왜 난 이따위지?'라고 생각한 게 잘못된 게 아니에요. 하지만 많은 사람들이 대부분 세희 씨가 무사히 인터뷰했던 모습처럼 하려고 노력해요. 사회생활 하려면 감정 상태에 따라서 '내가 힘이 있으니까 내 마음대로 해버려야지' 하기 보다 힘들거나 너무 화가 나도 '좀 참아야지' 하는 거죠. 모나지 않고 둥글게 살고 싶어 하는 사람들도 많잖아요.

나 아, 오히려 그렇게 못 했을 때 괴로워하고요?

선생님 네. 거꾸로 보면 권력이 있어서 자기 마음대로 행동할 수 있는 사람은 슈퍼 갑이 될 수 있잖아요? 하지만 그렇게 갑질을 한 사람들은 사회적으로 지탄을 받잖아요. 세희 씨가 꿈꾸는 게 그런 거는 아니지 않나요?

나 아, 네네. 맞아요.

선생님 그렇게 본다면 그 사람이 나를 대할 때 '아, 이 사람에게서는 뭔가 무례함이 느껴진다'라거나 나이가 많으니까 어린 나를 무시하는 듯한 인상을 받았지만, 세희 씨는 그 사람한테 최소한의 예의를 지켰잖아요. 뭐 그 사람과 더 나은 인간관계를 맺을 것도 아니니까 일적인 부분에서 잘 대처한 건데, 오히려 자신이 감정적인 표현을 안 했다는 이유만으로(분노 표출), 내가 중간에 때려치우지 않았다는 이유만으로 나를 비난한다는 건 뭔가 앞뒤가 안 맞는 느낌이라는 거죠.

나 아, 맞아요. 그런데 선생님 제가 좀 좋아졌다고 느끼는 게, 선생님이 지금 하신 말씀대로 정확히 인지했어요. 내가 왜 그럴까? 하고 생각을 해봤는데, 그래요. 진짜 슈퍼 갑질을 하면서 모든 이의 지탄을 받고…… 그게 제가 원하는 삶은 아니에요. 그런데 저는 제 자신을 '나는 다른 사람한테 내 감정을 잘 이야기 못 해, 나는 찐따 같애, 나는 호구야' 이런 식으로 규정해요. 실제로는 그렇지 않으면서. 그러니까 자꾸 과거의 내 모습은 지금의 내 모습이 아닌데, 그런 구린 모습이 '사실 진짜 내 모습이야!'라고 생각하게 돼요. 그러다 보니 오히려 감정을 조절하지 못하고 확! 내지르는 사람을 부러워하고, 분노를 터뜨리는 사람들을 동경하고 지향하는 방식으로 늘 생각하게 되더라고요. 다른 사람들은 반대일 텐데…….

선생님 네, 세희 씨도 반대일 거예요.

나 정말요? 그런데 왜 이러는 걸까요?

선생님 원래 내가 극단에 있다 보면 상대적으로 저 멀리 반대편만 보일 수밖에 없겠죠. 젊음이란 건 좌충우돌하잖아요. 삶도 그렇고요. 하지만 경험이 쌓이다 보면 꼭 이걸 반대로만 볼 게 아니라 어떤 중간 지대로 볼 수도 있는 거고(중간 세계 도대체 언제 생기니?), 나이가 들면서는 어떻게 보면 조금 비겁해 보이는 부분도 생길 수 있어요. 사실 가장 중요한 건 내가 편한 길을 찾는 거죠. 세희 씨도 지금은 '이렇게 해야 해, 저렇게 행동해야 해' 하시지만 시간이 지나면서 '이쪽도 이해되고, 반대쪽도 맞지만 나는 이 방식이 편해'라고 생각할 수 있어요. 이미 그런 길로 가고 있지 않나 싶고요. 나중엔 무례한 기자를 만나도 감정의 동요 없이 '그 사람 태도가 좀 별로더라' 정도로 이야기할 수도 있죠. 아무튼 대처 잘하셨어요.

나 지금은 너무 극단적이어서 오히려 분노를 폭발시키는 사람을 동경하게 되는 거죠?

선생님 그렇죠. 지금 내게 없는 모습이니까. 하지만 그 모습을 동경하다가 실제로 행하게 되면 또 '내가 왜 이렇게까지 했지?' 하면서 자책할 수도 있겠죠.

나 아…… 그러게요. 딱 비슷한 사건이 있었어요. 집이 같은 방향이라서 애인이랑 애인 친구와 같이 차를 타고 갔었거든요. 친구 분이 남자인데, 키도 크고 덩치도 커요. 그리고 엄청 다혈질이래요. 나쁜 사람은 아닌데 약간 화나면 눈이 돌아가는 스타일? 그날 운전 중에 어떤 사람이 난폭 운전을 하면서 오히려 저희 차에 대고 화를 냈는데, 애인이 좀 화가 나서 브레이크를 확 밟고 약간 겁을 줬어요. 그랬더니 그 사람이 옆에 붙어서 소리를 지르고 욕하고 난리를 치는 거예요. 그런데 애인은 그렇게 한 거 자체로도 좀 후회를 했대요. 자기 혼자 탄 것도 아닌데 성질부렸다 생각하면서 친구랑 저에게 미안하다고 했는데, 옆에 있던 친구는 너무 화가 났나봐요. 갑자기 창문을 열더니 "야, 시발새끼야 개새끼야" 하면서 엄청 욕을 하는 거예요. 저는 깜짝 놀랐어요. 그런데 친구도 아차 싶었는지 가는 내내 사과를 하고 자책을 하더라고요. 이런 내가 나도 싫다고.

그런데 저는 오히려 부러운 거예요. 내가 만약에 저 사람처럼 남자고 덩치가 크다면 나도 저렇게 할 수 있을 거 같은데……. 사실 자기가 어느 정도 완력이 있기 때문에 그렇게 할 수 있다는 걸 본인은 알고 있을까? 이런 생각이 들더라고요. 그리고 제가 이십 대

초반에는 더 극단적이어서, 조그맣고 어리다고 무시당하는 게 너무 싫어서 남자들한테 더 미친년처럼 굴고 그랬거든요. 그러다가 술자리에서 시비가 붙어서 남자한테 맞은 적이 있어요. 얼굴 다 멍들고요. 그때 공포심을 느꼈고, 다음부터는 성질을 죽이게 되더라고요. 그러면서 상상을 하는 거죠. 내가 만약에 조수석에서 저 아저씨한테 똑같이 쌍욕을 했다면 저 사람이 날 안 쫓아왔을까? 쫓아와서 나를 정말 해하지 않았을까? 사실 우리가 인원수도 많고 덩치 큰 사람도 있고 하니까 그 아저씨도 욕만 하다가 자기 갈 길 간 건 아닐까? 이런 생각이 들더라고요. 이 생각이 잘못된 거라는 거, 저도 알아요. 알면서도 '내가 못 그래, 그러지 못하는 위치야, 남자가 더 권력자인 거야' 이렇게 생각을 하니까 나도 저렇게 하고 싶어, 나도 저렇게 살고 싶다는 생각을 하게 되고…….

선생님 누구나 그렇게 하고 싶은 마음은 있죠. 운전하는데 누가 나를 열 받게 했을 때, 본능적으로 욕도 하고 싶고 그렇지만, 그 순간 이성의 끈이 있잖아요. 상대방이 머릿수가 많은 건 아닐까. 뭐 몸에 문신이라도 있나……. 요즘엔 문신 토시도 있더라고요?(뜬금) 그렇게 계산을 하면서 행동하게 되잖아요.

나 저는 사실 그런 남자들이 있으면 너무 무섭거든요? 그런데 그 무서운 마음이 너무 비겁하고 바보같이 느껴지는 거예요. 너 어차피 무서워서 말 못 하는 거잖아! 이렇게요.

선생님 아니요, 아주 자연스러운 마음이에요. 물론 누구나 강해지고 싶다, 힘이 있었으면 좋겠다는 소망이 있긴 하겠지만, 그게 꼭 폭력적으로 나타나지는 않죠. 지금 세희 씨 마음 상태로는 무슨 무법 지대가 있다면 내가 총을 들고 다 쏴 죽여버리고 싶다는 마음이 들 수는 있는데요(터짐). 이성이 있으니 참잖아요. 내가 이걸 했을 때 저 사람이 고발한다면? 내가 맞는다면? 이런 식으로 합리화를 하게 되죠. 이런 합리화 없이 순간적으로 눈이 돌아서 폭력적인 성향을 보이는 분들이 병원 많이 와요. 특히나 술 문제가 같이 엮이는 경우도 많고요. 폭력적인 것과는 다르게 뭐 길거리에서 이상형을 봤어요. 그럼 와, 만나고 싶고 손잡고 싶고 뽀뽀하고 싶다는 생각이 들 수도 있지만 참잖아요. 자연스럽게 드는 감정을 자책하지 말고 받아들여도 괜찮아요. 오히려 건강한 생각일 수 있어요. 열받아 죽겠는데 그 사람이 아름다워 보인다고 생각하지 않으니까요.

나 맞아요. 그냥 누군가한테 무서움을 느끼고 기죽는 저를 많이 비난하는 거 같아요.

선생님 하지만 욕구라는 게 꼭 무서움만 느끼는 건 아니에요. 어떤 경우에는, 아까 여성에 대해 말씀하셨지만 강한 것에 대한 동경이 있다 보면 거기서 더 나아가서 여성 인권이나 약자에 대해 더 생각하게 되고, 그런 식으로 나의 욕구나 보상적 욕구를 다른 방향으로 풀 수 있는 거예요. 어쩌면 그게 내가 살아가는 하나의 원동력이 될 수도 있을 거고요.

나 그러네요. 그렇게 좀 건강하게 다른 방향으로 갔으면 좋겠어요.

선생님 충분히 건강하게 하셨어요. 그리고 꿈이라는 건 내 모든 욕망이 해소될 수 있는 공간이에요. 그걸 현실로 가져오는 거랑은 다른 문제지만요.

나 그런 꿈을 꾸는 게 문제가 있거나 건강하지 못한 게 아닌 건가요?

선생님 오히려 건강하다고 볼 수 있어요.

나 오, 저는 맨날 내 무의식은 쓰레기야……. 이렇게 생각했거든요.

선생님 꿈이기 때문에 할 수 있으니까요. 대신 일상에서는 꿈이 아니라 글로 풀 수도 있는 거고. 여러 가지 대안이 있겠죠. 그리고 그 기자와 인터뷰했을 때 상대를 나쁘게 보지 않았다는 측면에서 사람을 상대하는 세희 씨의 이해의 폭이 넓어져서, '아, 저런 사람 정도는 커버가 가능했구나' 이런 식으로 생각하셨으면 좋겠어요.

나 아, 그럼 진짜 좋았겠는데, 그게 맞았는데. 그래서 기분도 안 나빴었는데 오히려 친구가 그 이야기를 하니까 갑자기 모든 게 흔들렸어요. 그런데 오히려 진짜 좋은 걸 수도 있네요. 그 정도는 상대할 수 있는 힘이 있다는 게. 그거 외에는 다 괜찮았고, 오늘도 산책하면서 햇빛도 쬐고 저 자신과 대화하면서 마음을 가라앉혔어요. 근 2주간 좋은 일들만 있었고 잘해왔는데 이번 사건 하나로 너 자신을 그렇게 책망하냐고, 잘한 거는 칭찬해주지도 않으면서. 이렇게 대화했어요.

선생님 좋네요. 그리고 왕창 무너졌다는 거 치고는, 생각해보세요. 낮에 쓰러져 잤다고 하더라도, 수면제 먹고 자야겠다고 하는 것과 나 약 먹고 죽어버릴 거라고 생각하는 건 다른 문제잖아요. 결국 '이 정도로 내가 죽을 만큼의 스트레스는 아니다'라는 걸 의미할 수도 있거든요. 예전에는 이 정도 스트레스였으면 죽을 만큼 힘들었을 텐데, 내가 여태까지 노력해서 만들어 놓은 삶을 기껏 너 따위가 무너뜨린다고? 말도 안 돼, 하면서 자는 걸로 푸는 거죠. 이렇게 생각했다고도 볼 수 있으니까요. 발전한 거죠.

나 맞아요. 그 기자 때문에 죽는다기보단 그냥 내가 너무 싫어서, 자기혐오 때문에 죽으려고 했겠죠. 죽고 싶어 했겠죠. 그런데 그게 아니었으니까 많이 좋아졌다고 느꼈어요.

선생님 다행이에요. 계속 좋아지고 있네요.

나는
좋아지고 있다

힘든 한 주를 보내기는 했지만 좋아지고 있는 걸 느낀다. 내 감정을 컨트롤할 수 있고, 회복력도 빨라졌다. 합리화도 꽤 할 줄 안다. 아직 내게 취약한 부분(이상하고 나를 하대하는 사람들, 나를 기죽게 하는 사람들)에서는 아주 쉽게 무너짐을 느끼지만 그래도 예전에 비하면 빠르게 회복되는 편이다.

그런 사람 때문에 죽지는 않을 거라고 생각하는 점, 옛날이었으면 그런 사람뿐만 아니라 그런 사람에게 당하는 내가 너무 싫어서 죽으려고 했을 텐데. 친구도 자기혐오라는 나쁜 선택을 했을까 봐 두려웠다고 했다. 금방 돌아와서 다행이라고.

나는 이제 화살을 상대에게로 돌릴 줄 안다. 네까짓 것 때문에 나를 파괴하지는 않겠다고 생각한다. 내 삶과 나 자신이 그렇게까지 보잘 것 없고 하찮지는 않다고, 인지한다. 내가 나를 과하게 검열하는 게 아니라 마치 제삼자를 보듯이 너그럽고 이성적으로 나를 관찰하고 정확하게 판단할 줄 안다.

정말 많이 좋아졌구나. 1권 때처럼 똑같은 이야기를 반복하지 않을 수 있어서 좋다.

21주

남이 나로 살아본 것도 아닌데

얼마 전 별자리 점을 보러 갔다.

사실 사주나 타로 점 같은 걸 믿지 않았는데, 편입 시험을 앞둔 암울했던 시절 언니와 홍대 타로 카페에 간 적이 있다. 타로 점을 봐준 할머니가 내 현재 상황을 묻더니 '절대 원하는 대학에 합격하지 못할 것'이라고 말했기 때문이다. 어떻게 절대라는 말을 그렇게 쉽게 쓸 수 있을까. 원하는 대학에 합격했기 때문에 더 화가 났다.

그랬던 내가 작년에 친구의 추천으로 별자리 점을 보러 갔다. 그 당시엔 맞는 것도 있고 아닌 것도 있었고, 미래에 대한 이야기는 일어나지 않은 일이기에 잊어버렸다. 그러다 그해 겨울 우연히 그때 녹취한 글을 읽는데, 정확하게 맞아떨어진 부분이 정말 많았다. 그래서 이번 여름에 다시 애인과 함께 보러 갔다.

나는 작년에 봤으니 비슷한 이야기였고, 애인은 머리가 엄청 좋은, 언변의 달인이라고 했다. 언니의 부탁으로 언니 것도 보았는데 팜므파탈에 머리가 정말 뛰어나게 좋다고 했다. 둘 다 나보다 훨씬 좋은 사주였다. 어느새 난 나와 애인 중에 누가 더 머리가 좋은지 묻고 있었다. 점술가에게 애인이 낫다는 말을 듣자 기분이 나빠졌다.

사실 나는 내 머리가 나쁘다고 생각한다. 그리고 머리 좋은 사람들이 부럽다. 말귀를 잘 알아듣고 상황파악도 잘하고, 뭐든 가장 최선의 방법을 찾아내는 사람들. 사주나 타로 점 같은 걸 믿지 않는다던 나는 어느새 점술가의 말에 완벽히 현혹되었고, 문득 나는 역시 다른 사람한테 영향을 쉽게 받는, 나만의 단단한 뿌리가 없는 사람이라는 생각에 고통스러웠다.

선생님　어떻게 지내셨어요?

나　별로 기분 좋지 않게 지냈어요.

선생님　무슨 이유가 있었나요?

나　사건이 있었어요. 요즘엔 어떤 영향을 받아도 예전보다는 덜 앓는 편이긴 한데, 어제 별자리 점을 보러 갔어요. 작년에 봤었는데 너무 잘 맞았거든요. 그래서 1년이 지난 어제 애인이랑 보러 갔어요.

선생님 별자리 점은 어떻게 보는 건가요?

나 태어난 시간, 장소, 날짜가 들어가요. 아무튼 제 별자리 점이 너무 잘 맞다 보니 거의 맹신하게 된 거예요. 프로그램을 돌려서 하더라고요? 애인 성격과 사주에 대해 말해주는데 너무 똑같은 거예요. 남의 말 잘 안 듣는 스타일이고 사자, 왕, 대장 사주. 절대 지는 거 싫어하고. 한번 하면 끝장을 보고. 아무튼 평이 엄청 좋았어요. 그냥 선생 사주라서 저랑은 잽이 안 된대요. 제가 학생이래요. 그 말에 약간 동의를 했던 게, 애인이 저를 강하게 대하지는 않아요. 저는 약간 남혐이 있어서 남자를 찍어 누르려는 성향이 있거든요? 괴롭히고 누르고, 내 마음대로 하려고 하는 게 있었어요(미친 사람). 애인한테도 초반에는 그랬는데, 서서히 걔를 함부로 대하지 않게 되더라고요. 존중하게 돼서 안정적으로 만나고 있어요.

그리고 저는 저한테 그런 면이 없어서 그런지 교주 같은 사람들한테 끌리는 경향이 있어요. 기가 세고, 자신감 넘치고, 확신에 차 있고, 말 잘하는 사람들이요. 그런데 언니가 자기도 봐주면 안 되냐고 연락이 와서 대신 봐줬는데, 언니 머리가 정말 좋다고 이야기하더라고요. 저한테도 머리가 좋은 편이라고 했거든요? 그래서 제가 "그럼 셋 중에 누구 머리가 제일 좋아요?" 물으니까 언니가 제일 좋대요. 그럼 "애인이랑 나는요?" 물으니까 "애인이 낫지~" 이러는 거예요. 약간 짜증났어요. 자존심 상했거든요.

선생님 자존심 상했다고요?

나 네. 자존심이 상했어요. 저는 제 머리가 나쁘다고 생각해서 그런 거 같아요. 자격지심이 있어서. 그런데 애인은 재미로 보는 거니까 전혀 영향도 안 받고 신경도 안 쓰더라고요. 저는 완전히 영향을 받아서 여기 대박이라고 하던 상황이었고요. 그래서 그 별자리 점을 소개해준 친구한테 이야기를 해주다가 제 머리가 제일 나쁘다는 이야기를 했어요. 그랬더니 친구가 "네가 막 머리 좋고 그런 스타일은 아니지ㅋㅋ" 이러는 거예요. 기분 나빠서 애인한테 그 이야기를 했더니 "지는 뭐 얼마나 잘났나 보고 싶네~" 이러더라고요. 그런데 계속 기분이 나빴어요. 그래서 자기 자신과의 대화를 또 시도했거든요? 기분 나쁠 만했지만 걔 말에 영향받아서 내 머리가 나쁜 거라고, 내가 그런 사람이라고 생각하지는 말자. 그건 무례한 걔 잘못이니까. 이런 식으로 좀 구분해서 정리하니까 마음이 좀 나아졌는데, 그래도 내가 거기다 대고 정색하면서 네가 뭔데 내 머리가 나쁘다 뭐다 평가해?! 이렇게 말할 분위기가 아니어서 넘어갔거든요. 그런데 그때 왜 화내지 못했을까, 왜 내 머리가 안 좋다고 생각했지? 이런 게 궁금했어요.

선생님 만약에 머리가 제일 좋다는 이야기를 했다면요?

나 그럼 기분 좋았겠죠.

선생님 단순히 기분이 좋았을까요? 이 사람 정말 정확하다고 신뢰하면서?

나 그게 무슨 말씀이세요?

선생님 상대방이 내가 머리가 좋은지 나쁜지 테스트를 해본 게 아니잖아요. 태어난 장소와 시간만 가지고 당신은 머리가 제일 좋을 거예요, 라고 한 거잖아요.

나 그건 그런데, 그 친구가 저한테 머리 좋은 스타일이 아니라고 한 게 화났던 거예요. 걔가 왜 저를 그렇게 생각하는지 모르겠어요.

선생님 그게 큰 의미가 있는 이야기였을까요? 별자리 점 보는 사람도 세희 씨가 머리 좋고 나쁜 것에 가장 관심을 보이면서 이야기를 하니까, 저 같아도 그렇게 물어본다면 "옆에 분이 더 좋아 보여요~"라며 장난 섞인 말로 할 수 있을 거 같은데요.

나 그건 너무 나 편한 대로 생각하는 거 아닌가요?

선생님 예를 들어서, 이 사건은 신뢰도를 논할 거리가 아니라는 생각은 들지만요. 세쌍둥이가 태어나서 별자리 점을 보러 가면 세 명의 지능이나 성향이 똑같아야 하는 거잖아요? 그런데 과연 그럴까요?

나 그래도 얘는 머리가 좋고 얘는 나쁘고, 이런 식으로 이야기하는 건 기분 나쁘잖아요.

선생님 세희 씨가 직접 물어봤잖아요.

나 저한테는 머리가 좋은 편이라는 식으로 이야기를 했는데 애인이나 언니한테는 와, 머리가 기가 막히게 좋다고 하니까 물어본 거죠(왜 확인 사살을).

선생님 흔히 말하는 머리가 좋다는 기준이 굉장히 모호하잖아요. 아이큐가 높은 게 머리가 좋은 걸 수도 있고, 눈치가 빠른 것도 될 수 있고요. 그런데 별자리 점을 봐주는 그분을 만났을 때 세희 씨에게는 '난 당신을 무조건 신뢰합니다'라는 믿음이 탑재되어 있으니까, 이미 약자가 되어버린 거 같아요. 그 사람은 세희 씨한테는 무슨 이야기를 해도 다 믿겠구나 여길 수밖에 없죠.

나 아……. 애인도 장난치더라고요. 저는 그냥 그 사람을 맹신하고 있다고, '거의 메시아지 뭐' 이런 식으로요. 그래서 애는 그런 거에 영향 안 받으니까 오히려 그 사람이 약간 짠해 보인다고 하더라고요. 이런 말을 했어요. 애인이 언변이 좋고 머리가 좋고 아이들을 가르치는 입장이라고 하니까, 그 사람이 "아, 재능 없고 잔챙이 같은 애들 가르치면 스트레스 많이 받을 텐데~" 이런 식으로 말하더라고요. 그런데 애인은 그렇게 생각하지 않거든요? 저 사람은 사람이 정해진 대로 살아야 된다는 생각을 갖고 있는 거 같은데, 난 사람은 과정이 있다고 생각하기 때문에 저 사람의 고정된 생각이 짠하게 느껴진다고 하더라고요.

선생님 그건 과연 그 사람한테만 하는 이야기였을까요?

나 그럼 나한테 한 얘긴가요?

선생님 약간은? 그냥 재미로 보자 이런 말 같아요. 보통 점이 그렇잖아요. 팔자가 정해져 있다고 하는, 나의 노력은 무의미해지는 거죠.

나 선생님은 제가 이런 거에 신경 쓰는 게 웃긴 거죠?

선생님 물론 들었을 때 기분 좋고 할 수는 있는데요, 여러 가지 의견 중에 참고 자료 정도로만 받아들이면 좋겠어요. 제 경험담 하나 말씀드리면, 잘 알던 친구가 점 보는 걸 엄청 좋아했어요. 그 친구는 자부심이 컸어요. 사실 사주팔자라는 건 어딜 가나 비슷한 이야기를 할 텐데, 아무튼 한결같이 자기는 사주가 엄청 좋다는 이야기를 입에 달고 살았어요. 이 친구랑 연락이 한동안 안 되다가 오랜만에 연락이 되어서 이야기를 하는데, 알고 보니 부모님이 지금껏 태어난 시와 날을 다르게 알려줬다는 거예요. 일부로 사주가 좋은 날짜를 알려주셨던 거죠. 그럼 이 친구가 점을 본 게 몇백 번은 됐을 텐데, "나는 복을 타고났어, 너무 좋은 날에 태어났어"라고 했던 부분이 지금은 어떤 의미가 있냐는 거죠. 아무리 유명한 신점을 보러 갔어도 당신은 이때 태어난 게 아닌 거 같다는 이야기를 들은 적도 없었고요. 어떻게 보면 피암시성이라고 하죠? 피암시성이 발달하면 내가 중요시하는 부분들을 더 귀 기울여 받아들이는 거 같아요. 내가 노력할 수 있는 부분이 있잖아요? 세희 씨가 자신과의 대화를 통해서 상처를 메꾸려고 하는 것처럼. 오히려 그 부분을 더 높게 평가했으면 좋겠어요. 내가 태어난 시와 장소를 통해 나온 결과보다는요.

나 그러면 친구의 말에 신경 쓰는 건요?

선생님 그 친구의 이야기에는 다른 의미가 있을 수 있죠. 정말 친하기 때문에 장난을 쳤다든가.

나 저는 저를 멍청하게 생각한다고 받아들였어요. 그렇

게 느껴졌어요. 제가 오랜만에 자책을 했는데요. 그냥 이런 생각이 들었어요. 나는 너무 뿌리가 약하고 잘 휩쓸리는 사람이라는 자책이요. 제가 너무 싫었던 게, 어제 별자리 점을 보고 나니까 갑자기 애인이 무서운 거예요. 나는 나와 동등한 인격체로 편하게 대했는데 사실 상대는 굉장히 센 사람이고, 나는 약한 사람인데…… 그런 식으로 영향받는 거 있잖아요.

선생님 세희 씨가 점술가한테 권리를 줘버렸다고 생각해요. 판단할 수 있는 권리를. 충분히 내가 판단할 수 있는 기준이 있고, 내가 애인을 겪은 시간이 더 많잖아요. 심지어 데려가지 않더라도 날짜만 보고 판단하는 거잖아요.

나 그러니까요. 내가 그 사람이랑 보낸 시간이 이렇게나 많은데, 왜 그 사람이 조그마한 증거로 나에 대해 말하는 것에 이렇게 연연하는지. 그게 정말 화가 났어요. 또 애인은 전혀 신경 쓰지 않는데 왜 나는……? 이렇게요. 원래는 점 같은 거 보지도 않았으면서 갑자기 별자리 점에 빠져들어 한심한 사람이 되어버린 느낌이에요(이미 한심).

선생님 내가 노력하고 만들어낸 부분들을 다시금 생각해봤으면 좋겠어요.

나 네. 그런데 저는 굉장히 강해지고 싶어 하잖아요. 그러니까 늘 언니나 애인 같은 사주를 원하는 거죠. 내가 왕, 대장이 되고 싶은 거. 나한테 그런 게 없으니까. 그리고 평소에 강한 사람들에게 끌리는 게 제가 그렇지 않기 때문이거든요. 내가 그런 사람이 아닌 게 싫고, 약한 사람인 거 같고, 그래서 기 세지도 않으면서 기 센 척하는 거 같고 그래요.

선생님 누구나 강해지고 싶어 하죠. 튼튼하고 완벽해지고 싶은 욕구가 있겠죠. 이왕이면요. 그런데 그 방법을 취할 때, 조금은 더 과학적이고 합리적인 방법을 취하면 어떨까요. 경험을 믿었으면 좋겠어요.

자신을
증명하려는 욕구

나를 초라하게 만드는 사람들이 있다. 이를테면 자기 이야기만 하거나, 자기 이야기를 하면서 내 에너지를 누르거나, 자기 이야기를 하면서 나를 상처입히는(물론 나도 누군가에겐 이런 사람일 수 있다. 아니기를 간절히 바라지만). 그런 사람들을 만나면 그냥 잠시 분노하면 그만인데 나 역시 나를 초라하게 느끼는 게 문제겠지. 왜일까?

그런 사람들은 나를 조각상처럼 여기는 듯하다. 동등한 인격체가 아닌 사물, 아니면 나를 자신보다 모자란 사람이라고 생각하거나. 자신은 정답이고 명료하고 깔끔한데 비해 눈앞의 나는 자질구레하고 불안정하고 답이 없어 보이는 거겠지. 피해의식일까.

어쨌든 나는 들어주기만 하는 걸 못 견디는 사람이다. 내 이야기를 하는 걸 좋아하고, 나에 대해 묻지 않는 사람과는 만날 이유가 없다고 생각하는 쪽이다. 한쪽만 들이붓는 건, 그냥 벽 보고 이야기하는 것과 다를 바가 없지 않나.

자기 자신을 표현하면서 남보다 자신이 낫다는 걸 끊임없이 증명하려는 사람들을 보면 피곤하다. 그 에너지에 앓아 눕게 된다. 그러면 나라도 입을 좀 다물면 좋으련만, 나는 질세라 떠든다. 더 많이, 더 자극적으로, 더 주목받을 이야기를 만들어서라도. 사실 그 자리엔 나와 그 사람 둘 뿐인데.

둘 중 누가 더 피곤할까?

나지? 나겠지. 아마도 나일 거야.

그래서 오늘도 이틀째 앓아눕는다.

나도 내가 피곤하다.

22주

주위선도 솔직함도 온전히 나답게

선생님 어떻게 지내셨어요?

나 그럭저럭 지냈어요. 생각해볼 만한 사건은 있었고요.

선생님 어떤 사건이요?

나 사건이라기보다는 의문인데, 제가 좋아하는 작가 언니가 있거든요. 온라인으로만 오랫동안 친하게 지내다가 처음으로 만남을 가졌어요. 재미있었어요. 그런데 저는 낯선 사람을 만날 때 사교적으로 행동하거든요? 웬만하면 잘 웃고, 친절하게 대하고 리액션을 취하는 걸 굉장히 잘해요(잘하고 싶을 때뿐이지만). 그날도 아무렇지 않게 그렇게 했어요. 그 언니도 친절해요, 예의 바르고. 그런데 과도하게 친절하고 상냥하게 대하지 않더라고요. 그게 전혀 불편한 건 아니었고요. 그날 돌아오면서 많은 생각이 들었는데, 내 상냥함은 훈련된 게 아닐까? 물론 내가 사람들에게 상냥하게 대해서 내 기분이 좋을 때도 있지만, 집에 돌아오면 굉장히 피로할 때도 많거든요? 그러니까 사실 난 그렇게 하고 싶은 게 아닌 거야(갑자기 반말). 싸가지 없게 하고 싶은 건 아니지만 굳이 분위기를 맞춰주려 웃고 상황을 좋게 만들려고 애쓰고 싶지 않은 거예요. 그런데 제가 그렇게 해야 주변 사람들이 편하니까 웬만하면 좋게 좋게 넘어갔던 거 같아요. 왜냐하면 낯선 사람들 앞에서는 말을 잘 못하는 사람들도 있잖아요. 그런 사람들과 만나면 제가 분위기를 주도하거든요. 사실 그렇게 하고 싶지 않은 거죠. 집에 돌아오면 힘들고 지치고. 그래서 제 상냥함이 오래 전부터 쌓여오고 학습된 것이 아닐까, 하는 생각이 들었어요. 이젠 사람들한테 예의 없게가 아니라 웃고 싶지 않을 때는 웃지 않고, 굳이 맞춰주고 싶지 않다는 생각이 들더라고요.

선생님 지금은 돌아오는 길에 이런 감정을 느꼈다고 했잖아요. 평소에 상냥하게 대하면서도 이런 감정이 들 때가 있었나요?

나 네. 하면서도 느낄 때가 있어요. '아, 조금 피곤하다'

라는 느낌을.

선생님 어쩌면 상대방이 내게 기대한 모습만큼요?

나 네, 상대는 안 그러니까. 얘가 나한테 싸가지 없게 하는 건 아니지만 나처럼 맞춰주고 눈치보고 그러지 않네? 얘는 원래 자기 모습대로 자유롭게 하네?(물론 나만의 생각이겠지만) 그런데 나는 왜 이렇게 애쓰고 있지? 이렇게요.

선생님 그 언니 분이 싸가지 없게 느껴지지는 않았나요?

나 전혀요. 좀 자기중심적이라는 느낌은 받았어요. 저 사람은 자기 마음대로, 자유롭게 행동하는 편이라서 오히려 옆에 있는 사람들이 조금 맞춰주지 않을까 하는 생각이 들었고요. 그래서 조금 속상한? 불편한 마음이 들었어요. 왜냐하면 나는 내가 맞춰주는 쪽이니까요. 저도 누가 나한테 맞춰주는 게 좋거든요. 그러니까 제가 가장 편한 사람, 예를 들면 애인과 가족, 친한 친구들은 저한테 많이 맞춰줘요. 낯선 사람들 앞에서만 달라지는 거죠(이게 나의 가장 싫은 모습이다).

선생님 나와 가까운 사람들이 나한테 맞춰주기까지 내가 어떻게 했을까요?

나 그 사람들한테는 솔직하게 대해요. 가족들은 가족이

니까 그럴 거고…… 아, 친해질 때요? 친해질 때는 맞추죠.

선생님 처음에는 다 맞추잖아요.

나 다들 그런가요?

선생님 세희 씨는 처음에는 맞추다가 친한 사람들에게는 그러지 않는다고 했잖아요. 어떤 과정을 거쳐서 그렇게 할 수 있는 거예요? 친해지는 과정에서 갑자기 하루아침에 "오늘부터 너에게 맞춰주지 않을 거야"(터짐) 이러지는 않을 거잖아요.

나 음……. 천천히 내 주장을 하기 시작하는 거 같아요. 아, 사실 잘 모르겠어요.

선생님 내 주장을 하기 시작하면서 혹시 멀어진 사람이 있나요?

나 사실, 아까 머리 나쁘다고 했던 친구를 제외하고는 제 진짜 모습을 보여줄 만큼 친해진 사람이 없어요. 최근에는요. 친구가 없어요. 지금 친구들은 워낙 옛날 친구여서……. 서로에 대해 알아가면서 저절로 조율하며 맞춰주게 되었고요. 그 외에는, 이런 과정을 거치면서 단계별로 깊이 친해지게 된 사람이 아예 없어요. 그리고 애인한테는 초기에만 맞춰요. 알아가는 단계일 때.

선생님 누구든 처음에는 다 알아가는 단계였잖아요. 세희 씨가 그냥 노력한 거라고 생각했으면 좋겠어요.

나 왜 노력해야 하죠?(정색)

선생님 누구나 하잖아요.

나 다 그런가요?

선생님 네. 노력하는 정도가 다를 수는 있죠. 하지만 이번에는 어쩌면 동등한 관계가 아니라서 그랬을 수도 있고요. 또는 동등한 관계인데 왜 나만 이렇게 무리를 하고 있지? 라는 생각이 들어도, 사실 우리가 사회생활을 하다보면 정도의 차이는 있지만 조금은 내 진짜 모습을 감추고 배려를 하거든요. 내가 해온 기본적인 노력들을 일반화시키면서 자신을 비난하는 데 쓰지는 않으셨으면 좋겠어요.

나 제가 피해자이고 약자인 것처럼요? 늘 그런 경향이 있죠? 왜 그럴까요? 그놈의 자존감이 낮아서?

선생님 그 원인을 따지기보다는요, 오히려 사교성이나 상냥함이 내 장점일 수 있잖아요.

나 제 그런 모습이 부럽다는 사람도 있어요. 애인도 제가 공감 능력이 높아서 사람들을 깊이 있게 이해하고 함께 웃고 울어줄 수 있는 게 부럽대요. 자기는 아무리 이해하려고 해도 한계가 있다고요. 그런데 저는 제 안에 너무 많은 타인이 있는 거 같아서 그게 싫거든요.

선생님 맞아요. 많은 타인이 있는 거 같아서 싫은 점도 있을 거 같아요. 약간 차가워보이긴 하지만 예의는 있던 그 언니분은 어쩌면 집에 가면서 '저 사람은 처음 보는데도 잘해주더라' 하고 생각할 수도 있잖아요. 관계라는 게 영원히 그대로 유지되는 것도 아니고요. 애인이나 옛날 친구들이랑 친해지는 것처럼 처음에는 내가 그랬지만 두 번째에는 내 주장도 조금 더 하고, 세 번째에는 그보다 조금 더 하면서 관계를 맺을 수 있는 사람들이 있었고 지금도 있다는 게 중요하지 않을까 싶어요(지금도 있을까? 더 깊은 관계로 나아갈 수 있는 사람이?). 물론 타인과의 관계 속에서 불안감이 커지면 내 모습을 숨기고, 그 사람이 원하는 모습대로만 한 거 같아서 의심스럽거나 내 자존감이 떨어질 수는 있어요. 그건 절제해야 할 부분이 맞고요. '내 주변엔 어차피 아무도 없어. 하지만 이 사람은 날 구원해줄 수 있는 사람인 게 아니라, 얘 없어도 예전이랑 똑같아' 그 정도로만 생각을 하면 좋겠어요.

나 그냥 가볍게요? 네, 그렇게 하도록 노력할게요. 그리고 마지막으로 하나 말씀드릴 게 있어요(끝없이 나오

네). 제가 고등학교 때 자존감이 많이 낮았잖아요. 그래서 자기비하를 굉장히 많이 해서 친구들한테 그 말을 되게 많이 들었어요. "아, 또 자기비하 해" 지금은 그 정도로는 안 듣게 됐으니까 좀 나아지긴 한 거죠? 자기 자신을 계속 비하하다 보면, 남들까지 나를 비하해도 된다고 여기게 되는 거 같아요. 제가 그걸 민감하게 여기지 않으니까. 그래서 저는 그 친구가 저를 많이 무시한다고 느꼈어요. 예전에 말씀드린 것처럼 고3 때 독서실에서 밥 먹고 초콜릿을 먹고 있으니까 "그러니까 살찌지" 이러면서 들어갔던 친구. 아주 사소한 일일지라도 저에겐 큰 상처로 남았고, 그 외에도 여러 기억이 있어요. 하지만 저는 그걸 기분 나쁘다고 말하지 못했어요. 친구들이 습관적으로 제게 소심하다고 이야기했거든요. 또 소심해보일까 봐 말을 못 한 거죠. 그 마음만 쌓아오다가 '아, 얘가 나를 무시하는구나. 연락하지 말아야겠다' 결정하고 극단적으로 연락을 끊었어요. 저랑 굉장히 친한 친구이긴 했거든요? 그래서 당황했던 거 같고요. 그런데 3주 전인가 인스타그램으로 다이렉트 메시지가 왔어요. 그리웠는데 용기가 안 나서 이제야 연락한다는 식으로요. 보면서 많은 생각이 들었어요.

그래서 정말 오래 고민하고 담아왔던 이야기를 솔직하게 써서 보냈어요. '네가 나를 무시한다고 생각했다……'라는 이야기를요. 그 아이를 다시 만나면 저는 다시 열아홉 살 때로 돌아가서 그 아이는 나를 무안하게 하고, 나는 또 아무 말도 하지 못하고 눈치만 보게 될까 봐 무서웠거든요. 나중에 답장이 왔는데, 자기는 정말로 몰랐다고 솔직하게 말해줘서 고맙다고 하더라고요. 미안하고, 만나서 제대로 이야기하고 싶다고요. 사실 오늘 그 친구가 운영하는 가게에 가요. 좀 겁이 나요.

선생님 대단하시네요.

나 엥?

선생님 대단하시다고요. 어쨌든 솔직하게 이야기를 다 하셨잖아요.

나 그게 대단한 건가요?

선생님 그럼요. 원래는 소심하게 볼까 봐 하지 못했던 말들을 다 꺼내놓았잖아요. 이런 게 필요해요. 내가 이야기했을 때 상대방의 반응은 예상할 수 없었어요. 이 친구처럼 좋은 반응이 올 수도 있을 거고, 어떤 친구는 '아, 뭐야 피곤해' 이럴 수도 있고요. 내가 상대방의 반응을 예상하면 할수록 대부분의 사람들은 부정적으로 가게 마련이에요. 하지만 극단적으로 보자면, 내 생각은 이런데 읽어보고 네가 이해 못 하겠으면 더 이상 연락하지 않아도 돼. 내가 거기까지 상처받고 싶지는 않다는 메시지를 보낸 거잖아요. 어릴 때는 상처받아도 대응하지 못하는 사람이었다면, 지금은 할 수 있는 사람이거든요. 어쨌든 내가 생각한 대로 이야기할 수 있으니까요.

나 그러네요. 사실 걔가 미안하다고 해줘서 고마웠고, 답장을 보내면서 후련했어요. 그날 좀 많이 울었어요. 감춰뒀던 상처를 터뜨렸으니까 눈물이 나면서 해소가 되었고, 큰일이 아니었다는 걸 깨달았고 그 친구가 밉지 않아졌거든요. 그런데 오늘은 가는 게 좀 어색하니까 어떤 식으로 대해야 할지도 고민이고요. 요즘 훈련된 상냥함에 꽂혀서 고민 중이니까 그냥 시크하게 해야 하는 건가, 아니면 원래 모습대로 해야 하는 건가…….

선생님 원래 모습이요. 지금처럼 내 이야기를 할 수 있는 상황이라면 예전에 친했던 기억과 느낌은 그대로 가져오되, 부정적인 기억들을 새로운 기억으로 덮어버릴 수도 있을 거예요.

나 네, 그럼 잘 만나고 올게요.

훈련된
상냥함

나는 왜 내게 중요하지 않은 사람들에게 과도하게 친절한지에 대해 생각했다. 그들은 언제든지 날 미워할 수 있는 사람들이기 때문이다. 아주 작고 단편적인 태도 하나만으로도 날 판단하고 싫어할 수 있는 사람들이라서. 반면 나를 사랑하는 사람들에게는 이미 나를 사랑하니까, 미워할 가능성이 낮으니까 사나워진다.

이번에 느낀 건 내 상냥함은 아주 오랜 시간에 걸쳐 학습되었다는 것. 어릴 때부터 얌전해야 한다고 배웠고, 남들에게 친절하게 대해야 한다고 생각했다. 미움받는 것이 싫었고, 따돌림을 당하는 게 정말 두려웠으니까.

하지만 이제 상냥함을 전시하고 돌아온 날은 앓아눕고 만다. 피로감에서 벗어날 수 없다. 나는 누군가가 나를 미워하거나 호감 갖지 않는 것에 대한 두려움, 그 굴레에서 벗어나지 못했고 아마 앞으로도 그럴 것이다. 하지만 난 자유롭고 싶다. 아무도 날 좋아하지 않아도, 욕해도, 철저하게 혼자가 될지라도 이 껍데기를 벗어던지고 싶다. 난 예의 바르고 싶지도 않고 좋은 사람으로 보이고 싶지도 않으며 심지어 좋은 사람도 아니다. 좋은 사람처럼 보이고자 SNS에 달린 댓글에 친절하게 댓글을 달고, 가식은 아니었지만 무리해서 보내는 답장들까지. 낯선 이들을 만날 때 친절한 가면을 쓰고 상대를 대하며 적절한 리액션을 하고 웃고 공감하는 일들.

지치고 피로할 땐 모두 멈출 것이다. 마음이 따라주지 않는다면 언제든지. 나는 오로지 나일 필요가 있다. 그걸 서른에서야 깨닫는, 언제나 한 발자국씩 늦는 내가 싫을 뿐이다. 자기연민만큼이나 심각한 자기혐오, 그러나 이것 역시 나라는 걸 받아들이고 있다.

23주

줏대가 있는 거야, 없는 거야?

운동을 일주일에 세 번 정도 했는데, 상태가 안 좋아지다 보니까 외모에 대한 스트레스가 갑자기 높아졌다. 엄마랑 같이 할머니를 만났는데 엄마가 살쪘다고, 살 빼라고 이야기를 해서 너무 짜증이 났다. 왜 자꾸 나한테 그런 이야기를 하냐고 하니까, 엄마는 진짜 괜찮은데 네가 힘들어해서 말하는 거라고 했다. 자꾸 살에 집착하니까 차라리 그냥 빼버리라며. 그래서 "내가 살에 대한 이야기를 꺼내면 말할 것이지, 왜 아무 말도 하지 않았는데 그런 말을 해서 내 기분을 상하게 하냐"라고 하면서 싸웠다. 할머니한테 안겨서 엄청 울고. 그런데 할머니들은 기준이 다르니 나보고 더 불어야 된다고, 너무 말랐다고 그랬다. 엄마가 살 빼라고 그랬다고 하니까 할머니가 막 화내면서 무슨 소리냐고, 더 빼면 나를 안 볼 거라고 했다. 그래서 내가 울면서 모든 사람들의 기준이 할머니 같았으면 좋겠다고 말했다. 여하튼 사회적 기준이 할머니 세대랑 지금이 다르다 보니 그게 갑자기 너무 힘들어서 3주 동안 다이어트 캠프에 다녀왔다. 단식원은 아니고, 숙식하면서 계속 운동을 시키는 센터다.

선생님 어떻게 지내셨어요, 기대만큼 충족됐나요?

나 살이요? 저 살 빠졌나요? 모르시겠어요?

선생님 얼굴이 작으시고 겨울옷이니까.

나 아, 그래요? 체지방만 4킬로그램 정도 빠졌어요. 선생님, 저 57킬로그램이었어요.

선생님 많이 나가는 건가요?

나 꽤 나가는 거죠. 제 키가 161센치거든요. 일주일 더 연장해서 3주 있었어요.

선생님 효과가 좋아서?

나 거기가 좋아서요. 몇 달 동안 아무 일정 없는 날들을 보냈잖아요, 계획도 없고. 사실 저는 강제성이 주어지면 잘 따르는 편이거든요? 하지만 그런 게 전혀 없으니까. 시간을 잘 나누어서 쓰고 싶은데 잘 안 됐거든요. 거기는 아침 8시부터 저녁 7시까지 일정이 있으니까 너무 편한 거예요.

선생님 심지어 일정이 내 몸을 위한 시간이기도 했고요.

나 네. 와, 하루에 5~6시간씩 운동만 해요. 진짜 힘들었죠. 힘든데 괜찮았어요. 지루한 게 더 힘들어요. 처음 1주는 힘들었는데, 2주 차가 되니까 좋은 거예요. 그래서 한 주를 연장했어요. 한 달 할까 하다가 한 달까지는 못 있겠다 싶어서 한 주만 연장했는데, 막상 3주 차가 되니까 '아, 그냥 한 달 있을걸' 하는 생각이 들더라고요. 처음부터 그랬으면 가격도 더 저렴했을 텐데.

어쨌든 14일 차였던 토요일에 결혼식 갔다가 병원 와서 약만 타고 집에 갔잖아요. 너무 좋을 줄 알았거든요? 그런데 싫은 거예요. 뭐가 싫었냐면 예전처럼 지루하고 힘들었던 때로 다시 돌아갈까 봐, 내가 사랑하는 공간인데도 그때 기억이 되살아나면서 끔찍하게 느껴졌어요. 그리고 강아지들을 제일 사랑하지만 키우는 건 또 다른 일이잖아요. 사랑과 고통이 동시에 오니까요. 사실 강아지 세 마리를 키우다 보니까 제 시간 대부분을 강아지 돌보는 데 할애하거든요?(이 기간에는 본가에서 봐주셨음) 아, 이제 돌아오면 자유가 반으로 줄겠구나 생각하니까 갑자기 답답해졌어요. 애들이 없으니까 너무너무 보고 싶긴 한데 편하더라고요. 마치 엄마들이 잠깐 육아에서 해방되면 자유다! 하는 것 같은 느낌을 받았어요. 하지만 이런 감정들이 드는 게 생리 일주일 전이라서 더 그런 것 같기도 해요.

선생님 나올 때 집에 가면 어떻게 해야 할지 준비를 하진 않았나요?

나 생각했죠. 그리고 2주 차 때 컨디션이 좋지 않았어요, 눈물도 많이 났고. 운동할 때는 괜찮은데, 쉬는 시간엔 30분 정도는 너무 좋다가도 갑자기 또 공허감이 몰려와서 눈물 나고 그랬거든요. 3주 차 때 생리를 시작했고, 적응이 되었는지 괜찮았어요. 그리고 전 혼자 있는 걸 좋아하니까 운동하고 방에 들어가서 쉬고, 밥 먹고 방에 들어가서 쉬고, 이러니까 좋더라고요. 아, 그리고 같이 들어온 스무 살 친구랑 친해졌어요. 다행히 엄청 좋은 애를 만나가지고요.

선생님 잘 지냈네요, 다행히. 얼굴을 돌릴 때 보니까 빠지신 게 느껴지네요.

나 아, 좀 빠졌죠? 그리고 어떻게 보면 마음 아프기도 했던 게, 제 나이 때부터 40대 사이의 사람들이 별로 없더라고요. 한창 직장인 나이의 사람들이요. 상대적으로 시간적 여유가 있는 대학생들이나 취업 전인 사람들, 그리고 아이들이 어느 정도 컸을 거 같은 40대 분들이 많았어요. 사실 직장인들은 갈 수 없거든요. 육아하는 분들도요. 일하느라 스트레스받으니까 자꾸 먹게 되고, 운동할 시간은 없고, 또 일은 해야 하고. 무한 반복이죠. 저도 그랬고요. 지금 이런 체험을 해볼 수 있다는 것 자체가 참 복 받은 거라는 생각도 들었어요.

아무튼 캠프 생활은 좋았고, 돌아오니 너무너무 두려워서 계획을 빡빡하게 세웠어요. 금요일부터 쉬지 않고 움직였어요. 아침부터 헬스장에서 PT를 끊고 은행 가고, 병원 진료 받고 등등. 그런데 너무 지쳤나 봐요. 그저께 완전 방전. 온몸에 힘이 하나도 없는 거예요. 그래서 모든 일정 다 취소.

선생님 할 일이 많은 건 좋은데, 사이사이에 약간의 여유를 주면 좋겠어요.

나 그럴게요. 그리고 요즘 페미니즘 공부를 다시 하고 있어요.

선생님 왜 다시 공부하기 시작하셨어요?

나 캠프에 있을 때는 책을 잘 안 봤어요. 운동에 집중하느라 오히려 멀리했고요. 그런데 제가 좋아하는 작가 언니가 이번에 단편영화를 제작하고 있거든요. 저는 응원하고, 후원도 했고요. 이번에 언니가 트위터를 시작했다고 해서 들어가 봤어요. 제가 생각하기에는 트위터 세계(?)가 좀 세고 격하달까? 그런 느낌이에요. 극단적인 이야기도 많고요.

제가 본 트윗 중에(리트윗도 많았던) 마치 예전의 제 모습 같았던 트윗이 있었어요. 한 사람에게 여러 모습이 있다면, 당연히 어떤 부분에서는 실수하게 마련이잖아요. 적어도 한 번쯤은요. 그런데 어떤 실수를 한 사람을 향해서, 자신들은 실수 같은 건 한 번도 안 해본 것처럼 완전히 무시하고 매도해버리는 거예요. 집단적으로요. 예컨대 리버럴 페미니즘과 래디컬 페미니즘이 있다면 어떤 쪽을 더 중요하게 여길지는 개인의 선택이지만, 자신이 지지하지 않는 쪽을 비난하고 배제하면 안 되잖아요. 그런데 그런 사람들이 많다고 느꼈어요. 마치 모든 걸 무 자르듯이 정확히 나눌 수 있다는 것처럼요.

선생님 다양성을 배제하고, 다른 이의 선택을 존중하지 않는 거네요.

나 맞아요. 어느 쪽이든 지지하고 투쟁하는 게 대단하다는 건 알아요. 멋지고요. 그걸 어떻게 비웃겠어요.

그런데 극단적인 대립이 답답하고, 저 또한 혼란스러워서 책을 미친 듯이 읽고 있어요. 정확한 주관을 갖고 싶어서요. 그런데 코르셋에 대해 고민하다가 '나는 대체 왜 살을 빼고 화장을 하는가, 그게 정말 남자들에게 사랑을 받기 위함인가? 전시인가?' 생각해봤지만 꼭 그것만은 아니거든요. 저는 문화 자체가 문제라고 생각해요. 예를 들면 남자들은 권력이나 돈에, 여자들은 외모에 가치를 부여하는, 누가 만들었는지 모르겠는 문화요. 모든 걸 이성애로 전제하는 사회 분위기도 그렇고요. 아무튼 저는 몸매 좋고 예쁜 애들이 더 인정받고, 주목받고, 더 가치 있게 취급받는다는 걸 어렸을 때부터 쭉 느끼고 겪었단 말이죠? 그래서 저는 오히려 여자들끼리 있을 때 경쟁심이 더 심했어요. 그런 제가 싫었고요.

선생님 그런 자신의 모습이 싫었나요?

나 네, 정말요. 심지어 이번에 다이어트 캠프에서도 퇴소할 때 즈음에 날씬한 분들이 많이 들어왔어요. 엄청 예쁜 분도 들어온 거예요. 그런데 갑자기 경쟁심이 드는 거예요. '어? 내가 저 사람보다 안 예쁜가? 나보다 저 사람이 더 날씬한가?' 이러면서 그 사람이 운동하는 걸 보고 있다가, 문득 저 자신이 너무 혐오스러운 거죠. 저 사람이 나보다 날씬하면 어떻고 나보다 통통하면 어떻다고. 저보다 통통하면 안심하려고 드는 제가 너무 혐오스러운 거예요. 얼굴도 예쁜지 안 예쁜지 계속 보게 되고. 다른 사람들 얼굴은 안 봤으면서. 안경 쓰고 내 운동만 했으면서. 그럼 그 사람들의 가치는 낮게 평가한다는 거잖아요. 경쟁의 대상으로 생각하지 않은 거잖아요, 내가 뭐라고. 이런 못난 사고가 너무 싫었어요. 그래서 생각하게 됐죠. 왜 나는 꾸미는가, 왜 나는 여성들과 경쟁하려 하는가, 그 경쟁도 결국 남자들의 인정을 받기 위함인가? 뿌리를 찾아 나가려니 끝이 없고, 내가 진짜 가부장제의 산물이자 피해자라면 견고한 벽을 뚫을 수 없고 넘어갈 수 없다고 해서 그 사람이 잘못된 건 아니잖아요. 그냥 연약한 사람이잖아요. 그래서 나는 그냥 이렇게 순응하며 사는 게 내 깜냥인 것인가, 아니면 나도 탈코르셋을 해야 하는 것인가. 뭐가 날 행복하게 만들어주는지 모르겠는 거죠.

선생님, 극단적인 거 아는데 하나만 더 이야기할게요. 중요한 건 제가 지금 살을 조금 뺐기 때문에 앉아 있을 때 뱃살이 덜 접히고 몸이 가볍고 편해요. 그래서 저는 운동을 계속할 거예요. 왜냐하면 마구 먹고 마시고 찌들어서 몸을 망가뜨리는 게 싫으니까. 건강한 게 좋고 건강하고 싶거든요.

그리고 제가 예쁘게 꾸몄을 때 그걸로 만족하고 즐거우면 되는데, 완벽하게 풀 세팅(메이크업, 헤어, 옷 등)을 해도 내가 얼마큼 예뻐졌는가에 대한 생각이 이어져요. 생얼일 때는 제가 못생긴 거 같으니까 밖에 나가도 외모 생각 안 하거든요. 사람들도 안 보고 그냥 다녀요. 그런데 꾸미고 있으면 더 예쁜 사람, 더 몸매 좋은 사람을 보고 있는 거예요. 비교하는 거죠. 그게 행복하지 않아요. 그러니까 차라리 살이 찌는 것과는 별개로 화장 안 하고 머리 숏컷하고, 그러면 편하지 않을까요?

선생님　편안할까요?

나　아, 갑자기 왜 이렇게 눈물이 나죠? 선생님 정말 싫고 혼란스러워요. 이런 이야기를 하는 사람도 있나요?(또 타인 의식)

선생님　(대답 안 하심) 사람들은 다 다르죠. 남자로만 한정해 봐도 별로 안 꾸미고 다니는 사람이 있는가 하면 어떤 사람들은 화장도 하고, 자신을 열심히 꾸미잖아요.

나　그런데 여자들한텐 화장이 훨씬 더 강요되잖아요. 개인의 선택이 아닌 필수처럼.

선생님 강요된다고 보기보다는, 서로의 경쟁 체계로도 볼 수 있는 거죠.

나 그러니까 그 경쟁 체계가 왜 생겼냐고요(거의 따지는 수준).

선생님 가부장제의 영향으로 볼 수도 있지만, 여성들이 외모를 꾸미는 게 사회적으로 용인되기 시작했잖아요. 과거 유럽에서는 남성들이 꾸미는 게 당연했지만, 현재는 남성들이 과하게 꾸미는 걸 부정적으로 인식하게 됐잖아요, 나아지고 있지만. 시간이 흘러가면서 바뀌는 거죠. 그냥 그렇다 정도로 바라볼 수 있지 않을까요. 꼭 내가 화장을 하거나 머리를 기르거나 다이어트를 하거나 성형하는 것을, 너무 선언적인 방법으로 볼 필요가 있나 싶어요. 옛날에는 하고 싶지 않아도 머리를 기를 수밖에 없는 사회였다면, 지금은 자르고 싶으면 자를 수 있는 사회가 됐잖아요. 지금은 모든 게 다 혐오의 문제로 가버리는 거 같아요.

나 너무 어린아이들이 벌써부터 자신의 몸을 혐오하기 시작해요. 제가 고등학생 때도 그랬으니까 지금은 더 심해졌겠죠? 제가 고3 때도 매일 화장을 하던 애들이 화장을 안 하고 오면 주위에서 뭐라고 할 때가 있었어요. 그러면서 여자애들이 화장 안 한 내 얼굴을 부끄러운 모습이라고 생각하게 된다는 거죠. 자꾸 있는 그대로의 내 얼굴과 몸을 혐오하게 되는 거예요. 저도 화장을 안 하고 나가게 되기까지 굉장히 오래 걸렸어요. 그 화장이 과연 내가 원해서일까요?

선생님 안 했을 때를 보면 그렇지만, 거꾸로 내가 처음 화장했을 때를 생각해보면요. 그땐 어쨌든 자신의 만족이 우선이지 않았을까요?

나 했을 때 더 예뻐 보이기에?

선생님 네. 어쩌면 자연발생적인 부분도 있었을 텐데, 자연발생적인 부분에 모두 어떤 이름을 붙이면서 욕하기 시작하면 끝도 없을 거 같다는 생각이 좀 들어요. 그래서 세희 씨가 주관을 명확히 하기 위해서 공부를 한다는 건, 당연히 내가 괴로워질 수밖에 없는 선택을 하고 있는 게 아닌가 해요. 다 이해한다고 해서 생각이 정리될 거 같다는 생각이 안 드는 거죠. 더 흔들릴 거 같아요.

나 그럼 어떻게 해야 할까요?

선생님 적당히 보세요. 너무 매어 있지 마시고요. 지금 더 중요한 게 많잖아요. 지금 내 행동들을 다 죄악처럼 느끼고 있잖아요.

나 맞아요. 제가 너무 용기도 없고, 겁도 많은 것처럼 느껴져요.

선생님 어쩌면 난 자연스럽게, 남자나 여자를 따지는 게 아니라 그저 예뻐지고 싶어서 화장을 했는데, 화장을 한 내 모습이 불쾌하고 '내가 지금 뭐하고 있는 거지'라는 생각이 든다면 스스로 행동을 하면서도 그 행동으로 나를 또 찌르게 되는 거죠.

나 그러게요. 저는 왜 이렇게 영향을 잘 받을까요. 선생님, 저 줏대 없죠? 애인한테 물어보니까 줏대가 너무 세서 문제래요. 전 모르겠는데.

선생님 극과 극은 통한다고 했죠? 없는 거 같으니까 자꾸 뭔가를 만드는 거 같아요, 내 소속을. 난 페미니스트야! 이렇게. 그냥 깔끔하게 페미니즘을 잠시 잊으면 어떨까요. 한결 편해질 수 있을 텐데요.

나 그러면 편해질까요. 모르겠어요. 아무튼 약은 어떻게 할까요?

선생님 그때 정좌불능 일으켰던 약을 조금만 추가하면 어떨까요.

나 싫어요.

선생님 아주 조금만 넣을게요. 반응 오면 빼세요.

나 네, 무슨 색깔이에요?

선생님 되게 조금 넣을 거니까, 민트색이네요. 반 알. 점차 약을 줄이는 방향으로 가도 좋을 거 같아요(듣던 중 반가운 소리). 컨디션이 좋아 보여요.

나 그래요? 다행이다. 나쁘진 않아요. 몸과 마음의 체력을 열심히 길러볼게요. 우울감은 많이 잡힌 거 같고요. 운동 열심히 할게요.

선생님 네, 주말 잘 보내세요.

당연한 건
자주 잊는다

몸과 마음의 체력을 기르고자 노력 중인데, 힘들다. 직접적인 피해자가 아닌 방관자 입장인데도 견딜 수 없이 고통스럽다. 과거의 내 극단적인 사고가 얼마나 괴물 같았는지를 실감하고 있다. 나와 다른 이들을 무시하고 작은 실수나 단점, 혹은 오해에도 그 사람의 전부를 매도했던 오만한 나날들. 경직된 사고는 나를 포함한 주변 사람 모두를 힘들게 했다. 지금도 역시 그렇지만 나아지는 중이고.

살면서 단 한 번의 실수도 해보지 않은 것처럼 남을 조롱하고 깎아내리고 자신의 생각을 정답이자 진리인 양 여기는 당당함이 두렵다.

아무튼 인정은 빠르게 반성은 짧게 실천은 바로 해야 하니까 절대적인 건 없다. 내 생각을 남에게 강요해서는 안 되고. 당연한 건 오히려 자주 잊는다.

24주

유연한 사고와 쉬어갈 용기

나 안녕하세요, 선생님.

선생님 저번 주에 추가한 약 불편하지 않으셨어요?

나 불편해서 바로 빼고 먹었어요. 하루 먹었는데 바로 그날, 심장이 너무 뛰어서 다음 날 빼고 먹었더니 괜찮아지더라고요. 적은 용량인데도 어쩜 그렇게 반응이 빠르게 오는지. 그 약이랑 잘 안 맞나봐요. 약이 어떤 거예요?

선생님 도파민과 세로토닌 조절에 도움이 좀 되는 약이에요. 기본적으로 지금 쓰는 약들도 도파민과 세로토닌을 늘리는 데에 도움을 주는 것들이고요. 설명하기가 모호하긴 하지만, 상승효과를 줄 수 있는데 이렇게까지 안 맞는 분이 있네요. 약 뺀 건 잘하셨어요.

운동은 좀 하셨어요?

나 그럼요. 운동만 빠지지 말자, 라는 마음으로 하라고 하셔서 운동은 하루도 빠지지 않고 했습니다.

선생님 하루도 빼놓지 않아봤자 저번 상담일부터 치면 3일 아닌가요?(칼 같으심)

나 맞아요.

선생님 일주일에 하루는 쉬나요?

나 네. 헬스장이 쉬거든요. 그리고 첫 PT를 했는데 사망할 뻔했어요, 정말. 제가 해본 모든 운동 중에 제일 힘들었어요. 제 몸을 분석해서 약한 부분을 강화하는 운동을 했거든요. 제가 스쿼트는 진짜 잘하는데 둔근이랑 햄스트링 쪽은 너무 약한 거예요. 그 운동을 하니까 말도 못할 정도로 힘들었어요. 트레이너 선생님이 옆에서 할 수 있다고 자꾸 독려하는데 주먹으로 치고 싶었어요. 하고 나서는 다리가 후들거려서 운동 제대로 했다는 생각이 들긴 했어요. 이제 더는 못하겠다, 하는 순간에 그만하시더라고요.

선생님 선생님이 괜찮은 분이면 좋겠네요. 다른 일은 없었어요?

나 다른 일? 그때 페미니즘에 대한 말씀을 드리고 생각을 좀 많이 해봤는데, 제가 마치 페미니즘을 절대적인 종교처럼 여겼던 거 같아요. 페미니즘이라는 사상을 따르고 나에게 중요한 가치로 여기는 건 괜찮잖아요. 예를 들어 기독교인들은 하나님의 존재를 당연히 믿으니까 교회를 다니지 않는 사람들을 안타깝게 여기잖아요. 제가 좀 그랬어요. 페미니즘을 모르는 사람들을 보면 좀 불쌍했고, 차라리 나도 몰랐으면 좋았을걸, 그러면 살기 편하겠다, 이런 생각을 했어요(진짜 오만). 그런데 이런 생각이 아주 위험하다는 걸 깨달았어요. 하지만 다행인 건 저는 인정이 빠르다는 거예요. 그래서 페미니즘을 마치 종교처럼 맹신했던 제 상태를 깨달았어요. 저는 여전히 페미니즘이 중요하다고 생각해요. 하지만 그걸 남에게 강요해서는 안 되고, 뭐 강요한 적도 없지만요. 사람들은 다 다채로운 각자의 삶이 있는 건데, 그걸 모른다고 해서 그 사람을 불쌍하다고 생각하는 건 매우 오만하고 잘못된 사고라는 걸 알게 되어서 마음이 좀 편안해졌어요.

작년에 선생님이 그러셨잖아요. 저는 마치 어떤 소설가를 좋아하다가도, 그 소설가의 별로인 부분을 보면 완전히 뒤돌아설 거 같다고. 실제로 제가 그랬고요. 그런 사고가 얼마나 위험한지를 다시금 느꼈어요. 사람의 조각조각만을 보고 그 사람을 완전히 매도하는 걸 보면서, 참 무서운 일이라는 걸 실감했고요. 지금은 예전보다는 많이 나아졌다는 걸 느껴서 다행이라고 생각해요.

선생님 그래도 공부는 계속하시나요?

나 그때 이후로는 읽지 않았어요. 조금 쉬어갈 필요가 있다고 느껴서요.

선생님 무조건 하지 않겠다, 보다는 쉬어간다는 느낌이 좋네요. 사실 사람의 일부를 보고 전체를 매도하는 일은 매우 흔해요. 일반화시켜버리는 거죠. 병원에 가끔 오시는 유명한 분이 있어요. 유명인이라기보다는 인터넷에서 하나의 이슈로 유명해졌던 분? 세희 씨가 말한 것처럼 일부분으로 그 사람의 전체가 매도당했던 거죠. 전혀 알지 못하는 사람들에게 조롱의 대상이 되어버린 거예요. 나이도 좀 있는 분이셨어요. 사실 저도 비슷한 구석이 있어요. 만약 인터넷에서 어떤 사람의 글을 보면 '아, 이 사람은 어떤 성향일 거 같고, 이런 생각을 하겠구나' 했을 거 같은데, 사실 그분이 제 앞에 앉아서 그 사건을 이야기해주시기 전에는 전혀 이런 사건을 겪으셨을 줄 예상하지 못했거든요(당연한 거 아닌가?).

나 전혀 이런 사건이 있었을 줄 예상하지 못했다는 게 어떤 의미죠?

선생님 인터넷에서 그런 활동을 하실 분이라고는 생각하지 못했단 거죠.

나 아, 드러나지 않죠. 당연히.

선생님 어쨌든 해결은 잘 되었어요. 인터넷에서는 얼굴을 볼 수가 없고, 통로도 차단되어 있고, 말을 제대로 들으려고 하지도 않으니까 사람의 다양한 면을 보지 못하잖아요. 이게 참 위험할 수 있겠다는 생각이 들더라고요.

나 네. 저도 제가 그랬다는 걸 완전히 깨달았어요. 사실 다행인 건, 단편적인 부분으로 일반화시키는 제 상태를 어느 정도 깨닫고 난 후에 페미니즘을 접했으니까 페미니즘을 모르는 넌 틀린 거고 내가 맞는 거야, 라는 생각까지는 가지 않거든요. 제가 페미니스트라고 해서 다른 사람들에게 불편함을 주지는 않았거든요. 그건 다행이라고 생각해요.

선생님 시작점을 생각해보면 어떨까요. 내가 왜 페미니즘에 관심을 기울이기 시작했을까에 대해서요. 제가 느끼기로는 세희 씨는 사회적 약자에 대한 관심에서부터 시작했다고 생각하거든요.

나 네, 맞아요.

선생님 약자에 대한 관심은 당연히 필요하고, 누구나 필요하다고 느끼는 지점이라 주변을 둘러보는 것도 좋지만, 나 자신의 약한 모습을 들여다보거나 아니면 나 자신이 즐길 수 있는 지점에 좀 더 투자하고 욕심을 내셨으면 좋겠어요.

나 아, 그래서 운동도 그렇고 실용음악학원에 등록하려고요. 취미로 노래를 해보고 싶어서. 헬스장 바로 옆에 있고 좋은 거 같아요. 다음 주에 시작하려고요. 괜찮지 않나요?

선생님 네, 예전에 들은 적 있어요. 학원 다니면 노래가 많이 는다고.

나 그렇겠죠? 그리고 선생님은 처음에 말리셨지만 다이어트 캠프를 간 게, 저는 정말 후회 없는 선택이었거든요. 퇴사도 선생님은 말리셨지만 저는 제일 잘한 선택이라고 생각하고요. 그러니까 어떻게 보면 늘 흔들린다고 말하지만, 중요한 최종 선택은 제가 하고 싶은 대로 하는 거 같아요.

선생님 네, 맞아요.

나 갔다 와서 가장 좋은 건 규칙적인 생활을 하다 보니까 귀차니즘이 좀 사라졌다는 거? 그리고 이런 생각이 들었어요. 내가 무언가를 하지 않고 멈추는 이유가 귀찮음이 되지 않았으면 좋겠다. 귀찮음이 될 수도 있지만 좀 지양하고 싶어졌어요. 그래서 미뤄왔던 걸 다 하고 있어서 조금 바빠요. 대단한 건 아니고 은행 업무 같이 소소한데 귀찮아서 쌓아왔던 일들요.

선생님 뭔가를 계속하는 버릇을 들인다는 거 자체가 굉장히 좋은 방법이네요. '나는 우울하다'라고 했을 때, 우울하면 우울하니까 집에만 있게 되고 무기력하고 만나는 사람이 줄어들고 차단되잖아요. 그럴 때면 우울하지 않았을 때 하던 버릇, 행동을 하면서 벗어날 수도 있거든요. 사실 내가 우울하니까 이런 행동을 한다고 하지만, 이런 행동(은둔하는 습관)을 계속해서 하기 때문에 더 우울해질 수도 있어요. 그러니까 내가 세로토닌이 높았을 때(상태가 좋을 때)의 행동을 계속하려고 하고, 그때 모습을 기억해서 조금이라도 닮아가려고 한다면 좋은 날을 만들 가능성을 늘릴 수 있지 않을까요.

나 맞아요. 그리고 요즘은 우울할 새가 없고요. 우울감이 많이 잡혔어요. 아직 기분 조절은 잘 되지 않아서 감정이 마구 널뛰거든요. 예민하잖아요. 하지만 우울하고 무기력한 모습은 많이 사라진 게 '우울하다, 무기력하다' 하면 일단 침대에 들어가서 나오지 않았잖아요. 그 행동이 일단 없어졌고요. 하루를 너무 바쁘게 보내려는 강박도 내려놓으니까 마음이 조금 편해요. 그런데 너무 바빠요. 왜냐하면 운동을 한번 가도 이래저래 거의 3시간이 소요되고, 다이어트 식단을 먹다보니까 대략 1000~1200칼로리 사이로 먹는데 탄수화물이 부족해서 그런지 힘이 없어요.

선생님 일요일이 기회네요.

나 맞아요. 일요일에 일반식을 먹었는데 힘이 많이 나더라고요.

선생님 작은 목표를 정해놓고 달성했을 때 보상을 주는 것도 좋고요.

나 확실히 캠프 다녀오고 나서는 극한 운동과 식단을 하지 않으니까 일주일에 0.1킬로그램밖에 안 빠지더라고요. 그래서 분발해야겠다고 생각했거든요. 그런데 운동을 하더라도 몸은 좀 시간이 지나면서 바뀌잖아요. 그러니까 눈바디는 달라요. 안 맞았던 청바지가 들어가더라고요. 아, 그리고 하나 말씀드리고 싶은 거, 채식을 하고 싶어요.

선생님 (웃음이 터지심) 이유가 뭐죠?

나 너무 생뚱 맞죠? 사실 늘 생각만 했어요. 외면하는 건 쉽잖아요. 눈 한번 감아버리면 되니까. 그냥 나 편한 대로 살자 그러면 되죠. 하지만 저는 강아지를 키우잖아요. 강아지를 키우면서 보신탕을 먹으면 안 된다, 라는 주장을 하면 꼭 이런 이야기가 나와요. 돼지나 소는 왜 먹냐고. 맞는 말이에요. 그래서 제가 말하거든요. 개만 먹으면 안 된다는 게 아니라고, 다 먹지 말자는 게 아니고 적어도 공장식 도축에 문제가 있다고 보는 거라고요. 그게 없어졌으면 한다고. 하지만 공장식 도축을 알면서도 돼지, 소를 먹는 게 맞는가 생각을 했어요. 또 끔찍한 영상들을 찾아서 봤고요. 왜 웃으시나요!

선생님 하지만 영상이란 건, 누가 어떻게 만드느냐에 따라 편집의 방향에 따라 달라질 수 있잖아요.

나 그런 거 다 알지만, 어쨌든 공장식 도축은 실재하는 현실이잖아요. 진실이잖아요. 육식주의자들의 글도 봤어요. 반대 의견도 봐야 한다고 해서. 그런데 이런 생각이 들었어요. 무조건 고기를 먹는 게 나쁘다는 것도 아니고, 채식하는 게 좋다는 것도 아니에요. 하지만 공장식 도축이 시작된 이후로 끔찍한 일이 벌어지고 있는 건 사실이잖아요. 달걀에도 숫자가 붙어 있더라고요. 맨 뒤의 숫자가 1이면 방목해서 키운 아이들의 달걀이고, 숫자가 4면 우리가 아는 그 A4용지만 한 케이지 안에서 움직이지도 못하고 자란 아이들의 달걀이더라고요.

그리고 동물복지인증을 받은 동물들도 도살할 때, 고통을 최소화하는 방법을 쓰는지 궁금해요. 실제로 공장식으로 도축된 고기가 내 몸에 좋을까를 생각해보면 먹고 싶지 않더라고요. 또 내가 고기를 선택함으로써 한 마리의 생명이 끔찍한 고통을 받으면서 죽는다고 생각하니까 소름이 돋았어요. 제가 약자, 약자 거리면서 왜 동물은 이렇게 대하는지 그래서 채식에 도전하고 싶어요.

선생님 좋아요. 그건 개인의 선택이니까요. 하지만 그 방법이 너무 급진적이지는 않았으면 좋겠어요. 차근차근 단계를 거쳐서 시도해 가면 어떨까요.

나 네. 지금으로서는 당분간 못 먹을 거 같지만, 그렇게 할게요. 그런데 아까 채식 이야기할 때 왜 웃으셨어요? 기분이 좋지 않았어요.

선생님 아뇨, 사고의 흐름이 이제까지 전혀 이야기를 하지 않으시다가 갑자기 꺼내니까, 바로 결론으로 가버린 느낌? 그래서 그랬던 거예요. 시간을 들여서 고민을 충분히 하면서 차근차근 나아가는 게 아니라, 나는 채식주의자가 되겠어! 이렇게 바로 가버리는 느낌이요.

나　그렇긴 하네요. 그리고 저는 제 인생에 매뉴얼이 있었으면 좋겠어요.

선생님　어유, 저는 없었으면 좋겠는데.

나　진짜요? 저요?

선생님　네.

나　아니, 저는 왜 이렇게 맨날 반성만 하는지 모르겠어요. 내가 너무 부족해서, 매일매일 개선해야 하는 사람처럼 느껴져요. 애인은 안 그러던데.

선생님　그럼 하루하루 더 좋은 사람이 될 수 있잖아요.

나　그런가요? 애인은 반성을 별로 안 해요. 그리고 애인을 보면 사실 너무 자기밖에 모른다는 생각이 들어요.

선생님　(……) 자기밖에 모르는 애인한테 세희 씨가 영향을 주고 있잖아요.

나　제가 영향을 더 많이 받긴 하는 거 같아요.

선생님　뭐, 주고받는 거죠. 어쩌면 나만 아는 사람한테서 또 다른 면을 발견할 수도 있고요. 어쨌든 자신에게 숙제를 한 번에 너무 많이 내주지 마세요.

나 네, 알겠어요. 저 괜찮아지고 있나요?

선생님 저는 괜찮다고 보는데요?

나 저도 그렇게 생각해요. 그런데 자꾸 제가 너무 멍청하다는 생각이 심하게 들어요.

선생님 제가 아니라고 말씀드린다고 해도 받아들이지 않을 거잖아요?(나를 너무 잘 아심) 이것도 마찬가지로 어떤 생각이 들었을 때 그 생각의 끝을 보지 않으셨으면 좋겠어요. 어떤 일이 있었을 때 그 끝이 '나는 멍청해!'로 가는 것처럼요.

나 알겠어요. 기억할게요. 아, 그리고 좋아진 점은 예전에는 '아, 오늘의 나는 좀 마음에 든다' 이런 식이었거든요? 그런데 요새는 '아, 오늘의 나는 좀 싫다' 이렇게 생각하는 저를 발견했어요. 그러면 평소의 저는 괜찮았다는 거잖아요. 많은 발전이라고 생각했어요.

선생님 그럼요.

내 삶에 맞는 매뉴얼을 찾아서

선생님께 말씀드렸듯이 예전에는 '아, 오늘은 좀 살 만하다, 오늘은 내가 마음에 드네'라고 생각했다면 요즘에는 '아, 오늘 힘들다, 오늘은 내가 싫다'라고 생각하게 되었다. 지배적이었던 생각의 방향이 반대로 바뀌었다. 또한, 몸을 많이 움직인다. 캠프의 영향 때문인지 귀찮음이 조금 사라져서, 아니 내 행동의 이유가 귀찮음이 되는 게 싫어서 미루었던 일들을 해내는 중이다. 그래서인지 우울할 틈이 조금 줄었다. 악몽을 꾸지는 않고, 늘 잠꼬대를 하지만 대체로 기억이 나지 않는다. 무언가에 대해 고민하다가, 버거운 마음에 파고들지 않고 그대로 멈춘다. 사고가 조금 유연해졌다. 일부분으로 전체를 판단하고 일반화하는 습관을 고치려고 노력 중이고, 실제로 느끼고 인정하고 있다. 하지만 심하게 영향을 잘 받는 점은 아직 두렵다. 감정의 끝과 끝은 이어져 있으니까. 마음을 동하게 하는 무언가를 만나면 지식적으로 접근하기보다는 감정적으로 맹신하게 된다. 그래서 가장 가까운 이들을 불안하게 만들고. 우울감은 잡혔지만, 감정의 파동은 여전해서 극도로 예민해졌다가 펑펑 울고, 느릿하게 퍼져 있기를 반복한다. 이 모든 걸 한 번에 겪다보면 살아가는 게 참 힘들다는 생각이 앞선다. 늘 숨 가쁘게 계단을 오르면 중간에 지쳐서 나가떨어지고 만다. 나에 대해 계속 알아가며 내게 맞는 삶의 매뉴얼을 찾아가고 싶다.

25주

나의 빛나는 부분을 바라볼 수 있도록

나 선생님 안녕하세요.

선생님 네, 어떻게 지내셨어요?

나 이제 사실 할 말이 별로 없어요.

선생님 반가운 이야기네요.

나 네. 이제 제 우울함의 이유는 명확해 보여요. 이유 없는 우울함은 없는 거 같고요. 지금도 울적한데, 선생님께서 감정을 구체적으로 표현해보라고 하셔서 해봤거든요? 오늘 이유를 생각해보니까, 주 3회 운동 가는 건 지켰어요. 하지만 식단이 안 지켜지고 있어요. 허기가 계속돼요. 그래서 지금의 우울은 멈추지 않는 허기와 촉박한 원고 마감일에 대한 스트레스 때문이라고 생각했어요. 그리고 요새 잠을 정말 많이 자는데, 수면의 질이 좋지 않아요. 밤에 자꾸 말을 하면서 깨요. 그래서 녹음을 해봤는데, 친구에게 조언하는 내용의 말을 반은 정확하고 반은 알아듣기 힘들게 하더라고요. 자연스럽게. 잠에서 깼을 땐 무슨 말을 했는지 기억나지 않고요. 아무튼 낮잠도 밤잠도 많이 자요.

선생님 최근 식욕 연구에서는 잠을 많이 자는 것만으로도 식욕이 올라갈 수 있다고 하더라고요.

나 잠을 많이 자는 게요? 원래는 잠을 많이 못 자면 살이 찐다고 하잖아요.

선생님 아뇨, 수면의 질이 낮을 때요. 램 수면이 늘어나면 식욕을 억제시키는 호르몬의 균형이 깨지면서 식욕이 올라간다고 하더라고요. 또 지금이 만족감을 느끼기에는 조금 힘든 상황이잖아요. 음식도 먹으면 안 되고, 원고 마감도 해야 하고요. 즐거움을 주는 것보다 부담을 주는 것들이 많네요. 정서적 허기를 느낄 수밖에 없는 상황이니까 아주 단순하게 '입이라도 행복했으면 좋겠다'라는 갈구가 생길 수밖에 없겠죠.

나 아, 그렇군요. 잘 맞았던 청바지가 또 꽉 끼더라고요.

선생님 벌써? 그 사이에?(상처)

나 네, 많이 먹었을 때요. 그리고 저는 사실 뭘 먹어도 배가 금방 꺼져요. 진짜로요. 그래서 스트레스를 받고요. 아무튼 이 이야기들이 오늘 제 울적함의 이유입니다. 대부분 이유가 다이어트네요. 확실하게 알겠어요. 살을 빼고, 운동하고, 고통스럽지 않게 식단 조절이 가능할 땐 우울하지 않았거든요.

선생님 그때는 오로지 목표가 다이어트였잖아요. 심지어 다이어트 캠프까지 갔으니까요. 하지만 지금은 그때처럼 살 수 없는 거고요. 다이어트만이 우울함의 원인이라기보단 장기적으로 생각해보는 게 좋아요. 잠은 약으로 조절을 좀 해야겠네요. 대화까지 하신다고 하니까.

나 네. 그리고 할 말이 없으니까 할 말을 쥐어짜서 생각해봤는데, 이런 생각이 들었어요. 얼마 전에 자신의 어두운 과거를 공개한 지인이 있었어요. 말씀드릴 수는 없지만 제 기준에는 엄청난 일이었어요. 그런 일들이 비일비재하다는 건 알고 있었고, 제 주변에도 있긴 하지만 직접 들으니까 많이 고통스러웠고요. 물론 모든 문제에 이유를 찾을 필요는 없겠지만, 이분이 왜 계속해서 정신적인 고통을 받고 있는지 너무 이해가 가는 거예요. 그런데 저는 그런 끔찍한 과거가 없어요. 물론 가난했고, 가정 폭력도 심했고, 언니의 정서적 학대와 서로 잘못된 애착 관계를 갖기는 했지만, 지금은 어느 정도 극복해서 가족과도 잘 지내는 상태고요. 그런데 이런 생각이 들었어요. 왜 나는 지나치고 극적인 과거가 없는데도 우울증에 걸렸을까? 왜 우울할까? 매번 하는 소리라서 지겨우실 수도 있겠지만, 엄청난 사건이 없으면서도 왜 트라우마나 우울증이 사라지지 않고 오래 갈까 하는 생각이요.

선생님 계속해서 우울증의 원인이나 답을 찾으려고 한다면 당연히 극단적인 이유나 사건을 떠올리게 되겠죠. 그리고 혹독한 사건을 겪었다면 건강하기 힘든 상황인 게 당연하고요. 용기를 내서 극복하시는 분들도 있지만요. 마찬가지로 세희 씨가 겪은 사건도 지금 와서 생각해보면 극단적이고 엄청난 사건이 아닐지라도 그 당시, 그 나이 때에는 굉장히 커다란 위험으로 다가왔을 거예요. 아빠가 엄마를 때리는 걸 보면서 공포감과 여러 가지 생각이 함께 따라왔겠죠. 그리고 아무것도 할 수 없는 내 모습에서 느꼈던 무력감이 학습되고, 가족의 심기를 건드리면 안 된다는 생각에(아빠나 엄마, 언니) 발산하고 싶었던 나의 욕구를 억제하다 보니, 표출되지 못한 감정이 자신을 더 바닥으로 끌고 가는 역할을 했을 수도 있죠.

나 그래서 제가 사람들 눈치를 많이 보는 거고요?

선생님 그럴 수도 있겠죠. 언니의 존재도 있었고요.

나 사실 무조건 이유를 찾으려는 것도 좀 강박이지 않을까요? 뭐랄까, 배고픔에는 이유가 없잖아요. 그것처럼 '우울하다'라는 감정이 들면 그 자체로 받아들이는 것도 괜찮지 않을까 싶어요. 요새는 그렇게 받아들이기도 하는데, 이런 마음 아픈 사건을 접하다 보니 '도대체 너는 왜 우울한 거니'라는 생각을 다시 하게 되더라고요. 그리고 저는 왜 친족 성폭력에 특히 민감한가 싶기도 하고요.

선생님 사람이 어떤 사건을 받아들이는 느낌과 충격은 다 다르잖아요. 우리에겐 충격적인 사건이 어떤 사회에서는 별 대수롭지 않은 일이 되기도 하는 것처럼요. 문화적 환경이나 분위기가 어떤지, 어떤 사건이 이상하다는 걸 서로가 얼마만큼 공유할 수 있는지도 내 느낌에 영향을 줄 수 있겠죠. 그쪽에 특히 민감하기보다는, 약자에 대한 시선 때문이죠. 여자들에게 느끼는 마음. 강아지들한테도 비슷한 감정을 느끼시잖아요.

나 그러네요. 이번에 책을 읽다가 흥미로운 문장을 발견했어요. 달린 랜서의 『관계 중독』이라는 책에 "역설적으로 들릴지 모르지만 외부로부터 무언가를 얻으려는 노력을 하지 않는 사람일수록 더 많은 것을 얻는다. 이것은 낯선 방식이긴 하지만 자존감과 자부심은 이런 내려놓기에서 나오는 것이다."라는 말이 나와요. 이 문장을 읽으면서 생각했어요. 저는 늘 외부에서 무언가를 얻으려고 하잖아요. 계속해서 갈구했죠. 그게 지식이든 애정이든 때로는 자존감까지도요. 하지만 사실 이러한 갈구는 나를 부족한 사람이라고 여기기 때문인 거잖아요. 계속 고치고 싶어 하고, 더 좋은 걸 얻고 싶어 하고. 조금 지쳐요. 그냥 있는 그대로의 부족한 나를 받아들이는 게 나을까요?

선생님 아뇨, 자신을 부정적으로 보지 말아야죠. 세희 씨는 늘 내면에 이상화된 기준(완벽한 나)을 만들고 그 기준에 자신을 맞추려고 해요. 어떻게든 맞춰야 한다는 강박까지 있고요. 날 부족한 사람이라고 생각하지 말고, 단점보다 장점을 즐기려는 게 필요해요.

나 아, 그렇군요. 예를 들면 제가 보기에 자존감이 높은 사람의 기준을 잡아 놓고, 그게 정답이라고 생각하면서 그대로 맞추고 따라 하려고 하는 거죠? 극단적으로?

선생님 그런 성향이 강하죠.

나 무슨 말인지 알겠어요. 하지만 저는 이제 장점도 들여다볼 수 있다고 생각해요. 물론 여전히 단점을 더 깊이 들여다보지만, 예전에는 장점이 전혀 보이지 않고 그쪽으로 시선이 향하지도 않았다면 지금은 볼 수 있어요. 가끔 느끼고 즐거워하기도 해요.

선생님 맞아요. 그래 보여요.

나 좋아지는 거 맞죠?

선생님 네, 그렇게 보이는데요. 나중에는 단점을 발견해도 오히려 장점을 바라보며 '그래도 난 이런 좋은 부분도 있어' 하며 넘길 수 있을 거예요.

나 (감동) 감사합니다. 한 가지 더 말씀드리면(할 말 없다더니 계속 나온다) 저는 오만해지거나 자만하면 안 된다는 강박이 너무 세요. 어렸을 때 오만하게 굴었다가 친구들에게 왕따를 당했던 기억이 있거든요. 어쩌다 보니 친구들 사이에서 중심이 되었고, 친구들이 따르고 잘해주니까 제가 뭐라도 된 것마냥 뭐든 마음대로 하려고 했었어요. 잠시 미쳤던 거죠. 그때의 기억은 아프지만 사실 저는 다행이라고도 생각해요. 조금 더 일찍 정신을 차리게 되었다고 할까요? 오만해지지 않게 되더라고요. 사실 오만해지거나 내가 변했을 때 날 떠나거나 욕할 사람들이 끔찍하게 두렵고요.

아무튼 그건 좋은데 지나치게 겸손하려고 하는 경향이 있어요. 주변 사람들에게도 맨날 "내가 책이 잘 팔려서 변한 거 같으면 꼭 이야기해줘"라고 했었고요. 그런데 이번에 애인 부탁으로 어떤 행사에 잠깐 참석한 적이 있거든요? 그 후에 또 우연히 제가 나 변했으면 알려달라는 식의 대화를 했어요. 그러니까 애인이 "아, 하나 있었다!"라고 이야기하더라고요. 제게 부탁했던 행사 주최 측에서 계획이나 일정, 시간 등을 당일까지 공지해주지 않아서 화가 났었거든요. 연락도 제가 직접 했고요. 그런데 그건 제가 작가가 아니었어도, 그냥 출판사 직원이었어도 기분이 상했을 일이라고 생각하거든요? 그래서 애인한테 좀 화를 냈는데, 애인이 그때 '감히 나를 이렇게 대우해?' 하고 생각하는 느낌을 받았다는 거예요.

선생님 아, 세희 씨는 아니었는데도요?

나 네. 그래서 너무 충격을 받았거든요. 해명하면서 펑펑 울었어요. 변하지 않았다고. 애인도 변하지 않은 거 안다고, 그냥 그 순간에 그런 뉘앙스를 잠깐 느꼈던 거라고. 네가 이야기해달라고 해서 한 거지 진짜 변했다고 말하는 게 아니라고 하더라고요. 계속 울다가 나중에 마음을 좀 가라앉히고 생각을 했어요. 제가 화를 냈던 게 애인한테는 그렇게 느껴졌을 수도 있겠죠. 하지만 사실 저는 "내가 변했다고 생각하면 말해줘"라고 말했으면서도 제가 변하지 않았다는 말을 듣고 싶었던 거예요. 그래서 너무나 충격을 받은 거고요. 한 시간 정도 지난 후에 다시 이야기했어요. 나는 그 말을 듣고 싶지 않았던 거 같다고요. 사실 변했다는 말을 들으면 내가 변했나? 돌아보고, 변한 내가 싫으면 반성하고 고치면 되잖아요. 그런데 변한 게 뭐라고 그렇게 청천벽력처럼 느꼈던 건지. 그때 '아, 당연히 변할 수 있다. 사람들이 너에게 변했다고 하면 고치자!'라는 생각을 했어요.

선생님 그런데 안 변하는 게 이상한 거 아닌가요? 내가 잘되고 잘못되고를 떠나서, 세희 씨가 치료를 받으면서 달라진 부분을 이야기하는 것도 어쨌든 변한 거잖아요. 좋은 쪽이지만요. 어쨌든 세희 씨가 지금 유명해졌으니까 행사에 오라고 한 거잖아요. 그러니까 세희 씨가 다른 부분에 화를 내도 '아, 유명한 작가라서 저렇구나?' 이렇게 받아들일 수도 있다는 거죠.

나 맞아요. 그래서 애인한테 이야기했어요. 내가 그냥

출판사 직원이었으면 그냥 기분이 나빴구나, 할 텐데 작가라는 타이틀이 있으니까 '아, 얘는 유명한 작가가 됐으니까 이렇게 화를 내는구나?'라는 것도 있지 않냐고요. 늘 염려하게 돼요. 저는 아무렇지도 않게 행동했는데 남들은 '뭐야, 재 이상해졌어' 이럴까 봐요. 그래도 이번엔 잘 극복하지 않았나요?

선생님 네. 그리고 아까 말씀하신 게 좋네요. 변하면 인정하고, 내가 되기 싫은 부분이 생겼다면 고치면 되겠다는 거요.

나 맞아요. 예전에는 이런 이야기를 들었다면 내 모든 걸 부정당하는 기분을 느꼈을 거예요. 더는 돌이킬 수 없다고 생각하는 거죠. '난 이제 이런 사람이 되어 버렸어. 바꿀 수 없을 거야, 낙인찍힐 거야'라고 생각했었어요.

선생님 변한 부분이 생겼다면 고치면 되죠. 뭐, 변할 수도 있고요. 어쨌든 잘하셨어요.

나 네. 계속 나아지고 있는 거 같아서 기분 좋아요.

변해가는 나를
긍정하는 일

나는 오만하던 때가 있었기에 오만해지고 싶지 않다. 자만하고 이기적이던 때가 있었기에 겸손하고 이타적이고 싶다. 애초부터 선한 마음을 타고나지 않는 이상, 나에게서든 타인에게서든 경험으로 겪고 나서야 배우고 고치며 나아갈 수 있지 않을까.

나는 공허감을 느끼기에 공허감을 다루는 방법을 안다. 나는 대부분 우울하기에 우울하지 않을 방법을 찾아낼 수 있다. 하지만 언젠가 자연스럽게 찾아올 거라고 여기며, 아니 사실 그런 일은 절대 찾아오지 않을 거라고 단정하며 그저 약을 먹고, 책을 읽고, 울고, 옥상 위에서 먼 땅을 내려다보고, 자해의 충동을 느끼거나 행하곤 했다.

부족한 나를 받아들이기보다는, 나 자신을 부정적으로 바라보지 않기로 했다. 내게도 빛나는 부분이 많다. 답답할 정도로 보지 않으려고 했을 뿐이다. 내 세계의 황량한 부분에서만 뒹굴고 있었다면, 푸르고 빛나는 공간에도 머무는 연습을 할 것이다. 이젠 할 수 있다고 믿는다. 이 모든 게 살아내기 위한 나만의 노력이 될 수 있다고, 일단 믿는 게 중요하다.

26주

어쨌든 삶은 계속되니까

아무 생각이 없지는 않지만 그다지 영양가 있는 생각을 하지도 않는다. 하루가 어떤 의미나 깨달음 없이 지나가고, 격한 감정의 동요나 사건은 없다. 어떤 날엔 지루함을 느끼고, 또 어느 때는 편안함을 느낀다.

이대로 살면 어떻게 될지는 종종 생각한다. 나는 늙고, 같은 일상만 반복하다 보면 생각은 고이고 멈추어 커다란 벽이 사방에 생겨날지도 모른다. 그러면 내 옆에 끈덕지게 달라붙어 있던 사람하고만 소통하며, 넓은 세상 속 여러 타인들과 수없이 스쳐가면서도 고립되겠지. 그런 삶이 별로라고 생각하는 내가 더 별로이면서도 뭐 이렇다 할 계획이나 호기심, 의욕이 없는 나를 발견한다. 하고 싶은 게 별로 없는 사람. 태생이 지루하고 재미없는 인간.

어떤 공간에 들어가는 것 자체가 큰 도전이 될 수도 있고, 누군가를 마주하는 건 지금보다 더 어려워질 수도 있다. 어떤 삶을 살고 싶은지 생각하고, 어떤 사람이 되고 싶은지 그리고 현재 나는 어떤 상태인지 셈해본다. 거리는 상당하고 의욕은 제로다. 호기심이 생겨날 수 있을지 의심하며 약을 먹고 치료를 받는다.

나　안녕하세요.

선생님　네, 문신하셨어요?

나　네, 세 군데 했어요. 귀엽죠?

선생님　귀엽네요. 문신했을 때의 고통은 참을 만하셨나요?

나　처음 두 군데 했을 때는 거의 아프지 않았거든요? 저번에 했던 주딩이(강아지) 문신은 팔뚝 가운데였잖아요. 이번에는 수지랑 부기 두 마리니까 안쪽까지 면적이 커졌어요. 그러니까 너무 아픈 거예요. 고통도 부위마다 차이가 있거든요. 손이 덜덜 떨렸어요.

선생님　후회는 안 했어요?

나　네. 이번 문신 굉장히 마음에 들어요.

선생님　(손목을 보며) 'Hunger'네요?

나　네. 제가 좋아하는 책 제목이자 단어. 책 표지에 있는

서체 그대로 했어요.

선생님 예쁘네요. 생활은 좀 어떠셨어요?

나 이번 주에는 운동을 두 번밖에 안 갔어요. 그런데 오늘 갈 거라서 '주 3회 이상은 갈 것이다'라는 약속이 지켜지는 거라 괜찮고요. 이번 주에는 좀 많이 먹었는데, 어제 헬스장 가서 인바디를 재봤거든요. 근육이 약간 빠지긴 했지만 다행히 체지방이 늘지는 않았어요. 이번 주는 계획한 일들도 비교적 잘 해냈어요. 칼럼도 기한 내에 썼고, 2권 준비도 계획대로 하고 있고.

선생님 이번 주에 할 거 많이 하셨네요.

나 네. 바빴어요. 문신하러 간 것도 어쨌든 어딘가로 가서 무언가를 한 거니까. 그리고 뭘 먹을 때도 집에서 쓸데없이 폭식하는 게 아니라 서울 나가서 맛있는 거 먹었어요. 제가 뇨끼를 되게 좋아하거든요. 가격이 조금 비싸더라도 뇨끼 잘하는 식당 가서 깔끔하고 좋은 음식 먹으니까 후회되기보다는 좋았어요.

선생님 식사 일기는 쓰세요?(점점 다이어트 상담이 되어가는 듯한)

나 네, 적어요. 이번 주는 좀 많이 먹었어요.

선생님 계획대로 먹은 거랑 홧김에 먹은 걸 나눠서 체크를 하면 좋겠어요. 우리가 정서적 허기 때문에 갑작스럽게 먹는 게 있잖아요. 정서적 허기와 실제로 배고픈 걸 구분해서 적어놓으면 좋겠어요.

나 아, 그래야겠어요. 이번 주는 정서적 허기가 일요일, 월요일이어서 무난했어요. 월요일에 조금 극심했고요.

선생님 월요일에 왜 극심했나요?

나 월요일 아침에 일어나자마자 배가 너무 고팠어요. 원래 그러지 않거든요. 일요일에 좀 많이 먹었으니까 다음 날엔 참아야 한다는 생각을 계속했고, 그래서 더 스트레스받아 그냥 먹어버리고 싶다는 욕구가 강했던 거 같아요. 그리고 왜인지는 모르게 컨디션이 굉장히 안 좋았어요. 침대에서 빠져나오지 못했어요. 그래서 PT도 취소했고, 병원도 못 왔고요.

선생님 어느 정도의 시간이 지났을 때 괜찮아지던가요?

나 밤 아홉 시쯤이요.

선생님 꽤 길었네요. 일정을 다 취소했더라도 '그래도 나가야 하는데, 운동해야 하는데, 강아지 산책도 시켜야 하는데' 등의 생각이 들잖아요. 그럴 때 그냥 싫다는 감정이 들었나요?

나 선생님이 '그냥 가기만 하자'라고 생각하라고 하셔

서 해봤는데 '아, 못 하겠다'라는 생각이 들었어요. 그래도 이번 주는 바빴어요. 계속 몸을 움직여서. 책 읽을 시간도 없을 정도로요.

선생님 책 읽을 시간이 없을 정도요? 반가운 소리네요.

나 지금 2권 녹취를 마무리하고 있어요. 정리해서 보여 드릴 건데 양이 꽤 많아요.

선생님 녹음한 걸 들으며 정리할 때 괴로워지지는 않나요? 그 당시의 느낌을 재경험한다던가.

나 그러진 않아요. 그냥 다른 사람 이야기 듣는 것처럼 느껴져요. 1권 쓸 때는 상담 내용을 글자로 옮기면서 마음이 아팠어요. 자기연민이 들었거든요. 눈물도 나고. 그런데 2권 녹취를 풀 때는 '아, 참 피곤하게 산다. 너무 피곤한 사람이다'라는 생각이 들더라고요. 조금 거리를 두고 생각할 수 있는 게 좋았어요. 하지만 이런 생각도 들었어요. 어쨌든 책을 마무리해야 하니까 1권처럼 대안 없이 끝내기보다는 마무리를 짓고 싶어요. 사실 지금도, 아무리 책의 끝이라고 해도 '저는 이제 다 나았습니다!' 이럴 수 없잖아요. 실제로 그렇지도 않고요.

선생님 그렇죠.

나 그래서 좋아진 점을 생각해봤거든요. 우울감이 많이

잡힌 거, 침대 안에 들어가 있는 시간이 거의 사라진 거, 예전에는 '오늘은 좀 살 만하다'라고 생각했다면 지금은 '오늘은 좀 힘들다'라고 생각하는 거? 생각이 바뀐 거죠. 그리고 몸을 많이 움직이게 됐어요. 또 예전에는 잠을 못 잤는데, 졸린 걸 느끼면서 스르르 잠들 수 있고, 무언가에 대해 고민을 하다가도 깊이 파고들지 않고 멈춰요. 버거워서. 그게 나를 지키는 방법이 될 수도 있을 거 같고요. 또 사고가 조금 유연해진 거? 일부분으로 전체를 판단하고 일반화하는 습관을 고치려고 노력 중이고 실제로 느끼고 있어요. 자살 충동도 현저히 줄었고 술도 줄였어요. 하지만 감정의 잦은 파동, 예민함은 그대로예요.

선생님 좋네요.

나 이제 별로 드릴 말씀이 없는 게 계속 치료받으면서 약을 먹고, 나아지면서 약도 줄여가고, 이제 병원에는 오지 않아도 될 정도로 감정을 조절할 수 있을지도 모르잖아요? 회복탄력성도 되게 좋아지고, 영향도 덜 받을 수도 있고요. 어쨌든 이렇게 계속 삶은 흘러가는 거잖아요. 내가, 나라는 사람이 드라마틱하게 바뀌지는 않는 거고, 천천히 바뀔 수도 있고 그러다가도 또 제자리로 올 수도 있는 거고. 이런 생각을 하다 보니까(갑자기 눈물) 삶이 이렇다는 걸 받아들이는 게 가장 중요할 거 같다는 생각이 들었어요.

선생님 그때의 나도 나고, 지금의 나도 나잖아요.

나 모든 게 다 나죠.

선생님 네. 그때의 나는 잘못됐었고 지금의 나는 바르다는 것도 이상하잖아요.

나 잘못됐다기보다는, 아팠던 거죠. 아팠던 나와 조금 건강해진 나는 구분할 수 있잖아요.

선생님 하지만 이럴 수도 있어요. 문신처럼 하나 했는데도 너무 아프다는 사람이 있고, 여러 군데를 했는데도 하나도 안 아팠다고 하는 사람이 있잖아요. 말씀하셨던 것처럼 부위의 차이일 수도 있죠. 예전의 나는 누군가 때리면 그저 아프니까 '내 몸 전체가 다 아프구나, 나는 약하구나'라고 생각했을 수도 있어요. 다른 부분은 때려도 안 아팠을 수도 있는데 말이죠. 약한 부분을 맞았던 건데 그걸 몰랐던 걸 수도 있어요.

나 다른 부분은 단단하고, 내 약한 부분을 공격당한 건데 그걸 모르고요?

선생님 네. 알고 보니 '여기는 아팠지만 건강한 부분도 있었구나'라는 사실을 안다는 것만으로도 큰 의미가 있어요. 자신의 약한 부분을 알기에 그 부분을 좀 더 보호할 수 있으니까요.

나 그렇다면 강한 부분을 좀 찾고 싶어요. 내 어떤 부분이 강한지. 왜냐하면, 저는 항상 제가 어디가 약한지에 대해 굉장히 집중하잖아요. 그런데 저는 무언가에 완전히 몰입해서 좋아하고 즐거워하는 사람들이 부러워요. 마음껏, 열정적으로요. 저도 물론 좋아하는 게 있어요. 하지만 무언가를 격렬하게 좋아하지는 않는다고 생각해요. 제가 발견하지 못했을 수도 있지만요. 그게 조금 슬펐어요. 누가 뭐라든, 내가 좋아하는 걸 계속하는 사람들이 부러워요. 되게 무용한 일일지라도요. '내가 좋거든요!' 하는 마음이 부러워서, 저도 그런 마음에 집중해야겠다는 생각을 했어요. 사실 저는 어글리 스웨터를 굉장히 좋아해요. 그런데 어글리 스웨터는 말 그대로 못생기고 촌스러워서, 어떤 패턴이나 색은 조금 과한 거 같다고 생각해서 못 산 것들이 많았는데 이번에 이 옷을 샀습니다(크리스마스 스웨터).

선생님 전혀 어글리하지 않은데요. 예쁘네요.

나 크리스마스 때까지 주야장천 입을 겁니다. 그때까지밖에 못 입으니까요.

선생님 아까부터 색깔이 예쁘다고 생각했어요.

나 정말요? 감사합니다. 또 한편으로는 자꾸 해탈한 사람처럼 가는 것 같아서 민망한데요. 사는 게 다 다르잖아요. 무언가를 크게 많이 좋아하지 않아도 살 수 있잖아요. 그냥 사는 거잖아요. 적당히 좋아하다가, 질렸다가, 불타올랐다가 금방 식는 사람도 있고 미지근하게 쭉 가는 사람도 있고. 내가 꼭 무언가를 미친 듯이 좋아하고 거기에 빠져들면서, 물론 저는 그렇게 살고 싶긴 하지만, '내가 그런 사람이 아니라고 해서 나를 부정할 필요가 있을까? 그냥 이런 나로 살면 되지 않을까?'라는 생각이 들었어요. 사실 저는 책에 집착하기도 하고요. 하지만 책은 말하기가 힘든 게, 사람들이 좀 재수 없어하는 거 같아요. 거짓말이라고 생각하는 거 같고. 취미가 뭐예요? 물어와서 책 읽는 거요. 이러면 "어, 여기 면접 자리 아닌데" 이러기도 하고.

선생님 (웃으심) 그렇죠.

나 마지막으로, 저를 비하하고 싶지 않아요. 비하하는 말을 멈추는 게 도움이 될까요?

선생님 네. 내가 하는 말들이 내게 연관성을 주는 경우가 많이 있어요. 내 말이 내게 스미는 거죠. 예를 들어 '이거 최악이야'라고 한다면 최악이라는 단어를 쓰기보다는 좀 더 구체적으로, 육하원칙까지는 아니더라도 살을 더 붙이면 좋겠어요. 단순히 좋다, 나쁘다가 아니라 여러 가지 형용사를 사용해서요. 그러면 내 감정을 조금 더 구체화시킬 수 있거든요. 이해할 수 있게 되고요.

나 공허감, 허무함은 어쩔 수 없는 건가요? 선생님도 느끼실 때가 있나요?

선생님 외로움은 당연히 느끼죠.

나 그러면 얼마나 길게 느끼냐 짧게 느끼냐의 차이인가?

선생님 당연히 느끼는 부분이거든요? 외로움, 공허감을 느끼기 때문에 누군가를 만나고 관계를 맺잖아요. 정기적으로 무언가를 하면서 외로움을 줄일 수도 있고요. 누구나 느끼는 감정인데, 세희 씨는 공허와 허무함을 너무 일상적으로 느끼다 보니까 '또 이래, 나는 매일 이래, 나는 그냥 외로운 사람이야'라고 생각하게 되는 거 같아요. 하지만 필요한 감정이에요. 내가 다른 사람과 관계를 맺기 위해서도 필요하죠.

나 제가 공허함과 외로움을 느껴야 누군가와 관계를 맺을 수 있으니까? 좋은 말이네요. 그냥 혼자서도 늘 충만하다면 관계 맺을 필요가 없겠죠? 누굴 만날 필요도 없고.

선생님 누구한테나 있고 자연스러운 감정인데, 내가 그 감정에 부정적인 느낌을 주입해서 생각하는 걸 수도 있어요.

나 그렇지는 않아요. 그냥 그 뻥 뚫린 느낌을 즐길 때도 있어요. 가만히 받아들이죠. 하지만 그 감정이 반나절 이상 지속되면 힘들어지니까요.

선생님 반나절 이상 지속시키지 않는 것도 어떻게 보면 숙제죠.

나 내 마음을 꼭 채울 필요는 없지만, 채우고 싶을 땐 어떤 방식으로 채워야 하는지 고민해봐야겠어요. 생각해볼게요.

흉터를 안고
살아가듯이

항우울제는 보통의 상태보다 훨씬 깊고 오래가는 우울감을 잡아주는데, 덕분에 분노도 기쁨도 짧고 얕다. 요즘은 가슴 치며 분노하지도 뛸 듯이 기뻐하지도 않는다. 하지만 우울감이 줄어든다고 해서 부정적인 성향이 바뀌는 건 아니다. 행복해지는 것도 아니고. 애초에 행복해진다는 말 자체가 모순이겠지만.

일상의 사이사이마다 지루, 무력감, 공허, 텅 빈 마음이 스친다. 선생님은 공허감은 자연스러운 감정이라고 했고, 이제 그 말을 이해할 수 있다. 앞서 말한 감정을 구멍이라고 치자면, 예전에는 그 구멍을 모조리 채우고 싶었다. 나에게서든 타인에게서든.

이제는 그 누구도 채울 수 없는 감정이 존재한다는 걸 안다. 구태여 채우지 않아도 되고, 채워질 수도 없는, 누구에게나 있는 자연스러운 감정들이. 그래서 몸의 흉터를 안고 살아가는 것처럼 받아들일 수밖에 없다. 이젠 다른 따뜻한 감정을 더 소중하게 받아들일 수 있을까.

세상이 아름답고 즐거워질 수 있을까? 지금도 그런 순간은 종종 있지만, 더 많은 지분을 차지하게 될 수 있을까? 밝고 사랑스럽고 에너지 넘치는 사람들처럼. 그렇지만 우울하지도 행복하지도 않은 지금처럼 여전히 하고 싶은 게 없으면서도 무작정 살게 되는 건 싫다.

2부 마치며

마치며 나는 이제 내가 싫지 않다

혼자 있는데도 내가 보이는 게 싫어서 이불을 머리끝까지 덮고 있던 때가 있었다. 온몸을 문신으로 몽땅 채우고 싶은 충동을 느꼈고, 어두운 곳에서 안경을 쓰고 얼굴의 대부분을 가려야만 편안해지던 순간들이 있었다. 내가 나 자신이 아니었으면 하고 간절히 바랐던 시간들.

치료를 받고 책을 내면서 얻은 가장 큰 수확은 내가 나인 게 더는 싫지 않아졌다는 점이다. 앞으로도 계속 눈과 마음 구석구석에 비치는 내 모습을 받아들이고, 내게 건네던 끔찍한 말들을 멈추고자 노력하려고 한다.

누군가에겐 지루한 이야기가 누군가에겐 위로가 될 수도 있다는 믿음으로 여기까지 왔다. 어쩌면 아무것도 아닌 한 사람의 어두운 이야기를 자신과 비슷하다는 이유 하나만으로 끝까지 읽어준 사람들, 또 나와는 전혀 다른 사람임에도 불구하고 귀 기울여준 이들, 마지막으로 내가 나일 수 있도록 도와준 선생님과 소중한 사람들에게 감사하다.

마음이 아픈 사람들이 숨을 쉬듯 당연하게 병원을 찾고 그 어떤 불이익도 받지 않으며, 주변 사람들은 더는 의지의 문제로 치부하지 않는, 마음의 상처도 눈에 보이는 상처와 비슷한 무게로 여겨지는 날이 꼭 오면 좋겠다.

죽고 싶지만 떡볶이는 먹고 싶어(합본)

초판 1쇄 발행 2020년 9월 18일
초판 2쇄 발행 2023년 4월 7일

지은이 백세희
펴낸이 김상흔

책임편집 김상흔
디자인 *studio* weme

펴낸곳 도서출판 흔
출판등록 2018년 5월 16일 제406-2018-000055호
주소 서울시 마포구 양화로 72 1324호
전화 010-4765-1556
이메일 tkdgms17@naver.com
출력·인쇄 상지사P&B

ISBN 979-11-90474-01-6 (03810)